小异邦人

[日]连城三纪彦 著
吕灵芝 译

北京时代华文书局

“本格不遇时代”的连城幻影

文 | 天蝎小猪

2015 年 3 月 18 日，一年一度的“日本推理文学大奖”* 授奖式如期举行。当届授奖式有些许不同,即颁出了该奖历史上第二次“特别奖”**,获奖者是先前已去世的连城三纪彦。“特别奖”一般用于对逝者的追授，既有对其在日本推理文坛重要地位的认可，也有对没能及时为其颁奖这一遗憾的弥补。

对于他的离去，说是天妒英才，应该不过分。

纵观连城三纪彦的写作生涯，自 1978 年出道至 2013 年病逝的 35 年间，他留下了 33 部长篇小说、36 部短篇小说集（其中 4 部为后辈出于纪念目的所编选的杰作集）和 4 部非虚构作品（文学随笔、谈话录及写作指导书)。除因家族事务或转换心情而短暂搁笔，以及从 2009 年开始因罹患胃癌而中断创作外，几乎每年都有一到两部作品问世，可谓高产。考虑到连城发表的优秀作品以短篇为主，且这些作品的出产年代正值所谓的“本格不遇时代”***,其文风类别又以推理、爱情见长，因此连城也被誉为“横跨推理、爱情两界的短篇小说之王”。

---

* 该奖项是日本推理文坛最主要的功勋类大奖，于每年 3 月颁发。获奖者多为日本推理小说史上的佼佼者。

** 鲇川哲也是第一位荣获该奖项的作家。

*** 语出《本格推理闪回》(本格ミステリ・フラッシュバック，东京创元社，2008)。该书由千街晶之、横井司、市川尚吾（即著名推理作家乾胡桃）等 7 位推理评论家编著。

按照日本推理文坛的共识，“本格不遇时代”指的是从松本清张发起“清张革命”的 1957 年至由绫辻行人掀起“新本格浪潮”的 1987 年之间的本格推理创作低潮期。这一时期，本格推理创作因受到来自社会派、旅情派、冷硬派等流派的打压而处于近乎停滞的状态。“本格不遇时代”这一概念的提出，一方面表达了对社会派崛起在历史意义和文化价值上的认可*，另一方面却明确了必须对这一时期的本格创作加以重视和研究的决心。近年来，一股以“本格不遇时代”的推理作品为对象的“复刻”（绝版重印）和阅读风潮方兴未艾，正是上述决心的最好体现。

在这股风潮中，围绕连城三纪彦的研究成果主要有：一、此前未出版单行本的《女王》等多达五部长篇作品和《小异邦人》这部短篇集得到整理出版**；二、讲谈社邀请绫辻行人、小野不由美、伊坂幸太郎、米泽穗信等作家编辑出版了两本连城的杰作推理小说集，之后东京创元社找来著名的连城书迷，同时也是该社原编辑、京都大学推理小说研究会资深会员松浦正人，搜罗编选了连城的短篇作品《六花之印》和《落日之门》；三、文艺学者浅木原忍在 2015 年出版了《给推理读者的连城三纪彦全作品导读手册》（ミステリ読者のための連城三紀彦全作品ガイド），该作品后被授予第十六届“本格推理大奖”。以上都是对连城一生成就的最好纪念。

---

* 也有少数评论家曾发出不一样的声音。参见山前让《日本推理 100 年》（光文社，2001）中“一九六〇年”和“一九六一年”两章。

** 《女王》和《小异邦人》同时进入当年的“这本推理小说了不起！”榜单前十，后者还得到了“周刊文春杰作推理小说 BEST10”“本格推理小说 BEST10”“最想读推理小说！”这三大榜单的前四位次。

经由此番发掘和再认识，一条隐匿于社会派熠熠光辉之下的“暗流”得以“重见天日”，其背后所体现的本格作家们不屈于时代进行创作的热情让人感动不已。而以连城三纪彦为代表的“幻影城系”作家及其他由非主流大奖（相对于“江户川乱步奖”* 而言）出道的作家，则成为“暗流中的明星”和“现实社会街角的谜样幻影”，向世人昭告着其存在的价值。

追根溯源，孕育本格暗流的温床恰恰是“革命者”松本清张。横沟正史说过，“如今，打算从事推理创作的人，似乎都接受过清张君的洗礼，他们难道就没有想过他是在怎样的熏陶下开始推理之旅的吗……看问题不能只关注当下流行什么，而要回到事物的本源。”** 事实证明，作为“清张革命”发声之作的《隔墙有眼》和《点与线》，本身也是本格趣味不低的推理小说，这和清张后来创作于社会派全盛时期的作品，有着明显不同的风格。

在社会派推理风潮刚刚起势之时，作为本格创作两大“旗手”的横沟正史和鲇川哲也，依旧保持着不俗的创作速度。前者有从《恶魔的手球歌》到《暗夜里的黑豹》等 12 部重要作品问世，而后者则自《黑色皮箱》开始进入创作高峰期。此外尚有以本格怪作再次出道的都筑道夫、几乎同期“发迹”的笹泽左保等，在他们的带领下，本格推理作品仍能保持一定的数量和水准。

直到 20 世纪 60 年代后期，随着大坪砂男、森下雨村、江户川

---

* 以下简称“乱步奖”。

** 语出栗本薰《正史世界的女性们》，参见《幻影城增刊》第 11 期《横沟正史Ⅲ》（1977）。

乱步等推理界巨擘的先后去世和横沟、都筑、笹泽的"哑火"*，本格推理才真正进入了"停滞期"。面对大量借着推理小说名号却背离初心的作品横行，松本清张指出"解谜才是最大的根本"**，并主持出版了《新本格推理小说全集》。然而，由于作家们的文风已然固定，结果并未能够产生"新本格"这一印象。最终，小说全集只推出十卷便完结了。

进入 20 世纪 70 年代，西村京太郎、斋藤荣、森村诚一等辈都在尝试于社会推理批判的框架内植入古典诡计。此外，旅情推理等新势力抬头，本格界持续低迷。在这段时期仍在苦苦支撑的，只剩下鲇川哲也。

1971 年前后，以三个方面的变化为契机，本格推理稍稍脱离了停滞状态，殆有复苏迹象。

一是出版环境的变化。出版社纷纷转往对战前侦探小说和已故推理巨匠之作的整理再版，为原创本格推理的回归预热。如三一书房的《梦野久作全集》、讲谈社的《江户川乱步全集》，角川书店的《横沟正史全集》等。

二是读者环境的变化。连续多年过于以现实主义为中心，致使读者对社会派推理作品产生了一定的抵触心理。特别是以"东大安

* 其中，都筑主要有"蛞蝓长屋捕物事件簿"系列、"物部太郎三部曲"及多部带有浓郁怪奇色彩的非系列作，横沟只有《人形佐七捕物帐》这一本格味道相对寡淡的时代推理连作短篇系列（搁笔原因主要是身体不适），笹泽的创作也在这一时期出现了不可思议的停摆。

** 语出松本清张《编者的话》，参见《新本格推理小说全集》（读卖新闻社，1966—1967）各卷卷首。

田讲堂事件”的解决为标志，“现实中的沮丧情绪，似乎只能在充满浪漫情结的侦探小说中得到排解。”*1975年，在推理专门志《幻影城》的协助下，“全日本大学推理联盟”和“关西推理联盟”分别成立。之后，“两大联盟”及各高校推理社团纷纷聘请知名推理作家当顾问，学生读者群中产生的新人作家愈来愈多。

三是作家环境的变化。曾任高木彬光和江户川乱步助理的山村正夫开始受聘于高校推理社团和出版社写作学校，为推理文坛不断输送着“新鲜血液”**。此外，“角川小说奖”“幻影城新人奖”“小说推理新人奖”“横沟正史推理大奖”等推理奖项的设立，大大拓宽了推理作家的出道方式，冲破了“乱步奖”的写作规范和题材限制。

正是在这样的背景之下，历史的车轮驶入了“幻影城的时代”。

1975年2月，岛崎博***借用江户川乱步最著名的推理论集的书名创办了《幻影城》杂志，并在办刊伊始确立了“三大编辑方针”——重估本格推理小说、发掘本格新人作家、推动推理小说评论。直至1979年7月停刊，《幻影城》杂志共发行正刊53期、增刊16期。除了“幻影城四学徒”****的表现足够抢眼外，由该杂志推出的优秀作品也有很多，如《匣中的失乐》等。此外，从书迷俱乐部“怪之会”还走出了宫部美幸、长谷部史亲、绳田一男等十分优秀的年轻后辈。

---

* 语出山前让《一九六九·惊异的“复兴潮流”》，参见《日本推理100年》（谜斗篷，2015）。

** 受其指导的重要作家有菊地秀行、风见润、宫部美幸、新津清美、筱田节子、海月琉伊等。

*** 岛崎博（1933— ），《幻影城》杂志创始人、总编辑，曾获第八届“本格推理大奖”特别奖。

**** 以“幻影城新人奖”出道的泡坂妻夫、栗本薰、连城三纪彦和田中芳树。

然而，这份刊物最终还是没能走得长久，如刊名那般成了昙花一现的“幻影”，令人唏嘘。

随着“幻影城门”的关闭,“本格冬天”（1979—1987）也降临了。活跃其间的知名作家只剩下冈岛二人、岛田庄司等寥寥数人，其中就包括与岛田同龄的连城三纪彦。

1978 年，还在大学求学的连城就以短篇推理小说《变调二人羽织》获第三届“幻影城新人奖”而正式出道。连城在“幻影城四学徒”中成就最高，夺得的奖项和推理榜单名次最多，也是四人中唯一被授予“日本推理文学大奖”的作家。

1981 年,连城的梦幻之作《菖蒲之舟》* 获得“日本推理作家协会奖”。收入该作并被视为其创作巅峰的短篇集《一朵桔梗花》，开创了融抒情缱绻的“私小说”文风入本格推理小说的先河。

1983 年,借鉴了自然主义文学创作手法,以植物为象征进行“文艺推理”风格抒写的《宵待草夜情》出版,并于翌年被授予第五届“吉川英治文学新人奖”。

上述作品的情节背景均设定在大正末期至昭和初期，那时的日本还残存着旧时代气息。这些作品透过极其细腻的笔触，以一场场冷酷的谋杀戏码为表，以一段段像火花一样燃烧殆尽的孤独男女的纠葛悲情为里，赋予了作品人物浪漫唯美的丰富底色，其中充溢的一言难尽的乡愁更是令人印象深刻。

1984 年，连城以描写两位女性复杂心理的恋爱小说《情书》

---

* 该短篇力压江户川乱步、鲇川哲也等人的名作，在 2015 年被读者票选为“日本推理小说史最佳短篇排行榜”之冠。参见年刊《这本推理小说了不起！》（宝岛社，2015）。

获得第九十一届“直木奖”，当时的评委山口瞳这样评价：“我曾经说过，他是时候考虑摈弃推理了。让我感到高兴的是，这次的短篇集里没有谋杀，文字功力也有了很大进步。”另一位评委水上勉也表达了近乎相同的观点：“没有了推理的羁绊，使作者拥有了更大的世界格局，他笔下的人物情感反而更让人着迷。”

受这种专业评语的影响，对于之前不曾读过连城作品的读者来说，产生了他就是一位恋爱小说家的错觉，甚至使得一些推理迷认为连城已放弃自己的初衷，从推理小说完全转向了恋爱小说的创作。这其实是非常大的误解，在笔者看来，他只是让推理元素隐于幕后，不再像幻影城时期那样外露。换个角度来看，即便是他在早期以推理为旨趣创作的小说中，成年男女犯罪的动机也多因感情问题而起。因此，毋宁说连城自《情书》起风格丕变，倒不如将此中表象归结于作家在恋爱、推理两个文类的糅合方面，愈来愈体现出高超的“玩转”技巧。

以《情书》为分界点，该作之前的创作可以被视为连城作家生涯的磨合期（1978—1984）。这种磨合，一方面是写作技巧上的琢磨精进，另一方面则是在前述两大文类之间的“游弋”。如果说连城以《一朵桔梗花》和《鼠之夜》为代表的短篇集所呈现出的是恋爱与推理平分秋色的面貌，那么其以处女作《暗色喜剧》和实验之作《以“我”为名的变奏曲》为代表的长篇小说则更能体现“纯粹推理”的醍醐味。

在《情书》收获大众小说界普遍认可后，连城头顶恋爱小说家的光环，进入了创作的成熟期（1984—1996）。这一时期的作品总数逼近 40 部，约占其作品总数的三分之二，主要包括《激情之夏》《落花》《柏林黄昏》[*]等。

如尚未休眠的富士山，这些作品迸发出了足够熔化读者心房的大量熔岩，尽情展现出“文学火山”的壮丽之美。在爱情与推理的平衡关系上，连城也表现得更加游刃有余——人物的面纱被一层层拨开，事件的真相也跟着一次次翻转，往往只有等到作品的最后一句话、一个标点，读者才能将整个故事看个通透。诚如人心有表里、人性有明暗，作品剧情的衍化推动，就是由表及里、由明至暗，这一特点贯穿了他所有的优秀作品。

接近世纪之交，随着社会风尚和价值观的变化，逐渐远去的昭和时代的男女情感，已不再被世人关注。在以《隐菊》摘得第九届“柴田炼三郎奖”后，受家族事务和创作瓶颈双重影响的连城又一次毫无征兆地从文坛消失[**]。这段时期是连城的沉寂期（1996—2002），作品数量锐减。

直到 2002 年春，连城才凭借连续发表《白光》和《人间动物园》这两部长篇小说，强势回归推理文坛。此番“复出”后，他将创作重心转向长篇领域，其风格也更趋多面化。在连城的回归期（2002—2012）[***]，最值得推荐的当属“最想读推理小说！”年度榜单的冠军之作《蜜》，一部难辨真假的误导型杰作。

---

* 《柏林黄昏》拿到了当年“周刊文春杰作推理 BEST10”榜单冠军之位。

** 连城的本家是净土宗真传（大谷派），他曾于 1985 年在东本愿寺剃度，法号智顺，用一年时间精修佛学，期间未有作品问世。

*** 连城的长篇推理小说《距离处刑的十章》（処刑までの十章，光文社，2014）在杂志上的最后连载年份是 2012 年，据考证是目前连城公开发表的最晚作品。

基于连城逝后已有五部长篇、五部短篇集被整理出版（其中四部短篇集属于“旧作新选”），笔者权且将这段时期视为其第五个分期——闪回期（2013—　）。而无论从作品收获的好评、年度推理榜单的表现，还是从作品系谱中的重要性来看，《小异邦人》都是闪回期中最值得一读的。下面容笔者再稍微费些笔墨，聊聊这本书。

首先，本书被视为连城作家生涯最后的短篇集*，其发表时间的跨度相当大，最早的一篇《指环》登载于2000年，而最晚的一篇《小异邦人》则见于2009年。仅从这两篇作品的质量来看，即便是在其寡作的沉寂期和病体的回归期，连城依旧保持着相当的创作水准。

其次，本书也是充分展示其“全能作家”和“翻转能手”特点的舞台。在诡计设计上，交换杀人、追诉时效、梦境杀人、绑架犯罪、记忆偏差等本格推理迷司空见惯的“道具”，到了他手中还是能玩出新的花样来，一再翻转的真相让人大呼过瘾（如《直到兰花凋零》）；而在剧情安排方面，主妇杀人、校园霸凌、造谣诽谤、不伦恋情、职场倾轧、警察犯罪等热门社会议题的嵌入，则进一步增加了作品的可读性（如《白雨》）。

第三，连城堪称男性作家中尤擅女性心理书写的翘楚，本书也完全印证了这一共识，描画出了令人印象深刻的女性形象，特别是《冬蔷薇》一篇，作者将女主角的心理外化在随处常见的光影、钟表、衣物等物件上，烘托出一种时而窒息惊悚、时而颓废迷幻的异样气氛来，令人拍案叫绝。

---

* 据不完全统计，连城尚有25篇短篇作品未曾结集成书，其中7篇曾公开刊载于各类文学刊物、同人志，发表时间均处于其成熟期，希望未来能有见面的机会。

第四，最让连城粉丝着迷的，就是他自出道作起即已具备的行文上的文艺性，其作品中不时惊现的“金句”，很难让读者以为是在看一本推理小说。“年轻时的恋爱就像一场美丽的错误。就像犯罪一样，十五年过去，时效早就消失了”“泪水就如同混着胃液的残渣喷涌而出，她的眼睛宛如失禁”等，这些句子让人常有摘录下来的冲动。

但需要指出的是，连城的“文艺推理”在增加了文本的优美度和读者的代入感的同时，也淡化了本格元素的存在感，必然导致本格派所推崇的公平性原则或有丧失。而到了形式和道具都追求创新、文风愈加偏“轻质化”的新本格流行的平成年代，其作品陷入了既得不到本格爱好者喜爱、又得不到新本格追随者“热捧”，从而逐渐远离推理舞台中心区域的境地，内在根源盖乎于此，不得不说是一种极大的遗憾。时也，命也！

转眼间，连城三纪彦已离开我们许久。逝者已矣，生者如斯；愿君随心，无问西东。

最后，借用芦边拓对鲇川哲也的一句评语，作为连城一生的写照：“在本格推理作家即使想逃避也无法与之脱离关系、讲求揭露和批判现实的社会派风行的时代，敢于逆流而上、通过设计和解决‘非日常性’的超现实谜团来发扬本格态度，在现实的街角一隅制造幻影的孤独者。”*

---

* 语出芦边拓《街角的幻影》，参见鲇川哲也《殉情者》（人それを情死と呼ぶ，光文社，2001）卷末解说。

目录

指环

他漫无目的地站在街角。

下午五时三十八分，对一个除三年前与妻子离婚之外，别无特殊之处的平凡白领来说，此刻站在公司门外的街角应该不需要什么特殊理由。加之昨日尚在流连的残暑已然散去，街巷里流动着第一缕秋风，晚照化作笼罩城市的灰幕。他，相川康行，今年四十二岁。

是回家一个人吃饭，还是到新宿的居酒屋坐坐？

若是平时，他会再三犹豫，可此时连犹豫也忘却了，竟四顾茫然。不管要去哪里，他都得先走到不远处的吉祥寺车站乘电车，本来大可以到车站再犹豫。可是，他每次必定会呆立在离开公司第二个街角的咖啡厅门前。

二十年间，他从未踏足过这家店铺。刚参加工作时，这座红砖砌成的西式咖啡厅即使在吉祥寺也还算稀罕之物，他总想着进去坐坐，却总也碰不到机会，便慢慢看着它被城市的发展抛到身后，渐渐染上跟他一样的风霜痕迹。

为何要站在这家店门前，他也不太明白。硬要说的话，只要站在那里，他就会觉得东京某处还有第三个目的地等待着他。至于这脏兮兮的咖啡厅为何让他产生那种感觉，他也不清楚。

若是被同事看见，可能要误会他在等待晚下班的女员工。若是平时……若是昨天之前，只要产生了这个想法，要不了一分钟，他就会带着犹豫离开这里。

但是，今天不一样。

昨天那个女人可能还会经过……

他心中藏着一丝期待。

昨天，几乎在同一时刻，他在这里看见了一个女人。当时他正在发呆，女人蓦然走过他身边，等他回过神来，只能看见一个背影。她身材瘦削，腰部却有着意外柔和的曲线，一直延伸到双足。那种感觉竟酷似前妻礼子。

不过是两三秒，那个背影就融入前往车站的人潮，再也看不见了。他觉得自己可能认错了人，很快便不再多想。可是今天，他又猜测那应该就是礼子。随着下班时间临近，他的猜测像是受了秒针的催促，迅速变为确信，不停折磨着他。

那个女人在短短几秒钟里给康行留下了做陪客工作的印象。尽管忘了色彩，但他记得她穿着夸张的服饰，头发染了颜色，还在空气中留下了一阵香水味。他之所以注意到那个擦肩而过的女人，就是因为嗅到了香水味——奢华的夜之香。

他的前妻也爱用香水，不过她喜欢的却是味道清淡、反给人留下寂寥印象的香味，平时也只穿颜色低调的衣服。她的性格同样单调、平凡，与陪客女郎的艳丽截然相反，但仔细想想，其实他并不真正了解那个跟自己一起生活的女人。毕竟，他们一起生活了七年，那个女人竟如此唐突地提出了离婚……

香水味变得浓厚，让他仿佛嗅出了一个女人离婚后三年的生活。

而且，他的公司位于车站高架通往井之头公园的路上，公园周边坐落着许多出租公寓。通过时间就能想象，此时在新宿一带工作的女人正好陆续离开公寓，前往车站。那么，今天可能也会碰见她。

只是，淡淡的期待背后，也有淡淡的不安。如果那真的是礼子，该如何是好？

结果，他站在这里左思右想，对前妻的确信又消融成了妄想，他再也不知道自己究竟在等什么，像往常一样，只是呆呆地站在那里……

与往常不同的是，他站了将近两分钟才点燃香烟，迈开了步子。再有就是，带着一丝清秋凉意的风吹灭了一次性打火机的火苗，让他费了一点功夫才点上烟。

就在那时，吹动火苗的风也带来了那阵香气。他抬起眼，散发香气的人已经走到了他前面。

她无疑是昨天那个女人。今天，她穿着黑底彩色条纹的连衣裙，应该跟昨天不一样，但同样给人夸张、艳丽的印象。他被那个背影吸引，隔着几步的距离，不由自主地跟在了女人后面……

果然，是礼子。

他越担心那是前妻，心中就越是确信。黄色与绿色条纹勾勒出赤裸裸的身体曲线，以一种堪称噪声的强度激发了记忆的共鸣。

走了五分钟，他们便来到车站门口。女人的背影在信号灯前停了下来。

今天是星期三，路上却挤满了行人。相川康行一直在总部位于大阪的某制药公司小分部大楼里从事财务工作，他穿着一身可谓标准制服的低调灰色西装，混在等候信号的行人中，朝女人的背影靠近了两三步。

女人右手提着手包和纸袋，他想仔细看看她空着的左手。

他已经忘了前妻的手是什么模样。不过，这女人的左手无名指上带着一枚指环，与见证了他们七年婚姻的婚戒很相似。他们的婚戒只是没有任何装饰的白金细环，可是盯着它，本来已经忘却的手指线条骤然与这个女人的手重叠在了一起，连那细长又有点神经质的手指也如此相似……

不可能。离婚后，康行早已把婚戒扔到了某个角落，而那个主动抛弃丈夫的礼子，又怎么会现在还将它戴在手上？

尽管康行这样想，但那个朴素的戒指在一身艳丽的装束中显得如此不自然，就像在对他不断强调“礼子”这个名字。

康行站在她身后，目光向旁边移动，脖子微微前倾，想更仔细打量那只手。

就在那时，女人的手动了。她的左手绕到背后，搭在了腰部。仿佛在回应康行的视线——

你想看，就好好看吧。

这个女人察觉了。

他蓦然思忖。这个背影察觉到他了。她察觉到有个男人跟在后面，也察觉到那个男人正盯着她手上的指环，甚至察觉到他就是三年前离婚的前夫。

他的直觉对他耳语道。

可是，手的动作并没有到此为止。很快，她的右手也绕到背后，抓着手包和纸袋的手指灵活挪动，摘掉了左手无名指的指环。

与此同时，信号灯变绿了。

女人与周围的行人一同迈开步子，并且在那个瞬间轻弹指尖，把指环扔到了地上。仿佛对准了背后的康行——

看似如此。

康行站在原地，用目光搜索脚下。可是地面上并没有长得像指环的东西。莫非它滚到远处了？还是他产生了错觉，其实女人并没有扔掉指环，只是握在了手心里？

当他抬起头，女人的背影已经消失在涌入车站的人潮中。

他突然觉得这一切毫无意义。

这不过是巧合。一个做陪客女郎的有夫之妇正在上班，发现自己出门前忘了摘掉婚戒，慌忙摘下来而已。他为何会异想天开，觉得前妻离婚三年后依旧戴着他们的婚戒呢？为何还要想象她朝着跟踪自己的前夫扔出戒指？又为何紧张得心跳加速呢？……康行叹息一声，将苦笑撇到一边。

然而，紧接着，他的心脏几乎要从胸腔里跳出来。

一个人从背后抓住了他的肩膀。

那是女人的手。果然是礼子。礼子像那枚指环一样突然消失，不知何时绕到了他身后……康行转过头去。

他身后站着一个女人，脸上满是笑容。他马上认出这是刚才还在他斜对面工作的仓田和枝，忍不住愣愣地盯着她看了两三秒。

“果然是相川先生。你已经半年没有正眼看过我，肯定早就忘了我的长相吧？”

“怎么会。”

他连忙笑道。

“我们不是每天都对着彼此嘛。”

“不对。你最后一次看我是在春天的新员工欢迎会上……后来就算我找你说话，你也没有看过我一眼。请问，您发现了吗？”

她的语气突然变得恭敬起来，就像在公司谈论工作的话题。或许，她在随口闲聊的过程中，突然想起康行是比她年长一轮的上司。

“我当然不会盯着有恋人的女员工看。更何况你跟男人同居，相当于人家的妻子了。”

仓田和枝从营业部调过来，已经待了两年半。她性格活泼、开朗，对待单调的工作也很积极，虽然已经是拥有十年工作经验的女职员，却对前辈和上司的委托和命令言听计从……只是不知为何，这些优点都没能化作这姑娘的魅力。可能因为她的容貌着实一般，即便近在咫尺，也让他毫无感觉。不仅如此，她的声音也毫无特征，虽然不时说些俏皮话，但轻易就会被人遗忘，想不起她说过什么。

她本来就像那种跟普通人一样谈恋爱，跟普通人一样结婚的人，可从去年开始，公司传出了她跟男人同居的传闻。今年春天的迎新会上，有人拿这件事调侃她，没想到她大大方方地承认了，还宣称自己正跟一个年龄比她小的男人同居。确实，康行对她的记忆只到那时为止。

看她的长相，不像是干那种事的人。

他记得自己当时暗自嘲讽，第二天就把她的长相和她与男人同居的事实都抛到了脑后。

话虽如此，康行同样是个平平无奇的人，对她抱有一丝“这姑娘不坏”的好感。

“同居是假的……我都三十了，如果不那样虚张声势，就要被别人指指点点。顶多是男人每周到我家来玩两次。”

两人自然而然地并肩走向车站。她又继续道：“应该说‘以前会来’吧，刚才啊，我终于被他一个电话甩掉了。”

“刚才的电话？”

“相川先生打招呼下班时，我正在打的电话。我假装在给客户打电话，其实是分手……”

“你刚才说话了吗？”

“讨厌，你连我的声音都忘了吗？人家可是最关照相川先生的耳朵了。”

她开朗地说。

“如果你要去喝酒，能带上我吗？我想跟你请教请教……我到底哪里招人讨厌了。”

“不行。”

“为什么？你不是很闲吗？”

“……你看我很闲吗？”

“在东京，看到信号灯变绿都不走动的人就是很闲。刚才你在干什么呀？”

“不，刚才我说不行，意思是我不懂这方面的东西。因为在信号灯那里，我也被甩了。”

他的唇角又露出苦笑。

“被谁？对了，你前面好像是有个打扮很夸张的女人。”

“那人很久以前是我的夫人……”

“……”

“……当然，只是长得像而已。刚才看到她，我突然感觉很久以前的夫人终究是抛弃了我。”

他们走进车站，来到检票口。仓田和枝停下脚步，用疑惑的目光看着他。“很久以前？你不是两三年前才离的婚吗？”

“待会儿再跟你说。我要去新宿的便宜酒馆，你不也要来吗？”

说完，康行没等她回话，就先通过了检票口。

那七年间，他一直茫然地相信礼子是个沉默寡言，过于乖巧，以致没什么自我意识的女人。三年前妻子生日那天，康行漫不经心地说了一句：“你也已经三十六了，该认真考虑生孩子的问题。”

“我生孩子之前先找到了情人，跟我离婚好吗？对方已经求婚了，又是独身，剩下的问题只有你。”

所以，当妻子这样回答时，康行最震惊的并非话语的含义，而是此人竟能说出如此干脆明了的话来。他当然没有立刻回答。然而礼子带着微笑，宛如看风景一般凝视了丈夫好一会儿，平淡的唇间再度流出了坚定的话语。

她的确寡言，只留下了一句：“我是认真的。因为我应付不了轻浮的笑话，所以跟你这种认真又死板的人在一起还算过得去，只不过，出轨也是认真的。”一周后，她就收拾行李离开了家，然后便是一个据说是高中同学的女律师替她送来离婚协议，还转达了一个过分简洁的理由——“她不是讨厌你，而是更喜欢另一个人”。康行还沉浸在震惊中，对一切都缺乏真实感触，又考虑到自己既没有孩子，也不是非要跟礼子在一起，便一言不发地在离婚协议上签字盖章了。他拒绝了“礼子可以拿出一百万左右的抚恤金”，也没问另一个男的究竟是什么人。他反倒想问那个号称礼子好友的律师：“礼子究竟是什么样的人？”

两人没有共同好友，康行记不清楚她后来的生活，也不知道她的住处，就这么过了三年……

“你为什么没打听啊？”

仓田和枝瞪着微醺的双眼问道。康行意识到自己的气息也掺杂了酒臭，便压低声音回答：

“因为我不在乎。就像刚才说的，我也开始想，是不是别的女人会更好……”

说完，他笑了笑。

和枝分明说有事相商，可是两人刚在新宿的居酒屋吧台坐下，她就问起了康行“很久以前的太太”，等他回过神来，已经把方才的经历以及三年前离婚的事情全都说了出来。

“我如此不关心她跟什么人过着什么生活，这么一想，先消磨了感情的人可能是我啊。当然，我也觉得她不至于一句话就离婚，所以总得找点理由欺骗自己，对方肯定对我还有所留恋，否则太难受了……刚才看到那个跟前妻很像的女人扔掉指环时，我感觉她在对我说‘别自恋了，真无聊’。”

“那不是长得像，其实就是你前妻吧？我觉得一定是你前妻这两天故意等在公司附近，让你跟踪她。”

说完，她突然凑近康行的脖子，喃喃道：“相川先生，你一直在用跟你毫不相衬的时髦古龙水吧。”

“我有体味，所以夏天会用，跟时髦没有关系……我比一般男性对气味敏感一些，所以刚才也——”

他正想说女人的香水，突然停了下来。

在那个路口，风可能是朝着女人背部吹的……如此一来，她应该不用转身就能察觉到逼近背后的康行。

和枝读懂了康行目光的含义，露出得意的微笑。

“相川先生再怎么敏感，嗅觉方面，还是女人更强啊。不如明天我替你查查看吧……那个人明天也可能经过，凭你说的服装和香水，我应该能认出来。”

康行听了，对和枝摇摇头。应该是他想多了……而且说完刚才那番话，康行才想起，自己用古龙水的习惯，起因是妻子的一句低语：“你的体味真不行，特别是现在这个季节，我受不了。”那虽然是婚前说的话，可他现在蓦然感觉，自己的体味可能是妻子离开的最大理由。

“我很理解你前妻离开的心情。”

“……”

“因为你前妻很清楚，你就是那种一言不发地签字盖章的人。所以她才会这么做。如果你真的喜欢她，为什么不追问‘对方是谁’？为什么不撕了离婚协议，告诉她你绝对不同意离婚？如果你这么做了，说不定她就不会走。”

她的声音里猛然多出了一丝灼热，似乎不完全因为醉酒。

“别说我了，你呢？不好意思，还没说到你要商量的事情。”

“没什么，我那个不算什么大事。”

话虽如此，她还是一副被康行烦得受不了的模样，不情不愿地说出了自己一年前到某个小剧场看戏，跟剧团的年轻团员走到一起的事情。一个没什么名气的小演员趁着打零工和表演的空当，像为了节省伙食费似的，每周到和枝家吃一两次她做的饭，再过上一夜。不过他们也到尾濑和九十九里那边短途旅游过两次，和枝过生日时，还收过他送的小礼物……另外，那人还用几乎听不见的声音嘟哝过一次：“等我出名了，咱们就结婚。”

“都是些小事情。对了，连傍晚打电话的声音都很小。”

“他说了什么？你怎么回答的？”

“他说‘不如我们别再见面了’，我回答‘好的’……”

“就这样？还是你体谅我的耳朵，没把话都说出来？”

“我没别的好回答啊。感觉就像陪他演了一年戏，帮他练习跟女人相处……我也从不觉得他爱我。”

听完满怀感慨的话语，康行默默地喝了一会儿威士忌，然后说：“我都不需要说什么。因为刚才你说的就是答案。”

和枝之所以谴责康行对待离婚的态度，恐怕也在斥责自己只用一句“好的”就同意了分手。而她似乎也明白这一点。

“是啊。”

她仿佛放下了这件事，干脆地表示了赞同，随即露出满脸笑容。

已经九点多了。

康行付完钱走出店门时，仓田和枝依旧笑容满面地抬头看天。巷子里逼仄的夜空中，悬着一轮俨然对切的半月。不，与其说悬着，倒更像颤巍巍地斜倚着，仿佛一阵凉风就能把它吹落。

“你小时候觉得月亮上有一只兔子还是两只兔子？有的小孩说只有一只。”

“当然是两只啊，它们不是在打年糕嘛。”

“那你会像我一样，看到半月就担心另一只兔子去了哪里吗？”

说到这里，她突然脸色一变，恶狠狠地骂道：“讨厌死了！”

康行瞬间以为她在说他。

“讨厌死那家伙了！”

她又骂了一遍。

“同样的话连说两次就是谎话。”

“相川先生不也说了两次，很久以前的夫人……”

说完，她又粗声粗气地继续道：“只要抱了就知道是真是假。”话一出口，她就惊讶地看向康行，目光格外左右为难，仿佛不知该将那句话归为玩笑，还是当真。

康行看向她的目光也带着犹豫。刚才她说的“抱”，究竟是指他，还是她自己？

微醺之间，他只觉得夜空中的半月格外明亮，此时，他又开口道——

“屋子有点乱，你不也要来吗？”

说完，他就先迈开步子，走出了小巷。

第二天早晨,康行时隔一年再次上班迟到了。他忘了上闹钟,比平时多睡了三十分钟,虽然只要赶赶时间也能来得及,可他还是慢悠悠地洗了个澡,在腋下和脖子上多喷了一些古龙水,担心那几小时激情的气味会随着体味一同散发出来。

“相川先生竟然迟到了,好难得啊。”

他刚走到公司座位上,仓田和枝就在斜对面说了一声。她看起来跟平时一模一样,极其自然。和枝凌晨两点多起床离开,双眼却丝毫看不到缺乏睡眠的血丝。尽管那张脸平凡得让他下一个瞬间就能遗忘,可她头天晚上从离开新宿小巷,到离开他在浜田山的住处之前,曾经有过的几种表情和一些话语,都深深镌刻在康行的脑中。

“啊,你这屋子真的好乱,就算太太回来了也没地方下脚呢。”

她走进屋子时脸上的惊讶,还有离开屋子时拒绝康行相送的话语——“要是你送我,分开后我反倒成了孤身一人……”她的声音。

然而,现在的和枝仿佛早已忘却了自己的那些表情,五点刚过便留下一句:“难得迟到了,这下又要加班吗?”接着,她就下班了。两个小时后,康行还在忙着加班对账,却接到了和枝的电话。

“果然是你前妻……礼子小姐。”

她唐突地说道。

“我今早在路口看了看,没找到指环……不过你前妻今天也戴了指环,应该是相川先生看错了。”

“……”

“至于其他的想象，应该是我想得太多，相川先生猜对了。你前妻就住在附近，每天上班都在那个路口摘掉婚戒。”

“你怎么知道？”

“今天她也路过了，我干脆直接喊住她说，‘你好，我是相川现在的妻子。’那是个弥天大谎，可我昨天毕竟答应了要替你打听嘛。你前妻说，前天和昨天都没注意到相川先生，所以我一跟她提起你，她反而大吃一惊……还有，那个指环就是很久以前的婚戒。她说再婚对象对婚戒这种东西不感兴趣，没有给她买，所以她就戴着以前的了……至于是真是假，你自己问吧。”

接着她又说:“现在我还跟她在一起,就在公司附近那个酒吧。我在洗手间用手机给你打电话呢。你要过来吗？我觉得相川先生对指环的妄想应该没弄错。”

“哪个酒吧？”

他藏起了心中的困惑，用平淡的语气问道。

“相川先生总是站在门口发呆的那家咖啡厅呀。今年春天开始，这里晚上开起了酒吧，你不知道吗？”

“不知道……可我这边还要一个小时才能弄完。”

康行打算以工作为借口逃避。

“你等等。”

和枝让他等了将近一分钟，然后告诉他：“你前妻说可以等你一个小时。我在这里肯定碍事，就先走啦。”说完，也不等他回话，她就挂了电话。

整整二十年都没有光顾过的店，第一次踏进去需要很大的勇气——

他暗自用这个借口解释自己的紧张，同时拉开了店门。里面比他一直以来想象得还要狭窄、灰暗，有着夜店独特的昏黄灯光和浑浊空气。他之所以感觉被摆了一道，可能因为礼子并不在店里。里面只有一对年轻男女坐在吧台，另外三张餐桌的座位都空着。

不过，最里面靠墙的桌上摆着一个杯子。

“那边的客人走了吗？”

他向吧台里的酒保询问，得知那位客人刚出去。

“现在追过去应该还能找到。你们约好了吗？”

“没有……那是个女人吗？年近四十，穿的衣服很夸张。”

为了保险起见，他又问了一句。对方点头称是。

“是不是还有个人，年轻女人？”

“那位大约三十分钟前就……”

康行点了一杯兑水威士忌，在最里面的座位上坐了下来。他发现，那个杯子旁边还有一样先客留下的东西……

一枚旧白金指环。

离开公司时，他还只是半信半疑，可是现在，他只能相信和枝的话。那枚指环虽然连姓名缩写都没有，但无疑是礼子的婚戒。戒面的光泽早已消失，仅剩模糊的七年时光。它静静地躺在他面前……

康行看向自己的左手。无名指上的戒痕都早已消失……仿佛那七年不曾存在过。

两次都没能把握住同一个女人的手，就男人的标准而言过于纤细，那枚指环说不定能轻松套在小指上。或许，礼子就是因为厌恶丈夫纤细的手指，才离开了他。并且，她今天又用这枚指环，正式向他道别……

酒保向他走来，康行把指环藏进了口袋里。

“那个……刚才坐在这里的女士说，她下次还会来。”

酒保可能感觉康行像个“被甩的男人”，用上了安慰的声音。康行只是应了一声，又喝了两口威士忌，便离开了店铺。

第二天，和枝什么都没问，康行除了工作也没对她多说一句话。那晚的事情就像从未发生过，两人又恢复了单纯的工作关系。

下班后，他又一次在店门前驻足。但这次跟往常不一样，他在犹豫究竟要不要进去。一个星期后，康行犹豫再三，终于打开了门。

店里有两拨客人，但他没找到自己想看见的面孔。此时好像正是咖啡厅变成酒吧的时间，康行在吧台上落座，上周的酒保向他递来了两种菜单。

“你还记得我吗？”

酒保面无表情地回答：“记得。”

康行点了咖啡，又假装漫不经心地问道：

“那位女士来过吗？”

“不，一次都没来过……”

“是吗？不过她可能会再来，要是她来了，能劳烦你把这个给她吗？”

说着，他拿出在兜里放了一个星期的指环，放到吧台上。

“可是，她又不一定来……”

酒保有点不情愿地说。

“不，她一定会来。其实她每晚都来，对不对？”

“……”

“我说的那位女士是仓田小姐——仓田和枝。这只是我的猜测。她每天下班都会来这家店里坐坐，对吗？为了见你……”

酒保背对着他制作咖啡，全程一言不发。那天晚上，他相信了和枝打来的电话，可是后来的整整一个星期，他心里一直有疑问。而此刻，年轻酒保的沉默完全肯定了康行的疑问。

那个女公关打扮的人并非他的妻子，那晚店里只有和枝一个人。和枝给他打的电话全是一派胡言……他之所以轻信了和枝的话，是因为酒保的佐证，还有桌上的婚戒。可是，那枚随处可见的指环并非妻子之物。假设这个酒保与仓田和枝关系亲密，只要对方开口，他也有能力陪她演戏……

康行今天走进这里，是为了仔细打量这个上周几乎没有正眼看过的年轻人——纤细柔韧的身体曲线，稚气未脱的目光。就像这家店，眼前这个年轻人也有另一副面孔——正在修行的演员。只不过，他犯了一个错误。上周他承认：“一个打扮夸张的女人刚刚离开这里。”可是在那个空气凝滞的角落，丝毫没有留下那个女人最明显的香水气味。

还有就是，和枝为何拿着这枚戒指？

“你自己给她不就好了。你们不是一个公司的吗？”

酒保给他端来咖啡，一脸不悦地说。

“不，她在公司内外是两个人。我想把指环交给那个公司外面的她。”

康行说完，喝了一口咖啡，又严肃地看着年轻人，继续说道：

“而且，我希望把这枚指环当成订婚戒指交给她。通过你的手。能劳烦你告诉她，我求婚了吗？”

“为什么要我……”

“我是这个意思——假设你对我的求婚不服气，大可以扔掉这枚指环而不交给她，也无须向她转达任何话。”

说着，他又认真打量了年轻人一会儿，随后笑了起来。

“当然，我只是开玩笑而已。我只跟她在公司外面见过一次，而且是听她倾诉你的事情。这件事你知道吧？我有点同情她，所以想打探打探你的心意。”

年轻人一言不发地把指环弹向康行。他的手指格外粗壮，作为男人的手，可谓恰如其分。指环滴溜溜转着，撞上康行的手指，停了下来。

“这是你的，对吧？她说上周在你屋里找到了这东西。”

康行点点头，然后问：“她有没有说是在哪儿找到的？”

那天过后，他已经意识到这并非前妻的指环，而是自己的那枚。而且他也知道和枝在哪里找到了它……知道和枝利用这枚指环演戏，是为了安慰康行。

“记得她说是在洗手间的架子角落，一个什么瓶子后面……她在你家过夜了？”

康行总算理解了年轻人为何一脸不悦。和枝为了让他配合这场愚蠢的闹剧，把康行的情况都告诉了他，只不过两人上床的事应该没说。然而年轻人心里就在怀疑这个，并且很嫉妒……

“没有，我们不过是对彼此抱怨了两个小时。”

“可是她好像一直挺在意你……每次先下班，她都会坐在那个窗边，看着你回去。”

“是你想多了。”

他笑着回答道。事实绝非如此，因为他已经照她在新宿小巷里说的那样，用身体确认过了。仓田和枝那晚与之温存的并非康行，而是另一个男人……只不过，和枝在洗手间发现了康行的婚戒，认为康行尚对前妻有所留恋，就用一个谎言给上司带来了小小的美梦……让他梦想前妻还对他心怀留恋。他已经察觉到真相，就决定暗中撮合两人作为回礼，看来，是自己说了多余的话。

“洗手间啊。我还以为自己扔掉了，没想到就在附近。”

他自言自语似的喃喃着，抓起指环，站起来道了声“再见”。

他打算在那个路口扔掉指环。

不知为何，他就是想这么做。

无人车站

西边的天空堆积着厚重的雨云。

平日里总是温柔环抱小镇的越后群山此时却让这里的街巷显得逼仄不堪。

站员高木安雄站在上越线下行站台一角,凝视着西边的天空,不一会儿,他又扭过身子,看向另一侧天空。东边还没有积雨云,山峦闲适的轮廓沐浴在一片天光下,唯独格外雄伟的八海山早早察觉了反方向逼近的层云,似是绷紧了姿势。

天空的脸色就是山的脸色,位于盆地的小镇只能随着它的脸色或忧或喜。高木明年就要退休了,近来愈发喜欢站在傍晚的站台上,通过天空的脸色揣测明日天气。

接着,高木的视线又转向了上行站台栏杆另一头的车站转盘。转盘前方是商店街,这个偏远小镇的小小街道早早察觉到了远方群山的阴沉脸色,此刻见不到半个人影,一切笼罩在静寂中。

新潟县南鱼沼郡六日町。

下午五点五十一分。

越后汤泽车站出发的下行列车准时驶入站台。

“晚上又要下雨啦。”

见熟识的车长从后方窗户探出头来，高木安雄便用这句话代替了问候。

“天气预报说能晴一整天呢……今年的祭典没问题吧？”

车长有点担心半个月后的祭典。

今年的梅雨季节比往年来得迟。连日来，这座山间小镇始终回荡着嘈杂的雨声，仿佛要找补迟到的部分。从江户时代持续至今的六日町祭典，其最大亮点就是收官日的烟花表演。不过照这样下去，祭典之前恐怕出不了梅。

停车时间很短。

汤泽过来的通勤人员和高中生瞬间从六个车门倾泻而出，接着，电车便装载了从这个车站上车的乘客，消失在线路另一端。

通往检票口的台阶吸走所有下车客流后，站台再次变得悄无声息，仿佛末班电车刚刚驶离。

不，还有一个人……

高木打着哈欠准备回办公室，刚走到楼梯口，却看到电车前进方向的站台一角，有个女人坐在长椅上。

她把行李箱放在腿上，手肘支着箱子，手掌托住脸颊。

她刚才还不在那里，可见是刚下车的人。可是她给人的感觉却像已经在那里坐了很久。

既然拿着行李箱，应该是旅行的客人。但高木之所以注意到她，并非因为梅雨时节很少见到游客。

女人呆呆地眺望着电车离去的方向，因为隔着一段距离，他看不出那人的目光。所谓“呆呆地”，是因为她身上那件与季节不符的风衣，还有染成茶褐色的头发，都散发着疲劳和倦怠。那个女人看起来就像被电车遗漏的货物。

高木做了个少见的决定。他走过去对女人打了声招呼。

“你怎么了？”

女人好像没有注意到高木走过来，听见声音才回过头，惊讶地瞪大了眼睛。从她的装扮来看，高木本以为这是个年轻女人，然而凑近之后，他发现女人脸上有着浓妆艳抹都无法掩饰的岁月痕迹。

“请问您遇到什么困难了吗？”

他猜测女人可能有四十五岁上下，便换上了恭敬的口吻。

见到他身上的站员制服，女人好像松了口气。

“这条线路通到哪里？”

女人问道。他认为她在问电车的行进方向，便回答是从上越线通到长冈，如果乘坐北北线转入北陆本线，可以一直坐到金泽。

“金泽啊……”

女人喃喃着，伸出手上的车票，再次问道：

“这张票能坐到哪里？”

那是在越后汤泽买的九百五十日元的乘车券。

“应该能到……小千谷吧。”

可能对“Ojiya”这个地名有点陌生，女人皱了皱眉，接着问：“那里有什么有趣的地方吗？”

“那里的缩很有名。”

“缩？哦，你是说和服的缩布……这个吗？”

她掩住脸颊的右手掌心握着一条黑白色手帕，虽然褪色严重，但的确是缩布。

“话说回来，这条手帕好像就是很久以前在那里买的。现在东京也能买到了，所以我也说不清……应该是。我记得和服太贵了，不好出手……”

女人自言自语般嘀咕了一会儿，又眯起眼睛朝下行方向看了看，然后动作缓慢地撑起了身子。

“我还是在这儿下吧。”

——这就是高木安雄与那个女人的全部对话。大约三个半小时后，当晚九点半，高木在我打给他的电话里这样说道：

“是的，一开始我以为她在漫无目的地旅行，一时兴起下了车，现在看来并不是。感觉她应该是一开始就想到这里来，专门从东京坐上了新干线，却在越后汤泽改变了主意，或者说感到犹豫了。是吗？她果然是从东京来的啊。嗯，的确有那种感觉。我猜到她是陪酒女郎。因为她外套胸前敞开着，我看见里面是一件很薄的无袖衫……那根本不能叫衣服，跟内衣差不多。于是我就判断，她应该不是普通人。只不过她即使那身打扮，也有种超脱的感觉。

没，她没提男人的事情。我看她好像一个人在旅行，没有……不像跟男人约好了在这里碰头的样子……那我就不知道了。刚才也说了，我们只不过聊了两三句。不过……她提到之前到这里来过一次，当时有可能是跟男人一起来的。她说‘和服太贵了，不好出手’，听着好像价格太贵，不好意思让男人买……这到底是怎么回事？为什么警察会打电话到我家来？”

下一个目击者是当时在车站门口等客的出租车司机大岛成树，三十五岁。

大岛说，他一看到那女人从车站大厅走下来，就猜测她是陪男人到温泉旅馆的卖身女。所以，他发现女人身后没有男人时，心里有点怀疑，但很快就想：可能男人要坐下一班车赶过来，要么就是已经在旅馆了。接着，他又想象那是个连钱包里都装满了赘肉的中年肥胖男子。

大岛原本在新潟县的公司上班，后来遭到裁员，于是回到老家六日町开起了出租车，如今刚过一年多。他对客人的直觉很敏锐，当时也是远远看到那个女人，就知道她会坐自己的车。

然而女人下了楼梯后，没有马上走向乘车点，而是朝出租车停车的地方走了过去，没走两步就停在公告牌前，盯着烟花表演的大海报看了将近一分钟。从大岛的位置看不太清，但她好像……特别关注海报角落的某个东西。

烟花表演被安排在祭典最后一天，大岛猜测她可能在查看日期。

果然，女人坐上了他的车。

“带我到双叶旅馆吧。”

接着，没等大岛发动汽车，她又问了一句：

“祭典是下个月？”

“是的。”

“哦……我上次来也逛过祭典，记得是初秋。怎么，原来是夏天吗？……记忆真不可靠。”

她兀自嘀咕了两句，然后叹息一声，露出了无奈的笑容。

“上次是什么时候呀？”

“十六年前。因为下雨，烟花表演改到了第二天，结果只听了一夜雨声，我就回东京了。我跟漂亮的东西就是没有缘分啊。还记得我跟同伴笑着说，‘不只是今晚，我们的人生总是看不到烟花，只有雨水。’毕竟我们一个是瘟神，一个是雨女……今晚是否也会这样呢？我看外面真的要下雨呢。”

她隔着窗户，凝视天空说。

她肯定约了男人。大岛心里这样想，但这种问题不好对客人提出来，他也没兴趣知道答案。因为她长得并不漂亮，而且大岛跟站员一样，远远一看以为是年轻女性，直到上车了才发现她连化妆都无法掩饰的衰老肌肤。

“车站和镇上的印象都跟我的记忆完全不一样了，感觉就像跑错了地方。”

女人说。

“那不是您记错了。这七八年来，镇上确实变了不少。”

大岛回答道。

“哦，那算是发展起来了吗？”

“也不知道算不算发展……就算表面变新了，里面却都是像我这样被大城市舍弃的人。”

“哦？”

女人似乎对大岛产生了好奇，在后视镜里朝他看了一眼，但很快笑了起来。

“听你的说法，这座小镇好像落叶堆一样呢。我觉得不坏啊，这是个好地方……我挺喜欢的。不过，连我这样的女人也像被大风刮到了这个地方来，所以你说的倒也没错。”

她的声音被酒精和烟草侵蚀，听起来有些沙哑，措辞也很随便，但是没有饱经风霜后的冷漠，反倒透出了善良的本性。

虽说来自东京，但她有点淡淡的口音。大岛觉得这人不错，同时也被激发了好奇，然而车子已经穿过了城镇中央流淌的鱼野川。双叶旅馆是沿河开设的几家旅馆之一，短促的对话刚刚结束，车已经开到了门口。

双叶是六日町温泉旅馆中历史最悠久的老店之一，但是在温泉热潮兴起时，被经营者贸然进行了半吊子的现代化改造，反倒成了一家极其普通的旅馆，这两三年生意也不好，还传出了即将破产的传闻。

尽管如此，这里还是竖立着御影石[*]大门，挂着大大的门灯代替招牌。灯光已经亮起，映出“双叶”两个大字和桔梗花纹。

女人似乎察觉到前窗外面就是那两个大字，对大岛说：

“啊，停在门外就好……”

车费是六百四十日元，女人给了他一张千元钞票，说：“不用找了。”

但是，她没有马上下车，而是保持着把钱包放回包里的动作，突然一动不动了。

“您怎么了？”

大岛一开口，女人仿佛下定了决心。“我不下去了，送我回车站吧。车钱我另外再给。”

大岛道了声“好”，正要发动引擎，又被女人叫住了。

“啊，等等，你有写字的东西吗？”

她借了大岛的圆珠笔和写营业日报用的表格，把行李箱当成书桌，在表格反面匆匆写了几个字。接着，她把纸仔细叠好，做成过去那种书信的模样，交给了大岛。

“不好意思，能麻烦你进去问问，看一个叫石田的客人来没来吗？如果来了，再麻烦你把这个交给旅馆的人，让他转交过去。如果没来，你就直接出来吧。”

说完，她又递给大岛一张千元钞票。

---

* 指产自日本神户市东滩区御影石町的花岗岩。

“不用了。”

大岛推掉钞票，拿着信下车，走进了旅馆。

两三分钟后，他又拿着信出来了。

“客人，您刚才说的是‘石田’吗？店里倒是有位‘西田’的预约，刚才打电话通知‘要晚点到’。没有叫石田的客人。”

女人有点为难地说：“我说的是西田呀，肯定是你听错了。啊，不过算了，你送我回车站吧。”说着，她接过了大岛还给她的纸条。

大岛觉得自己听到的确实是“石田”，有点难以释怀。但他没说什么，而是按照女人的要求，掉头开了回去。

很快，车子又开上了坂户桥，快要下桥时，女人突然说：“快停车。”大岛听了，慌忙猛踩刹车。

“我要下去一会儿。难得来一趟，就让我看看河景吧。”

女人下了车，往回走到坂户桥中央，靠在扶手上，凝视了一会儿流水。

说是一会儿，其实也不到一分钟。如果换作平时，倒是能看到芦苇在傍晚的微风中摇曳，水鸟在河里嬉戏，夕阳染红了河流的怀旧风景。不过这几天一直下雨，河水涨了不少，水流也很快，夕阳被浑浊的乌云尽数笼罩，毫无风景可言。

尽管如此，当女人回到车上，她还是说：“这条河真好，跟我家乡的河很像。”

那不像是真实感想，反倒像为了安抚等待她的司机。

“您家乡在哪儿啊？”

“北上。”

“北上，是东北的北上川吗？”

“没错。啊，对了，我之所以喜欢这里，就因为它很像家乡啊。我现在才发现……不过我已经二十年没回去了，那里一定也发生了很大变化。”

车子开动起来，女人似乎注意到了仪表盘上带照片的姓名牌。

“师傅，你姓大岛？”

她问。

“对……怎么了？”

“没什么，我只是觉得这张照片不像你，像另一个人似的……刚才那条河，我记得以前好像更窄一些，而且之前也说了，记忆其实会说谎。现在看来，照片也会说谎呢。刚才车站那张照片也是，完全像个陌生人……”

她突然不说话了，转而问道：“这附近有什么吃东西的地方吗？我在车上什么都没吃，肚子有点饿了。”

说完，她又补充道：

“不用到车站也行。”

话虽如此，前面再拐一个弯就是车站。不过，拐角前方正好是大岛常去的酒馆。

大岛在酒馆门前停下车，告诉她：“这里只有咖喱和意大利面，不过味道还可以。”

这座二层木造小楼的楼上是角灯酒馆。女人略显不安地抬头看着通往店门的陈旧木梯。她好像不太喜欢这里。

大岛察觉到她的反应，又隔着背后的车窗，指着道路另一头挂着白色麻布短帘的店铺说："这里还有半个小时就要打烊了。如果您想多坐一会儿，那边还有家居酒屋……"

"我先在这里吃点吧……谢谢你了。"

她又拿出一张千元钞票，对他说"不用找了"，然后走下车，上了台阶。她的行李箱不算大，但不知装了什么，只见她的背影倾斜得厉害，像在搬动重物。大岛总感觉，她背后散发的疲劳感应该来自今晚将会到达双叶的那个男人。

虽说镇子很小，不过他们应该也不会再碰面。就像忘掉其他客人那样，大岛很快忘了那位女客，一分钟后到达车站。

六点三十二分。

因为是星期五晚上，正好到站的下行列车带来了比平时更多的乘客，可他们都径直穿过了出租车候客点，朝公交车站走去。

积雨云像屋檐一样出现在城镇上空。这雨若干脆下下来，或许还会有客人搭出租车。然而云团虚有其表，迟迟挤不出什么雨滴。大岛下了车，跟同行一起感叹生意不好，同时觉得外面异常闷热，汗水都粘在了皮肤上。

虽说没刻意去想，他心里还是有些惦记，忍不住在车站涌出的人潮中寻找貌似跟女人有约的中年男人……因为他很好奇，到这里来跟那个女人碰头的男人究竟是什么模样。

女人管以前跟她一起到这个温泉小镇来的男人叫"瘟神"。

今夜跟她相约的人是否还是那个男人？他有种感觉……应该是。

女人说她十六年没来了，那是否意味着她也与那个男人分别了十六年？不知为何，大岛觉得她就是这个意思。十六年……对，他惦记的就是那个说法。

一般被问到“多少年前”，都会回答个概数，比如“十几年前”或是“超过十年了”。十六年这个精确的答案似乎意味着她与男人的关系特殊，哪怕相差一年也意义巨大。女人手上那个看似沉重的行李箱，莫非装着她与男人十六年的岁月？

尽管没什么凭据，只是茫然的感觉，但是两分钟后，他意识到自己的直觉其实很准。

大岛请同行帮忙看车，叼着香烟走向告示牌。

那个女人刚才究竟在这里研究什么？

她好像在看海报右侧……他走向印了烟花照片的大海报，并且在看到的瞬间皱起了眉。

介绍六日町祭典烟花的海报并没有什么格外吸引人的地方。不是这张。女人看得出神的是海报旁边的人脸照片。

刚才她提到了“车站那张照片”。当时她正好在谈论出租车里的照片，所以她说的应该是“贴在车站的人脸照片”才对。女人说，那张照片也是骗人的……是不是那张照片跟真人完全不一样的意思？

那张比普通海报尺寸还小一圈的纸上印了四张脸。

这些都是犯下重案要案，被全国通缉的人。其中唯有一个男人的脸上带着笑容。那张脸翘着嘴角，露出了整齐健康的牙齿，又是娃娃脸，与其他三人阴沉的面孔截然不同，充满了生气，乍一看是个与犯罪完全无缘的人。

然而，大岛之所以被那张脸吸引，却不是因为那人的长相，而是底下的名字。

石田广史。

所以,他的确没听错“石田”这个名字,那女人说的就是“石田”。她可能不知道,男人预约旅馆时用了“西田”这个假名——

不，大岛无法移开目光，还有另外的原因。

此人涉嫌杀害东京都西池袋黛安酒吧老板夫妻，夺走四十二万日元现金。而吸引了大岛目光的，是照片里的男人作案的日期。海报上记载的日期是大岛成人那一年，因此是十五年前。那年的六月二十六日。而且，今天是六月二十五日，这个案子到今天就整整过了十五年……

积雨云越来越阴沉，第一波雨点已经落到了脖子上，可是大岛几乎没注意到。

女人把这个案子发生的日期当成了重要的纪念日，就像他的成人仪式一样，深深镌刻在了记忆中……她在案发前一年跟这个男人来过小镇，所以才会说十六年前……

而且,她还管这个男人叫“瘟神”,因此才会说这张照片撒谎。因为单看照片，石田广史虽然面容瘦削，却没有脸颊凹陷形成阴影的穷酸相，反倒给人一种清爽的印象。

然而，他其实是个为了区区四十二万现金不惜杀人的暴徒，脸上可能也渗透了那种凶恶罪犯的阴影。

大岛看了一眼手表。

下午六点四十分。

可能是他想多了。一来，他不确定那个女人是否在看这张通缉海报；二来，石田这个姓可能也是巧合。说不定那个女人跟海报上的案子没有任何关系。

只有一点很清楚。

今夜零点之后，石田广史的照片将不再有任何意义。无论石田今天潜伏在日本什么地方，到了明天，他就无须再惧怕警察和他人的目光。现在，这个石田可能是全日本最度日如年、心烦意乱的人。大岛当年应该在电视新闻或报纸上看到过这个案子。可是十五年的岁月和期间发生的无数更大的事件已然将它埋没，现在他只能说，自己仿佛第一次得知那件事。案子被一个女人突然带到了小镇上，与大岛的平凡人生发生了短暂的交错。这并非多想……石田的姓也不可能是巧合。那个女人的言行绝对谈不上正常。他亲眼看见了。那个女人把之前叫他传递的像纸条一样的信从桥上扔进了鱼野川……可是，该怎么做？仅凭这点情况，警察会出动吗？若是出动了，最后发现女人与案子没有任何关系……那个人看起来很善良，他不希望给她平添麻烦。然而，如果跟那个女人相约在这里碰头的果真是警方正在通缉的杀人犯……这个凶手可能躲在某个地方，心跳伴随着秒针的节奏，正焦急地等待明天的到来吧。

大岛因为两种完全相反的意义焦躁不安。他有生以来头一次面对如此重要的抉择。去年被裁员固然是人生的一大转折，然而他当时没有选择的余地，尽管心中痛苦，却不需要迷茫。现在，他却陷入了深深的迷茫。应该报警……还是不用报警？这个迷茫很难找到答案，手表的秒针一刻不停地抹去时间。山间小镇的夜晚随着雨点落下而到来，这是照片上的人花了漫长的十五年，焦灼等待的最后一夜……

他必须立刻做出决断，等到明天就太迟了。如果让一个杀人犯获得自由，大岛将会后悔至死，迷茫一辈子。他会始终惦记着，那天晚上到镇上来跟女人碰头的西田，会不会真的是杀人犯……

距离明天还有五小时二十分……不，五小时十九分。

十五年前，昭和五十×年六月二十六日，第一个在池袋西口繁华街的黛安酒吧发现凶案现场的人，是店里半年前雇佣的酒保——石田广史。

那天凌晨三点多，石田送走最后的客人，接着收拾店铺，三十分钟后走了出去。当时老板夫妇还在店内计算当天的营业额，因为数字对不上，老板和负责招呼客人的妻子发生了争吵。因为这件事，石田只是草草收拾了一下，便慌慌张张地离开了。可能因为过于慌张，当他步行将近二十分钟回到巢鸭的住处时，才发现自己把钱包落在了店里，只得步行折返。

夏至刚过，石田四点半左右回到店中时，天已经蒙蒙亮了。他看见店门没锁，猜想老板夫妇还在里面。他开门一看，的确没错，两人真的在里面。只不过两人都变得与一个小时前大不相同——老板向井信二的胸前插着一把菜刀，倒在地上。妈妈桑杉江则俯伏在旁边卡座的沙发上。两人浑身是血，连桌子、吧台和墙壁上都溅满了鲜血。

要走到店里打电话，就不得不跨过两人的尸体。石田实在没有那个勇气，便一口气跑到了车站门口的派出所。五分钟后，他带来一名巡警。

巡警通报后，调查人员马上赶往现场。在此期间，石田对巡警描述了发现惨案的过程。过后回想起来，这是石田试图以第一发现者的身份瞒过警方的视线。

成为第一发现者有一定好处。石田事先准备好衣服，在犯罪现场换下了身上染血的服装，但是他不知如何处理双手和鞋子上的血，以及凶器菜刀上的指纹，所以他这样搪塞道："我以为老板还活着，就忍不住抓着菜刀，想把它拔出来。"不仅如此，他还自作聪明地对巡警发表了一番推理："妈妈桑最近跟店里一位客人走得很近，可能老板不高兴，跟妈妈桑吵架后，怒气上头，抓起了菜刀，杀了妈妈桑后又自杀了……"他还补充道，不仅是今晚，老板夫妇关系早有不和，店里的六位女公关都能证明这一点。

他虽然脑子很聪明，但有时会做些令人难以置信的蠢事，所以大家都不怎么看得起他——

后来，一位女公关这样评价石田。其实，石田的犯罪过程中也有一个只能称之为愚蠢的失误。在等待池袋警署调查人员赶来，并且记录石田的证词时，巡警发现老板向井还有一点微弱的呼吸。尽管只是奄奄一息，好在马上叫了救护车，向井奇迹般地得救了。三天后，他脱离危险状态，完全恢复意识，并告诉警方“凶手就是石田”。

那天临近月末，石田亲眼看见老板从客人那里收回了很多赊账，手提保险箱里装了不少现金，因此策划了犯罪。首先，他趁老板上厕所时杀害了妈妈桑杉江；接着，他又趁老板出来，吓得目瞪口呆的空当，操起菜刀朝他扑了过去。老板向井信二平时不在店里接客，而是在后面负责运营和后勤。不过他爱好钓鱼，不时亲手处理自己钓上来的鱼，端给客人吃。因此，店里放着一把三十厘米长的刺身菜刀，它成了石田趁手的凶器。

其实没等被害者亲自作证，警方在案发之后就断定了石田是真凶。向井被抬上救护车的时候，石田趁乱逃走了。另外，凶器的刀柄上发现了石田的指纹。女公关又证实石田赌马失败，欠了不少钱。店里还接到过疑似暴力团伙的催债电话。

行凶时间是凌晨三点半左右。其后，石田回过一次住处，但那是为了把抢到的钱藏在家中。凌晨四点左右，送报纸的少年目击到石田走进出租屋房门。后来警方展开调查，在石田房间门口发现了被害者的血迹，应该是被印在他的鞋底，从现场带了过去。

向井被救护车接走后，石田意识到计划失败，悄悄离开现场回到住处，带走了四十二万现金和一些随身物品。一名住户目击到石田提着运动包，神色慌张地从出租屋后门逃跑了。

凶手竟然没有确认被害者死亡，就假装第一发现者跑到派出所报案，这个愚蠢的举动令警方忍俊不禁。由于那片地区开设了许多挑战法律底线的色情店铺，又是犯罪多发区域，这起案子放在其中一点都不稀奇，警方一开始也认为能够轻易逮捕到这名凶手。

然而事与愿违，石田广史逃出后门消失后，整整十五年都没有被警方追查到。

不，从公诉时效成立的法律意义上说，十五年还没过去……*还剩下几个小时。准确来说，还有四小时二十七分钟——

我一边接听出租车司机大岛成树的电话，一边看向警署的挂钟，确认了时刻。

晚上七点三十三分。

大岛最终犹豫了半个多小时，才给隶属于六日町警署的初中同学山根打了电话。山根忙着加班，把电话内容简单概括了一下，将工作完全托付给我。他之所以在一课刑警中选择我，是因为想起了我以前在忘年会或是别的聚会上热情讲述过这起案子。

虽然警署门口也贴着通缉海报，不过纵观整个六日町警署，最关心这起案子的人，的确就是我了。案发当时，我隶属于东京上野警署，虽然与发生在池袋的案子没有直接关系，但也听说了

---

* 小说发表时此类案件在日本的公诉时效为十五年，但从二〇一〇年四月二十七日起，此类案件的公诉时效被废除。

不少消息，并对案子产生了兴趣……我当年三十二岁，与凶手同龄，虽没有赌马，却沉迷自行车赛赌博，欠下了对公务员来说难以想象的巨额债务，连妻子也提出了离婚。

尽管当时我也嘲笑过凶手没有好好确认杀害目标是否死亡，但心里总觉得有点虚。因为我感觉那个愚蠢的凶手跟自己有点像。

两年后，我与妻子离婚，调动到这个离家乡长冈很近的小镇，彻底戒掉了赌瘾，开始带着使命感完成这份平凡的工作。我把父亲死后留下的房子卖掉，偿还了欠款。不久后，我跟镇上的一名女性结婚了。

现在，我们租了一间小房子，过着还算幸福的生活，偶尔也会回想当年——东京，案子，还有宛如赢不了的自行车那般，毫无意义地焦虑空转的自己……

不过，山根把那通电话转过来之后，我听着大岛成树的描述，已经顾不上怀念东京和那起案子了。

“女人走进角灯后，已经过了快一个小时，对吧？”

确认完这一点后，我对大岛道谢，并报上自己的手机号码，请他有新情况马上联系，接着挂掉电话，看了一眼手表。

晚上七点三十九分。

首先，我找到角灯的电话，马上打到店中。我也经常光顾那家小酒馆，跟老板泷口夫妇比较熟。

“那位女客二十分钟前就走了……会不会到您那边去了呀？”

老板接了电话，回答我的提问。

“我这边？”

“警署啊。她付钱的时候问我警署在哪里，我就告诉她了。您这电话是在警署打的吧？……啊，等等，我老婆有话要说……”

通话暂停了片刻。

“她离开后，好像去了玩具店。”

“玩具店？”

“嗯，是该叫玩具店，还是小孩子的杂货店呢……你知道的吧？就在我们店隔壁。”

那位女客离开没有五分钟，泷口的妻子发现她忘了东西，便追了出去。她先往车站方向走，但是没找到人，便原路折返，正好碰见她从附近的杂货店买了东西走出来。女客接过她落下的东西，向老板娘道谢，接着又问斜对面的居酒屋开到几点。老板娘回答：“开到十点半左右。”女客便说：“那还可以坐很久呢。”当时雨已经挺大了，老板娘还打着伞把她送到了居酒屋门口。

“唉，真不好意思。我老婆回来后只说她把东西送过去了……那位客人现在应该还在田舍屋。她怎么了？”

我给了个含糊的回答。

“她落了什么东西？”

我又问。

“手表。放在桌子角落了……”

我“嗯”了一声，请教了杂货店的电话号码，刚准备挂掉电话，突然想起一件事。

“那位女客为什么把手表从手上摘下来了？”

对方的回答让我很意外。

“不是从手上，是从脚上。她好像是从右脚踝上摘下来的。我记得那是一块男款的金表。”

女人坐在吧台旁的餐桌座位上，点了一份咖喱饭，但是只吃了一半就说：“咖喱饭很好吃，但我没什么食欲。”接着她双腿交叠，好像陷入了沉思。由于妆化得太浓，她的脸看起来反而有点显老，不过外衣底下大胆露出的腿部曲线还很紧致。然而，老板注意到的并非她的美腿。

“她发现我在看，就把手表从脚踝上摘下来了……还说什么‘我瘦了很多，戴在手上会掉’。我只觉得她是自然而然地叠着腿，老婆却冷冷地说，‘那是故意翘给男客和你看的。’她甚至说‘那人知道自己双腿的商品价值’‘嘴唇也散发着欲望，好像恨不得整个身体像吸盘一样把男人吸过去’……”

如果说角灯的老板夫妇是这天跟女人接触的第三组证人，那么下一组证人就是与角灯相隔三个店面，更靠近车站的杂货店里正在看店的胁田富久（七十二岁）。

“你说那个女人啊，对，刚才还在……她买了四百日元的烟花套装，里面有仙女棒，还有地老鼠……我问她是不是买给孩子的，她笑着说，‘孩子太麻烦了，我没有生。不过这样一来，我就永远是孩子，看到烟花和玩具就忍不住买，真让人为难。’不，她穿的衣服和说的话都很没品，但感觉并不是坏女人，挺讨人喜欢的。那女人还说，‘我过几年还会来，老太太您要一直健健康康等着我哦。’”

第五组证人是田舍屋老板鬼头泉太郎。他表示，女人一掀开短帘走进来，他就知道这人有问题。

不过，这位老板对她的印象也不坏。她好像用尽了全身力气似的倒在最角落的座位上，先说了一句“我身上没什么钱，便宜的酒就好”，然后点了冷酒和当地特产煮车麸，还挤出满脸皱纹，笑着说“真好吃”。她的笑容天真无邪，能让人忘掉那张脸上的厚重妆容，因此老板也对她有了好感。

老板四年前失去了六十二岁的伴侣，其后靠着大学刚毕业的儿子帮忙，勉强维持着店铺。尽管这家店只有三十多平方米，但每天都坐满客人，两个人几乎照顾不过来。不过这天晚上下起了雨，因此除了那个女人，店里只有两桌客人。由于店中清闲，只能听见越来越大的雨声，还有电视直播棒球比赛的声音。

“我看您是来旅行的吧……今晚有地方住吗？”

他见女人拎着行李箱，心里有点好奇，便问了一句。

“我住在河那边的双叶。本来跟旅伴约好了在旅馆见面，不过他还没来，所以我在这里打发时间。”

“为什么……不在旅馆等呢？那边也有饭菜。”

“我也不知道他是否真的会来。要是他不来，只有我一个人，那我就不住旅馆，直接搭最后一班车回去了。”

女人说完，找他借了电车时刻表，然后笑着说：“我好像已经有点老花眼了。”接着，她又请老板的儿子夏雄代为查看了六日町站和越后汤泽站的末班车时间。

“新干线的末班车是十点二十分……”

她嘀咕一声，从包里拿出一块貌似男款的金表，查看了时间。

接着，她又说：“电话借我用用。”

然后，她拿出小本子，好像要查电话号码，不一会儿却啧了一声，转头问他们：

“你们知道双叶的号码吗？”

夏雄又帮忙查了电话号码，接着女人就站起身来。电话摆在吧台最角落。女人刚要伸手拿起话筒，电话突然响了。

老板看了一眼店里的时钟，又瞥了一眼儿子，然后拿起了话筒。妻子死后，他瞒着儿子跟公路旁一家小饭馆的女老板交往，还约好了她今晚打电话过来。

老板对着话筒说了几个“好”，不到一分钟就挂了电话。他再看一眼时钟——

八点三分。

女人站起来，拿了话筒，打给双叶旅馆。

“请问西田先生到了吗？哦……那边没有联系吗？”

对方应该是回答了“没有”，女人失望地喃喃道：“是吗……”就在那时，玻璃门敞开，一位常客走进店中。

老板喊了一声“欢迎”，女人也朝那人看了一眼，但很快就漠不关心地转过脸，继续跟旅馆通话。

“雨好大啊。”

客人坐在吧台中央，接过夏雄递来的毛巾，擦了擦雨水打湿的头发和白衬衫。

“吃点什么？”

老板似乎有点紧张，声音略显僵硬。客人使了个眼色，暗示他‘自然一点”，然后说：“我开车来的，不要酒。给我随便做点吃的吧。”

那位客人就是我——堀内行浩，四十七岁。我给杂货店打完电话，又打了一个电话，接着便开车过来了。准确来说，我正在争分夺秒，因此是边开车边打第二个电话，并且在到达停车场后拨通了田舍屋的电话。我让他只回答“好”，然后对他说：“我要调查你店里的女人，等会儿我进去了，你也别说我是警察。”接着，晚上八点五分，我在手表上查看过时间后，掀开短帘，打开玻璃门，出现在女人面前，成了当晚第六个……也是最重要的证人。

不，走进店里的人虽然是我，但应该是女人在我面前登场了。

我不动声色地观察着打电话的女人，总感觉对她有点印象。

有印象的并非面容，而是说话的声音，还有靠在墙上，仿佛光站着就疲惫不堪的忧郁背影。还有——

“不好意思，一会儿西田先生来了，能麻烦你转告他，给田舍屋打个电话吗？对，就是过了河往车站方向走，路上那家居酒屋……你告诉他，我在店里坐着。名字？你跟他说是一个女的打电话找他，他就知道了。”

说完，她挂断电话，落座时遇到我的目光，立刻反射性地露出了娇柔的笑容，仿佛对此无比娴熟。

这些都触发了我的记忆。于是我假笑一下，认认真真端详着女人的脸。

“哎，我们以前是不是见过……”

其实，这些都是装的。

“嗯……应该是东京池袋的……对了，是黛安酒吧吧，你在那家店里工作。我去过五六次呢。呃……不好意思，我忘了你叫什么。反正那只是工作用的名字，不是真名吧。”

由于比较慌张，我干脆演起了戏。现在顾不上像平时查问那样，一点点逼对方说出真相。

女人突然收起了笑容，冷冷地说：

“你认错人了。”

说完，她便转了过去。

或许我不该一上来就提池袋和黛安。如果我只含糊地说“以前在东京……”，对方可能会主动补充细节……

然而，我也顾不上后悔。

“你的确是下来的人吧。”

我又说了一句。

“下来的人？”

“我们管东京来的人叫下来的人。看你的打扮就知道了。”

“那上去的人是什么打扮？你好过分啊。”说完，她又笑了起来，“我以前也是上去的人，因为老家在北上。”

“在东京哪里？”

“现在是千叶。以前也在东京的店里待过，但是跟池袋方向相反……女人只要化浓妆，长得都差不多，所以你肯定认错了。”

不知不觉，我就跟她混熟，之后交谈了将近一个小时。然而，除了大岛已经提供过的信息，我几乎没有打听到别的内容。

在居酒屋里也提到了她跟男人相约在双叶碰面的事情，但并非女人直接说出口，而是老板发现我的焦躁，在旁边帮忙说了一句：“你跟这位客人套近乎也没用，人家已经跟情郎约好今晚在双叶碰面了。”

反倒是女人对我十分好奇，我除了姓名与年龄，其他全都没说实话。我有个小学同学，目前在长冈的食品工厂负责后勤，我就把他的经历和现在的生活全都套到自己身上了。我试图在聊天时假装漫不经心地问一些关于她的问题，她则比我更不动声色地用别的问题搪塞过去了。比如我问她叫什么名字。

“由香理。”

她回答。

“那是店里用的名字吧。这里不是那种店，你就告诉我真名嘛。”

“……不要，我只要一个人知道我的真实面目和姓名就好。”

“是说和你约了在双叶见面的那个人吗？”

“不对。是另一个人……那只是一个晚上的关系……甚至连关系都算不上。”

“怎么，你现在等的这个人不是‘情郎’吗？”

“对，不是。所以我也没等他，他来不来都无所谓。不说那个了，你刚才明明说有老婆和女儿，怎么跑到外面来吃饭……”

就这样，最后都是我被迫回答她的问题。“我老丈人身体不好，老婆跟女儿一块儿回家照顾他了。”我只能竭尽全力回答她的问题，完全没有时间思考自己该如何提问。

就这么过了将近一个小时，一位新客走进来说：“雨停了。”女人马上站起来，看了一眼电话。

“还没打来啊。”

她嘀咕一句，去柜台结了账。

“要去车站，还是旅馆？不如我开车送你吧。”

“我也不知道要去哪里……随缘吧，等出去再决定。”

女人如此拒绝后，关上了玻璃门。并不顺滑的门发出了空虚的咔哒声。那阵刺耳的响动似乎证明了这一个小时一无所获。我有点焦急。首先，我对女人还是毫不了解；其次，跟她聊天时，我愈发觉得自己以前见过这个人，只是越努力回想，记忆就越难以捕捉，让我烦躁不已。

这一个小时的收获恐怕只有“女人在刻意隐瞒身份”而已。她之所以对我问个不停，必定是因为不希望别人向她提问。女人的浓妆，刻意讨好男人的举动，还有她的声音，可能都隐藏着与犯罪有关的秘密——

尽管我心中焦急，却没有马上追出去。因为这一个小时还有一个收获——尽管我不明白自己为何对这个女人有印象，但我们之间似乎产生了某种纽带。就算我不追上去，她很快也会来找我……不知为何，我对此坚信不疑。

我甚至自信地认为，那女人对我百般询问的另一个原因，是对我这个男人产生了兴趣。或许，这只是我的一厢情愿。正如角灯的老板娘所说，她可能就是那种能让男人生出一厢情愿的厉害女人……只不过我的一厢情愿并非毫无根据。

“刚才那女的干了什么？”

老板小声问我。我回答：“现在还不能说。”然后，我看了一眼时间。

女人已经离开三分钟。

现在是晚上八点五十六分。

我又看了一眼手表确认时间。这回看的不是自己的手表，而是女人忘在菜单后面的金表——我不禁想，女人就像之前离开酒馆那样，故意落下了这块男表。可能为了让我有理由追出去，也有可能为了方便自己回到店中——

一个小时前，我从警署驱车赶往田舍屋的途中分别打通了双叶旅馆和池袋警署的电话。

池袋警署由于完全没有新线索，似乎已经彻底放弃了案件调查，但是听我提到出现在六日町的女人后，还是产生了一些兴趣。当我问到“在逃的嫌疑人石田广史身边是否有这样的女人”时，对方回答："目前警署的成员都不清楚，不过当时负责案件调查的栗木庄三刑警应该知道，我这边马上联系他，让他给你致电。"但是有个问题，栗木现在不在东京，可能一时半会儿找不到人。

九点十二分。

我正准备开车离开居酒屋的停车场，就接到了栗木刑警的电话。准确来说，栗木庄三去年已经退休，如今应该叫他前刑警。电话是从广岛打来的。

我马上说了关于女人的事情，问他是否在调查过程中遇到过这样的人。

"她后颈部下方是否有三连星一样的黑痣？"

栗木用步入老年的沙哑声音反问道。

我回答："她在店里也穿着外套，看不见后颈……"

"是吗……"

他只应了一声，然后陷入沉默。片刻之后，他又对我说："是有这么个女人，名叫 Mizuno Haruko……"接着他告诉我，那个名字写作"水野治子"。

她是当时在黛安工作的一名女公关，案发一年前开始与嫌疑人交往。案发不久和一年后，石田一共两次打电话联系过这个女人。第二次电话还保存了录音。石田对她说："我的钱用完了，能不能借点给我。十万就够。"然后，他还要求她把钱寄到室兰邮局。栗木等一众调查人员专程飞到了北海道，但石田似乎察觉到治子在配合警方工作，并没有出现在邮局，并且从那以后，也没有再联系治子。水野治子是个老实、认真的女人，一直往家里寄钱供养残疾的弟弟，由于自己也缺钱，再加上不想被怀疑为石田的共犯，就积极配合了警方的工作。其后，警方陆续收到消息，先是有人发现石田在北九州市的钢铁厂工作，接着，下关、名古屋、小郡、德山都传来了目击信息，然而这些都是连信息提供者姓名都不太清楚的传闻,并没有推动调查进度。最新的信息是“在广岛闹市区后街的饭馆看见了他”，来自一周前。

“所以你才去了广岛？”

“不，反正那些信息都不靠谱……我也不是真心过来找他的，而且我也退休了。只是早就想去安艺*的宫岛区参拜，就当旅行了……不过正好临近时效，所以我虽然已经退休，还是先跟署里打了声招呼。”

他去了那个饭馆，发现报案信息应该是假的，因为这里的经营者和店员都没什么印象。

“不过，除去名古屋，从北九州到德山，基本每三年就会收到一些消息,最后的消息就来自广岛。而广岛正好是石田的老家。”

“也就是说……”

“嗯，也可以这样认为。随着时效的临近，石田在一点一点往老家走。”

说到老家，我想起来了，便对他说：“水野治子的老家是北

* 日本古代行政区划的国名，相当于现在广岛县西部区域。

上吗？”

“她老家的确是东北，不过在三陆那边。我记得是气仙沼……啊，还有，那个女的对你说目前在千叶？去年退休前我去找过水野治子，当时她在大宫的店里。”

然而，这也无法完全证明那个女人不是水野治子。两人的家乡同在东北，现在又同在东京近郊工作，我觉得她是水野治子的可能性更大了。

“那个双叶旅馆对西田有什么说法？”

“西田在三天前的晚上打了预约电话。他有口音，但不清楚是不是广岛口音……我等会儿再打电话去问问旅馆。”

一个名叫西田的男客预约了两人的住宿，并说他的同伴可能先到，而且两人都有可能要深夜才到，届时不需要准备晚饭，但他会把晚饭钱也付了。到了今天，他傍晚又打来电话，说还要晚到一些……

“假设电话是石田本人打的，他恐怕不会在六日町露面。我刚刚想到，女人可能是为了扰乱警方的注意……”

“相当于替罪羊……”

“是的。他反倒极有可能在广岛这边。或许，他发现有人报案，为了把警方的注意力从广岛转移出去，特意把女人约到了那个小镇……警方其实不会理睬那种信息，只不过我这个退休人员自费过来调查。逃犯本人则提心吊胆，可能因此做了不必要的举动。”

“你是说，我和出租车司机都被那两个人耍了？可是，就算为了转移警方的注意，那样做不会反而招致危险吗？”

“不，他潜逃了十五年，自由就在眼前……假设他在触手可及的距离遇到阻碍，其焦虑肯定异常强烈。那样一来，他很可能会干出对自己不利的愚蠢举动。更何况，我觉得那女人的行动就是在故意引起别人注意……”

她在人来人往的地方长时间注视通缉犯的照片，脚踝上戴着一块男表，还拐弯抹角地让镇上的人察觉到她背后的男人……

“那个女的现在在哪儿？”

“六日町站的站台，角落的长椅上。”

我一边打电话，一边开车驶向车站。因为那个女人很可能去了车站……结果我猜对了。只不过，她不是为了坐车，绝对不是。女人猜到我会开车追过去，刻意坐在了门口转盘能看见的站台角落……

“她打算乘车离开吗？”

“不一定。晚上八点以后，这里会变成无人车站，可以自由出入站台。”

九点二十五分。

上行和下行都要半个多小时才有车开过来。

“你要趁这三十分钟接近那个女人吗？我有一个办法确认她是否为水野治子。去年在大宫见到她时，我找她要了手机号码……这样吧，我九点四十五分准时打过去。请你在那个时间待在她身边。”

女人身上应该没有手机，因为她借用了田舍屋的电话——我正要提醒，但是改变了想法。用店里的座机更容易让别人听见电话交谈的内容……假设那个女人打电话也是为了让店里人知道她在等一个男人……

我答应了他，然后挂掉电话，把车停在转盘角落，走上了车站台阶。站员办公室里还有人，我听他们提起一个名叫高木安雄的站员在傍晚时分看到一个奇怪的女人坐在站台上，于是给高木家打了电话。

听完高木的描述，我愈发认为女人在故意给镇上的人留下深刻的印象。与此同时，那个女人还想让人知道自己准备在这里做一件很危险的事情——所以才制造了曾经犹豫是否要在这里下车的对话。

可是到头来，我还是猜不到女人的真正目的，便穿过了无人的检票口。

九点四十一分。

此时我发现拿在手上的金表慢了五分钟，便对着检票口的挂钟调整了时间，接着走下通往站台的台阶。

坐在长椅上的女人回过头，目光停留在我的脸上。我与她之间隔着一点距离，但还是看到她露出了微笑。那个微笑掺杂着口红的颜色和雨水拍打的声音，透过鲜红的唇角流淌出来。

雨又下了起来。我缓缓走向她。她双腿交叠，一只脚没有穿鞋。那只高跟凉鞋就掉落在赤脚的下方。

女人一直看着我，用脚趾灵巧地勾起凉鞋，轻轻摇晃起来。

“你把表忘在店里了。”

我把表递了过去。

“谢谢，我也刚发现。”

她穿上鞋，漫不经心地用手指摩挲着脚踝部位，然后接过手表，放进包里。

“这块欧米茄手表是假的，所以丢了也无所谓……不过，你专程追过来只是为了这个？”

女人说着，抬起涂抹了眼影的眼睑，直勾勾地看着我。她的眼睛里也带着微笑。男人追上来的意图太明显了——她用眼里的微笑无声地表达。这只是女人的自以为是。她误会了我的意图，我只是身为刑警，希望了解这个女人的信息。如果她真的与在逃犯相约在这里碰头，那我有义务逮捕那个人。不仅是那个人，还要逮捕协助凶手逃亡的女人……我之所以追过来，仅仅是为了这个。仅仅是……然而，这是真的吗？在东京时也一样。我总会趁着繁忙的工作间隙走进自行车赛场，晚上则光顾有女人陪酒的店。当时我正在负责那方面的工作，所以每次打开门都安慰自己，这有一半是为了工作。正如我把梦想托付在自行车轮上，另一半梦想也寄托在了女人身上。我认为，这里也存在押中万车券*的概率，能在一个又一个走过来陪酒的女人中，押中真正爱我的女人……

---

* 日本自行车赛赌券，指在一场比赛中押中万车券的话，就可以以一百日元的车券换一万日元以上。

这就是我当时沉浸其中的梦想。然而，自行车转向了与梦想相悖的方向，女人也抛下了我的梦想，快步走向别处，等我回过神来，已经深陷债务的泥沼，甚至面临被清除出警察队伍的危险。所以，尽管我瞧不起当时的抢劫案凶手石田广史，可心里还是对他抱有同情。如果我当时没有酒精中毒吐血倒下，恐怕过不了一个月，就会走上跟石田相同的道路……

但是，在雨声和夜色中的站台上，凝视着女人微笑的眸子，我脑中瞬间闪过的并非石田的脸，而是当时那些女人的脸。一张张女人的面孔在我脑中散落，就像自行车赛场上空飞舞的落空投注一样。我就是忍不住想，自己以前好像见过这个女人。她是那些女人中的一个吗？然而，我不记得自己去过池袋。难道只是十五年的时间让我忘却了？

没错，十五年了。再过两小时十七分钟，十五年就过去了……不，再过两小时十六分钟。

"你要回东京……不，回千叶吗？"

我在女人旁边落座，这样问道。

"嗯……不知道。我没买车票，因为不知道哪边是上行，也不知道自己想去哪里。"

"其实我也不知道。因为这个站有两条线路。"

此时，上越线和北北线的站台都没有人，只有雨点打在地面上。我看着女人的侧脸，心想她也有两副面孔。我的体内也纵横着两条线路。一条是安安分分当警察，守护小家庭安宁的人生；

另一条是沉溺于女人和赌博，虽然危险，但如同绽放的烟花般充满欢愉的人生。我并没有把那些自甘堕落的日子完全扔在十五年前的东京。我只是在忍耐。十五年过去，当那些近乎犯罪的日子即将迎来时效，我的人生再度开始寻求罪恶。女人的身体凑到了离我肩膀只有几厘米的地方。我很想抱这个女人。从拉开田舍屋玻璃门那一刻，我就很想抱这个女人……

"开车来的吗？我想去一个地方，带我去，好吗？"

女人说话时，身体发出轻微的声音。准确来说，是女人肩上的包里——我回过神来，看向站台的挂钟。长针指向九点四十五分。电话铃声沉寂下来，女人漫不经心地打开挎包，拿出手机，关掉电源，又放了回去。

她丝毫没有流露出对来电之人的关注，重新发起了对话。

"带我去水坝，好吗？"

"可以是可以，大晚上的过去干什么？"

"因为是晚上，所以才想去。"

我当然是一口答应，然后跟女人离开了车站。放在衬衫口袋里的手机震动起来，是栗木老刑警打来的……当我转身走向开来的车时，不经意间与一个靠在出租车上吸烟的年轻高个子司机对上了目光。司机看到女人，打招呼似的点了点头，接着又偷偷瞥了我一眼。我条件反射地转开了脸。那个人是大岛……我心里想着。虽然大岛不知道我长什么样，但万一他察觉到我是警察，对我打招呼，那就糟糕了。我让女人坐进副驾驶，对她说："我上个厕所，你等我一会儿。”接着，我又向车站跑去。

高个子司机果然是大岛。我刚跑进厕所，他就打来了电话，对我说：

“之前跟你说的女人，刚才跟一个男的走出车站，好像要驾车离开。男的转过了脸，天色又太黑，我没看清楚，但怀疑是石田。”

我苦笑一下，告诉他那人是我。大岛困惑地道了歉，然后问我：

“你们要去水坝吗？”

这回轮到我满心困惑了。

“你怎么知道？”

“不……那个，刚才我没好意思说，其实我偷偷打开了女人要我送到双叶的信……”

他看了里面的内容。

我说不准几点，反正今晚会去水坝，在那里碰头吧。

这就是信上的内容。女人提到水坝时，我猜想男人可能在那里等，因此没有感到太惊讶。大岛还告诉我，信上的署名是Haruko。

那个女人无疑就是水野治子了。

我谢过他，挂了电话，犹豫片刻之后，拨通了栗木老刑警的电话。

“我五分钟前给水野治子打了电话，怎么样？听见铃声了吗？”

听到这句话，我最后一次犹豫了。但那只是一瞬间。

“没听见铃声，也没看见她带了手机。”

"是吗……但她有可能把手机静音了。过后你能悄悄看一眼她的包吗？对了，刚才说到三连星的黑痣时，还有一件事我忘了说。水野治子从后颈到身体前方……乳房的位置，有一串星星点点的烧伤痕迹，像星河一样。"

那个广岛传来的声音这样说道。此时，电车到站了，下车乘客的脚步声充斥着整个车站。两个男人走进厕所，我便转过身去，挪动到了墙边。老刑警继续说道：

"我听那些跟她一起工作的女公关说……她跟石田好像不是普通的肉体关系。这点一直忘了跟你说。水野治子有一次在店里换衣服，说自己身上的伤痕是'男人让我脱光衣服，在我身上玩仙女烟花'……而且她说起来还有点洋洋自得。"

上坡的道路越来越陡，雨势也越来越小。我们冒着大雨离开城镇，如今已经过去了三十分钟。

晚上十点三十二分。

我看了一眼仪表盘的时钟，最后对坐在副驾驶的女人问了一句："为什么要去水坝？"

"你很快就知道了。"

女人再次重复这三十分钟里已经重复过好几次的话，然后打开车窗，歪着脑袋看了一眼外面的黑暗。如果在白天，这里应该能看见下方的人工湖。

"你以前跟别人来过吗？那个跟你约了今晚在双叶见面

的人……”

我又问。

“才不是。应该也算不上回忆吧……”

她的回答像谜语一样，半遮半掩。

“当时这里还在施工。”

她补充道。

的确，这座水坝建成不足十年。至于十六年前工程是否开始，我也不知道。

只不过，她刚才的话里有一点让我很在意。因为我感觉她在说，“建水坝的时候也来过一次”。

建水坝的时候你也来过这里吗？

我正要提出这个问题，女人却先说话了。

“在这里停车。”

车子已经开到了横跨人工湖的水泥桥中段。车一停下来，女人就从后座抓起装烟花的袋子，又从包里拿出火柴，走了下去。她走向栏杆。我已经猜到她要干什么。果然，她用火柴点燃了烟花……桥上虽然有路灯，但夜色更胜一筹。我只能隐约看到女人的动作，无法看清她手上的东西，但是没过一会儿，那边就亮起好似仙女棒的火光，证实了我的猜测。

她不断点燃仙女棒，又扔进湖里。我虽然知道她在干什么，却不明白她为何这么做。她为何要专程跑到山里来玩小孩子的烟花……不过，我更在意的是女人放在副驾驶座位上的包。

她无疑是水野治子，那么石田可能会联系她的手机。无论她来到这个山间小镇想干什么，也不管石田目前在什么地方，拿到她的手机，或许就能给这个毫无意义地拖延了十五年的案子打上终止符。假设石田没有用手机联系她，现在还来得及查出其所在地并将其逮捕……晚上十点五十分，还有一小时十分钟。

雨水化作无数发光的微粒，落在车前窗上，仿佛积雨云覆盖的星空又短暂地露出了真容。我透过窗户监视女人的行动，一只手悄无声息地伸进她的包。山间的夜晚弥漫着无边无际的寂静，除了我的心跳声，周围连虫鸣都听不见。由于在黑暗中摸索，我没能找到手机，还不小心把包推到了汽车地板上。于是，我慌忙打开车厢灯，拾起掉落的东西。好在只有那块金表从包里掉了出来。我飞快地拾起它，正要塞进包里，却发现——

晚上十点四十五分。不，四十六分——

表比车的时间晚了五分钟。

可是，我在穿过检票口时应该调过时间。车上的时钟跟车站的时钟一样走时准确。如此一来，可以想到的理由只有一个——我刚才去车站厕所打电话时，等在车里的女人又把时间调慢了五分钟……可是，为什么？

女人把剩下的烟花用力往远处的黑暗中一扔，似乎要转过头来，我慌忙把表塞了回去。

“为什么要放烟花？”

她没有回答，而是坐进车里对我说：

“回城吧，我要去双叶。”

我原地掉头，往城里开去，没走多远，女人就说：“刚才居酒屋有别人，我才说你认错人了。其实我以前在池袋的黛安酒吧工作过，用 Haruko 这个真名。”

说到这里，她转头看向我。“做了一段时间。”

黑暗中，我感觉到了她眼里的微笑。还有一小时七分钟……

当然，女人不可能记得我。因为我不是黛安的客人，只是骗她而已。

“你还记得我吗？”

“记得。”

“假的吧。”

“我为什么要说谎？是你把我遗忘了吧。因为我一说认错人，你就相信了。我对堀内先生记得可清楚了……当时我因为男人而缺钱，是你帮了我。”

她的声音很稳，不像在撒谎。然后她又说：“今晚也帮帮我，住在双叶，好吗？”

这女人真不简单。她本不可能记得我，却把我说成难忘的人，要用那甜美的话语钓我上钩，共度一夜……然而，她的谎言有些过头了。当时我跟石田一样负债累累，绝无能力借钱给别人。

不，这是真的吗？我突然没了自信。我隐约记得……自己在很多店都欠了钱，无法继续在上野混日子，好像也去过新宿和池袋……说不定，我真的去过黛安。如果我不顾自己的困难，对女人言听计从，到处凑钱帮她的忙，进而在债务的泥沼中越陷越深……当时，我利用警察的身份和一些金钱睡过无数的女人，其中几个的长相和名字早已被我遗忘……

“可以是可以，但我身上只有住店的钱。”

“不是钱的问题，我只是不想一个人住旅馆。”

“如果那个男人已经来了呢？”

“他绝对不会来。”

她的声音过于肯定，我忍不住看向副驾驶。对向车道的街灯从女人脸上滑过。我看到她的侧脸瞬间闪过了阴暗而冰冷，难以称为微笑的寂寞表情。那一瞬间，我突然想起了一个女人。

我并非只接触过女公关。从事警察工作，也使我接触了许多其他女性。

那个人也是其中之一。某天，她来到警署，提交了莫名失踪的丈夫的搜索请求。她只是个说话普普通通的家庭主妇。不过，她看起来疲惫不堪，动作迟钝，身形发虚，像是丢了魂的空壳……这就是我对那个人的模糊印象。半年后，我发现自己当时的直觉应验了。因为警方在她家地板下方挖出了已经化作白骨的丈夫尸体，并将她逮捕归案。

水野治子跟那个女人很像。当然，面容和体形都不一样。这个女人更讨人喜欢，还有着一股善良的气质。不过，两者都给人宛如空壳的印象。比如微不足道的眼神，一点小动作，双腿交叠的方式，靠在墙壁或椅子上的姿态……

现在，女人正用自己的手机给双叶旅馆打电话。

“你好，我是西田的同伴。这么晚了，不好意思，我这边两个人现在就过去……是的，零点以前可以入住。”

现在再听她的声调和语气，果然跟那个女人很像。难怪我会感觉似曾相识。我总算想起了一个女人，这件事激发了我的想象……晚上十一点二十一分，随着零点逼近，不知何时又下起的雨越来越大，宛如洪水般顺着前窗倾泻而下。并不存在的秒针跳动声在我耳中回荡。我在混乱中思考，石田是否还活着？这女人说的“还在修水坝”的“当时”，会不会是石田死亡的时候……石田死亡的时候……石田被杀的时候……杀了石田的时候。那些烟花是为了供奉沉睡在人工湖底的那个男人吗？

除了不为人知的供奉，杀死石田的凶手还要做一件事。她必须制造石田还活着的假象，还得保证警方在时效过去之前绝对接近不了石田。凶手有个身患残疾的弟弟。如果是她让弟弟联系西日本各地的警察，告诉他们“看见了石田”，又让他以西田的名义给双叶旅馆打电话……

十一点三十一分。还有二十九分钟。可是，如果石田已死，今天这个日子就没有任何意义。因为从石田死去到现在，还远远没有经过十五年。然而，凶手希望今天具有特殊的意义，因为她要让别人认为石田还活着……为此，她让好几个镇上的人成了证人和目击者。车子驶入城区，我故意绕了远路，所以经过了车站附近。隔着雨幕，可以看到前面的车站。那里还亮着灯。接近零点时，长冈方向还有一辆末班车会经过这里。现在距离零点还有二十分钟。

在横渡鱼野川之前的拐角，我停了一分钟。在那里向右拐就是警署。现在还有十五分钟。石田已死只是我的猜测，如果他还活着，或许来得及。我可以把女人带到警署，命令她交代石田身在何处……就算无法逮捕，我也算尽到了警察的责任。可是那样一来，我就不能抱她。若要得到她的身体，我可能会使一桩案子永远得不到解决。说不定，连我的人生也……

"你怎么了？"

"不，没什么。"

车子下了桥，接下来这段路，仿佛不是我在驾车，而是我们乘着流向零点的小舟，自然而然来到了旅馆门口。下车前，女人抬起一条腿放在座椅上，摘下脚踝上的金表对我说："送你了。虽然是假货，但是旅馆的人看到，也可能会以为你是有钱人。"

我皱起眉。

"你什么时候把表戴上的？"

"你在车站上厕所的时候。"

为什么——我用目光询问，女人只是摇摇头。那块表显示的时间跟车上一样。十一点五十三分。那么，她包里那块慢了五分钟的表又是怎么回事？

女人把行李递给旅馆里走出来的老板，然后下了车。我把车子开到院子一角的停车场，花一分钟想了想。假金表有两块，都慢了五分钟——其中一个会不会是石田的？女人是否想把留有石田指纹的手表故意忘在旅馆，然后离开？

最重要的证人不是我，而是这个旅馆的老板和员工。万一警察来了，大家都会这样说：

“是的，快到零点的时候来的。男人故意挡着脸，很快就进屋了。离开时也是……对，我在房间里看到了，落下的金表当时的确戴在男的手上……是吗？金表上验出了通缉犯的指纹啊……那昨天那位男客应该就是罪犯了。不过，如果他住在这里，那天晚上时效就过去了，就算知道是他，不也没办法了？”

如此一来，警方就会被植入石田还活着的认知，而且再也无法出手解决案子。

我不是证人，而是被女人选中，扮演通缉犯的人。她之所以在镇上来回走动，可能就是为了寻找适合扮演那个角色的男人。其实，这个女人的计划应该会失败。按照计划，可能明天就会有人打电话给六日町警察署报案，说“昨天我在镇上看到了通缉犯石田广史”。然后，从站员到旅馆工作人员都会直接或间接地给出证词，证明石田还活着。只不过，出租车司机对女人的演技过于敏感，早早打电话联系了警察，而女人并不知道出现在自己眼前的人是警官，反倒选择了他来扮演石田广史。

不过，因为男人吃过不少苦的水野治子虽然没看出我是警官，但应该看出了我是个花心的男人。我现在舍弃了警官的立场，正在试图隐瞒一项已经昭然若揭的犯罪……

我下了车，还没走到旅馆门口，胸前的手机就震动起来。一定是栗木老刑警打来的电话。现在还来得及。只要接了电话，就来得及。

我关掉手机电源，走进大门，侧着脸不让别人看见，跟已经填好住宿卡的女人一道被工作人员领进了二楼的房间。深夜的旅馆被雨声笼罩，安静得仿佛空无一人。狭窄的房间里已经铺好两床被褥，除却棉被上俗气的颜色，整个房间显得无比煞风景。

工作人员一走出去，女人马上问："现在几点？"

"十一点五十七分。"

"那就已经过零点了。那块表慢了五分钟。"

女人微微松了口气，从冰箱里拿出啤酒，又找到杯子，把东西放在了归置到墙角的桌上。女人没发现我把金表的时间调了回去，所以现在还有三分钟……

我站在桌旁，一口气喝干了她倒在杯里的啤酒，然后问："你真的跟男人约了在这里见面吗？"

"那个男人不就站在这里嘛。"

女人穿着外套坐在被褥上，抬头看着我。她的指尖伸向我的胸口。雨声猛地变大，秒针的声音突然在耳边响起。随后，是烟花绽放的嗞嗞声……发车铃声。十一点五十八分的末班车已经离开，车站应该已经熄灯了。还有两分钟……不，还有一分钟。我也熄了房间的灯，身体倒向黑暗，把手伸向那个女人。但不知为何，我感觉自己独自坐在熄了灯的车站。空无一人的，黑暗的站台。

直到兰花
凋零

五月的第一个星期日，乾有希子面对的事件中，头一次出现“杀人”的字眼。

事件发生在大约一个月前。

那天，她的生日正好跟母亲节碰上。下午，有希子对上初二的女儿说：“要不我们去车站那边吃晚饭吧？”女儿可能进入了叛逆期，这一两年开始疏远母亲，去年还无视了母亲的生日，所以有希子以为自己会遭到拒绝。没想到女儿一口答应了，还告诉她：“等会儿我有礼物给你。”

上午，丈夫孝雄借口工作出去了。就算他待在家里，可能也对妻子的生日毫无兴趣，只会躺着看电视，用背影对她说：“我不去了。”

他们住在一个六十多平方米的房子里，乘公交车到吉祥寺只要二十分钟。这是有希子出生前两年她父母买的房子，因此楼龄比有希子还大两岁，正好跟丈夫同龄。父母死后，本来与二老同住的兄长夫妻俩因为工作调动去了名古屋，房子就成了有希子一个人的。于是十六年前，孝雄跟她结婚时，从江东区的出租屋搬了过来。孝雄是社会部的新闻记者，在规模不大但小有名气的报社工作。他平时工作应该很忙，回了家却好像变成了另一个人。直到现在，有希子依旧觉得后来搬进来的丈夫像个在家借宿的人，但是有时候，她又感觉丈夫跟这座伤痕累累、慢慢腐朽的房子一模一样，仿佛比她住的时间更久。

丈夫不仅懒惰，还多嘴多舌，这点也像极了这个每走一步就吱嘎作响的老房子。有希子在一个月后引发的案件，其根本原因就在于丈夫的性格。不过她生日那天跟女儿一起坐上公交车时，心中还没有非常明确的决意。

令人烦恼的是，女儿麻美不仅长得像父亲，还继承了父亲的性格。刚出门时她还少见地表现得挺高兴，可是一坐上公交车就变得很不耐烦，露出跟她父亲一模一样倦怠、死板的表情。

公交车快要穿过桥洞时，麻美突然小声喃喃道：

“爸爸今天真的要工作吗？”

“怎么了？”

有希子问了一句，女儿却连头也不转过来，仿佛自己什么都没说过。车上有很多人，母女俩抓着吊环并肩站在一起，麻美还是一言不发，任凭不知不觉已经超过母亲的肩膀一下又一下碰撞着母亲。等公交车到站，她们要下车了，麻美突然凑到母亲耳边。

“女人……”

那仅仅是一瞬间。

麻美就像在母亲耳边吹了口气，转瞬之间，她已经背过身子，先下了车。

结果，她们在吉祥寺的百货公司买了点东西，又走进井之头公园背后的红砖咖啡厅并坐下来，才重新开始对话。

“妈妈，你怎么知道这么漂亮的小店，我吓了一跳呢。”

麻美嘴上虽然这么说，实际只是面无表情地打量着店里。有希子很想立刻问她刚才那句话是什么意思，但还是先回答道：“班上的朋友上周带我来的。”

“什么班？花艺课？”

“嗯。”

准确来说，有希子参加的兴趣班是教人如何用布面丝带和胶纸制作假花，并不是使用真花的花艺课。但她并没有费心纠正。

“你说的朋友，是去年给你过生日的人吗？”

“对啊……你那是什么表情？妈妈那天真的是跟班上的女性朋友一起去吃饭，才回家晚了。”

“哦？”女儿傲慢地说，“原来是真的呀。我还以为我跟爸爸都忘了你的生日，所以你一个人在街上闲逛，回家后为了面子撒了个谎呢。”

“我为什么要说那种谎话啊。”

女性朋友那件事是真的，但她不想继续提那个人，所以有希子苦笑一下，假装偶然想起一般，不动声色地问了一句：

“刚才你在公交车里说的那个——是说你爸爸出轨了吗？”

麻美没有马上回答，而是蠕动着嘴唇，仿佛在咀嚼措辞。不一会儿，她点点头，一口气说了出来：“黄金周放假时，我不是跟同学一起去新宿看电影了嘛。当时我在百货公司的奢侈品专柜看到爸爸和一个漂亮的女人走在一起。我趁他们没发现就走了，所以只看到一眼。不过我觉得，他绝对是在给那个女人买奢侈品。”

有希子还在困惑，不知如何回应时，麻美又恢复了刚离开家时的高兴笑容，这样补充道：

“这就是我要给你的礼物。”

“为什么要拿这么残忍的事情当礼物？”

“残忍吗？我还很小的时候，妈妈就一直想把爸爸赶出家门了，难道不是吗？如果要离婚……我不是给了你一个绝佳的借口吗？”

“……”

“即便这样，离婚也不是随口说说的事情……”

麻美的唇角残留着一丝微笑，开口问道：“杀了他？”

有希子条件反射地回答道：“怎么可能。”接着，她慌忙想找下一个话题，但是麻美比她快了一步，开口道：“可是刚才我在车上说了‘女人’，妈妈的表情一下变得好可怕。”

她想笑，但是挤不出笑容，只能挂着半吊子的微笑愣在那里。麻美微微勾着眼睛，用酷似她父亲的眼神窥视着母亲的表情。

“我女儿当然是开玩笑。尽管我很清楚，但那句话还是像尖刀一样狠狠扎进了我心里。”

后来，乾有希子在警署狭窄的房间里这样说道。

“因为几天前，我正好跟女儿那天提到的女性朋友坐在同一个咖啡厅的座位上，讨论杀死彼此丈夫的事情。这叫交换杀人，对吧？就是我杀她的丈夫，她杀我的丈夫……去年暮秋开始，我们就经常谈论这个，已经持续了半年。只不过这半年间，她从来不会说‘杀死’或是‘杀害’这种词，我也一直回避。我们两个人都默契地决定，不使用那种直接的说法……只要不用那种词，我们俩讨论的就是电视剧或者小说那样的虚构幻想情节，是不可能实现的白日梦，不过是两个对丈夫心怀不满的女人互相开玩笑发泄心情而已……我觉得只要这样，就能蒙混过去。我不知道她的理由是什么，但至少我还没能真正下定决心。到我生日时，计划已经有了具体的轮廓，我心中可能也产生了可以称之为杀意的感情。尽管如此，只要不说出那个最关键的字眼，杀意就像被不透明的塑料薄膜层层包裹，保持着模糊不清的样子……可是，女儿无意中说出的玩笑话却戳破了那层薄膜，让杀意猛地迸发出来，形成了实实在在的东西，让我再也无法忽视。简单来说，当时我用僵硬的微笑看着女儿，那个瞬间，心里明明白白地闪过了一句话——‘杀了吧’。”

时间回溯到一年前，去年生日那天。

有希子去年春天报了吉祥寺附近一个花艺课的兴趣班，每周上两次课，那天也像平常那样，她上了两个小时课，下午三点走出教室。如果换作别的日子，她会去百货公司地下的食品卖场买菜，然后乘公交车回家。但是那天，她走向了井之头公园。

她已经习惯回到家里一个人吃晚饭，可是连过生日也要这样做，未免太寂寥了。

然而，一个人在公园里闲晃也并不能排解寂寞。

公园太大，她漫无目的地走着，心里反而越来越不安，担心自己找不到出口。随后，有希子在池塘边的一张长椅上落座，喘了口气。池塘映出天上昏暗的积雨云，显得有些浑浊。明明是五月，空气却毫不清爽，过于繁茂的枝叶倒映在池塘中，宛如沉重的绿色淤泥……不过，周围还是有一丝微风的。

“你在等人吗？”

声音带着湿气，悄悄钻进有希子耳中。

她转过头，看见一个陌生的女人。

不，看到那张圆脸的瞬间，她的记忆的确有所反应，但她还没弄清楚对方究竟是谁，就顺着那人的动作微微点了一下头。

“你是乾女士，对吧？我们上小学时在同一个班……还认得我吗？”

女人坐在长椅一端，玩味地看着有希子迷惑的神情。她脸很圆，双颊饱满，双眼一眯起来，就陷进了气色红润，看起来十分柔软的脸颊中。

“我是木村多江。武藏野南小学门口不是有家文具店嘛，我是老板的女儿……不过现在姓石田。”

那人说出了有希子的小学母校。有希子想起了校门口的文具店，也想起了那家人的女儿跟她同班，只是想不起对方具体的长相。她以前应该是个身材瘦削，有点阴沉的女生，虽然两人同班，却没有说过话。

“我以前是个很普通的孩子，而且比现在瘦多了……不过，就算你想不起三十年前的事情，三十分钟前的应该可以吧？我上个月开始就跟你上了同样的兴趣班。”

有希子依旧很困惑。她上课时忙着摆弄布料和颜料，除了老师，根本顾不上跟别人说话。尤其是四月刚进来的新学生，她连长相和姓名都没记住。

“不过我也不是特别积极的新生，今天才来第三次。”

女人似乎察觉了有希子眼中残留的疑惑，再次露出微笑。

“你没有记忆，所以当然想不起来。再加上我们小时候也没说过话……不过，好不容易再见到了，我们可以现在开始创造记忆啊。”

她伸出手，要跟有希子握手。

有希子轻轻握住了她的手。

“你怎么没在上课时叫我一声？”

她用依旧有点僵硬的声音询问。由于记忆不清晰，她对这个女人还有点戒备。

不过，那已经是最后一点戒备。

女人似乎看透了有希子的想法，对她说道："我没有跟踪你。其实我早就认出你了，只是没机会找你说话……刚刚我准备回家，正好看见你在这里。这里是我回家的必经之路。你瞧，就是那座公寓。"她抬起手，越过有希子的肩膀指向上方。

有希子转过去，看见公园的树林后面有块高地，参差不齐的树梢中露出了白色的五层建筑，宛如山顶的城池。女人说她家住在一层，但是那里被绿叶阻挡，看不见房子的窗户。

"到了冬天，正好能透过窗户看到这个池塘和长椅……要去我家坐坐吗？我看看家里有没有以前的相簿。你看到照片应该能想起来。"

说完，她突然反应过来，继而问道："啊，不好意思，你在等人吗？我真是的，也不等你回答，就一个人说了这么多……"

有希子正要说"没有"，突然改变了主意。

"是的。"

她回答道。

"那不如下次……"

女人正要站起来，有希子伸手把她拉住了。

"没关系，因为我也不知道自己在等谁。"

"……"

那双眼睛看着有希子，无声地询问她的话是什么意思。

"还没遇见的人。我刚才只是想，自己可能在等某个人主动找我说话……所以，硬要说的话，我等的人就是你。"

有希子半开玩笑地说着，眼中流露出笑意。女人惊讶地瞪大了眼睛。

“那我可能也在等一个人。刚才看见你的背影，突然觉得跟我的背影很像。”

背影很像？这个人为何知道自己的背影长什么样呢？

有希子脸上的疑惑再次被女人的笑容吸去。

阳光从云层中洒落，拂去水面的阴霾，仿佛在宣示黄昏的到来。池塘的一部分像玻璃般闪烁着光芒，女人的笑脸也扫去了有希子今天一天压抑在心中的阴影。

不，不仅是今天。最近她跟丈夫和女儿的关系都不太好，除此之外，她又没有自己的生活和人生，总感觉疲劳和脱力像一层灰色的阴霾，把她的身心包裹其中。她参加假花课，本来是想改变自己的生活，但是制作假花的过程越有趣，反倒把她的生活映衬得越无聊。虽说如此，假花也没有让有希子的人生变得更加灿烂。学到第二年，这个兴趣班已经成了她单纯的习惯……

最后，她被石田多江的微笑吸引，跟她去了公寓，不知不觉开始吐露心中的不满。

其中一大半都关于丈夫。

“家对他来说就是个睡觉的地方。不，最近连睡觉的地方都不是了。要是他完全不着家倒也还好，每周只有一半时间待在家里，却很想把我完全束缚在里面……这是我最不能忍受的。我说想出去工作，他就说这样会让别人觉得我男人养不了家……反正无论什么事情，他都要照顾自己的面子。明明薪水没多少，却空有身在媒体最前线的骄傲，家里稍微有点儿不整洁，他就会很生气，‘要是让 A 报的记者知道我住在这样的地方，他们会怎么想？’”

而且他还很吝啬，一点儿都不想花钱让她上这个兴趣班。还是她答应每周两次去丈夫的哥哥家里帮夫妻俩照顾已经卧床好几年的婆婆，最后才得到他的同意。

丈夫的哥哥住在横滨。她每次都要亲自赶过去，花整整一天照顾身体动弹不得，嘴巴却很能说的婆婆。但是作为交换，另外两天时间，她可以脱离丈夫的束缚，从那个牢房一样的家里解放出来……她抱怨了许多，多江都认认真真地倾听了，而且丝毫没有流露出厌烦。

“你没考虑过离婚吗？”

“考虑过，最近每天都在考虑。可是周围的人都知道我们是热恋过后结的婚，我实在丢不起这个人……”

接着，有希子又告诉多江，多年以前，他们一个是咖啡厅的兼职服务生，一个是那里的常客，她还为了现在的丈夫抛弃了当时正在交往的男人……

“可是已经过去十五年了呀。年轻时的恋爱就像一场美丽的错误。就像犯罪一样，十五年过去，时效早就消失了……”

“嗯……可是，我们十五年来一直都说不到一块儿去，离婚的事情肯定也说不到一块儿去……他肯定会联合自己的家人一起反对，因为离婚有损他的面子。再加上他很溺爱女儿，女儿肯定也会帮他……现在我们就像家庭内部离婚，或者说分居。因为三个人全都各自行动，压根儿不知道其他人在干什么，也不想知道。”

抱怨完丈夫，她又抱怨起女儿：“那孩子完全忘了今天是妈妈的生日。就算她记得，肯定也无视了。”

“我本以为像我家这样没孩子的生活很寂寞，原来有孩子也不容易啊。”多江陪她一起长吁短叹，接着又说，“今天你过生日吗？那比我早一个月到四十岁呢。”

说完，她到公寓一层的西式点心店买了蛋糕，还做了点简单的饭菜，为有希子庆生。

多亏了这个被她遗忘的同学，有希子感到身心畅快，本来只打算待三十分钟，怎知离开公寓时已经八点多了。期间并非有希子一直在倾诉对家庭的不满，而她耐心倾听。因为那样的话她也实在太好心了，反倒让人起疑。多江也向她倾诉了自己的不满，因此这只不过是她过分热情地招待了偶然重逢的老同学而已。

比如有希子说：

“要是我老公出去找个情人，倒也能以此为理由提出离婚，可他好像对那种事一点兴趣都没有……”

多江就皱着眉说：

“我家完全相反……甚至让人觉得，他跟我结婚是不是因为身为有妇之夫出轨的感觉更刺激。”

从走进屋里那一刻，有希子就特别羡慕老同学现在的生活。她丈夫是知名企业家的次子，在父亲的公司当高管，几乎不用工作就能拿到超过普通职员的薪水……他还有个头衔是摄影师，但也仅止于兴趣爱好的程度。

即使不听多江说这些话，走进屋子的瞬间，其内部的宽敞和家具的高雅就透露了这家人的经济状态。这里布置得简直跟样板房或是画廊一样，她丈夫拍摄的各国城市和乡村风景宛如昂贵绘画般装饰在墙上。有希子不禁感叹，有钱没孩子的夫妻原来能过上犹如电视剧场景或杂志照片一般的生活。

一想到多江光彩的笑容来自她精彩的生活，有希子就不仅是羡慕，还暗暗生出了些嫉妒。

多江从宽敞的收纳柜中翻出以前的毕业照片，年幼的她俩竟并排站在一起。

虽然凤眼的尖尾多少留有一些过去的影子，但现在的多江早已不是照片上那个平凡的少女。她以前个子很矮，被埋没在号称班上第一美女的有希子的阴影中……而有希子长得亭亭玉立，总是迎着阳光仰起自信的小脸；又黑又亮的眸子丝毫不关注旁边的少女，仿佛她不曾存在于世上。

那个有希子如今也判若两人，但跟多江的变化不尽相同。有希子抬起目光。她不需要镜子，缓缓将红茶送到嘴边的多江的脸已然充当了一面明镜，无情地映照出自己三十年前的梦想尽碎，只剩下随着时间渐渐苍老的容颜。

“要是把我们两人现在的照片合起来登在杂志上，肯定很有意思吧。人生的成功案例与失败案例……当然，你属于成功案例。”

听了有希子的话，多江用力摇头。

“我也是失败案例。尤其是婚姻，比你更失败。”

“可你老公很棒啊。”

不远处的边桌上摆着两人在纽约蜜月旅行时拍的照片。多江的丈夫五官深邃，个子像时装模特一样高，但笑纹和唇角的弧度散发着温柔气质，没有给人冰冷的印象。多江在他强壮的怀抱里，看起来十分幸福。她比丈夫大三岁，但没有刻意装嫩，而是以一个女人的姿态自然地绽放在纽约的街角。

“那都是二十年前的照片了。而且也是我最后的幸福时光。”

“……”

“后来回到酒店，他趁我在浴室洗澡，就跟还没断绝关系的日本女人打起了国际电话。”

当时回国后，他便跟那个女人断了关系，只是没多久，他又勾引上了新的女人。二十年，确切地说是十七年的婚姻生活，她丈夫一直在重复这种行径，甚至同时有两三个情妇都不稀奇。

“究竟有过几个人？”

“我也没数过……如果你有兴趣，可以数数这间屋子里的照片。”

屋子里的日本照片和外国照片各占一半，每张都是不同城市的风景。伦敦、中国香港、里斯本、札幌、京都、金泽……乍一看就有二十多张。多江告诉她，每张照片都是他对一个女人的纪念。

“只要有了新的女人，他就想去从未去过的国家或城市。你说这爱好讨不讨厌？他满以为妻子不知道，还喜欢把照片挂在家里。”

“为什么不跟他离婚？如果是我，就把这些照片都撕了……”

多江的笑声打断了有希子的话。

“你不也是吗？”

多江不知不觉走到了窗边，她的背影在笑声平息后这样说：

“我跟你一样，离婚会有很多麻烦，只会徒增烦恼。而且无论多么不幸的命运，人都能适应。最近即使感到寂寞，我也不会生气或放声大哭了。感情都是会渐渐枯竭的。过去，我这副身体也曾是水灵灵的鲜花，可是丈夫每结交一个新的女人，我就会有一小部分变成干花或假花……现在已经浑身都是假花，而且堆满尘埃了……”

多江又笑了，然后说：“当然，我不是因为这个才去上假花课。”

“假花也有很多种啊。既有装饰在礼服裙上的胸花，也有小摊上卖剩下的便宜货……”

有希子自嘲似的喃喃被多江无视了。

“你在看我背后吗？”

她突然问道。

“嗯……怎么了？”

“这就是刚才你坐在长椅上的背影。”

“……”

“就算外表不同，假花就是假花……我跟你一样，跟一个毫无价值的男人生活在一起，管他叫‘丈夫’，就此荒废一生。”

有希子依旧不明白多江为何知道自己的背影如何，只不过，她略微下沉的右肩和散发着疲劳的干扁声线都让有希子觉得莫名有道理，于是她一言不发地点了点头。

多江披着一件白色夏季针织衫，衣襟斜斜地搭在右侧肩膀上，随时都会滑落。那种摇摇欲坠的感觉的确跟现在的自己很像……

“所以，我也在等一个人。那个人或许就是你。”

多江背着身子，与其说她在与多年以前的老同学有希子说话，倒更像对洒在窗边的暮色呢喃。

“从第一天起，她已经谈起了交换杀人。”

有希子在警察署这样说道。

“就是我杀了她的丈夫石田行广，她杀了我的丈夫乾孝雄……那天晚上，她送我回家，在走向车站的路上，她先提出请我私下教她制作假花。她说，‘你上了一年的课，肯定有能力向我这个外行传授一些基础技巧吧。我正好跟那个班的老师处不来，趁现在退课，还能把预付半年的课程费要回来一半。我把那一半给你，跟我在一起就不是单纯的玩耍，而是有点工作性质了，对不对？’她说得有道理，就算不要钱，我也想立刻答应。我感觉就像回到了小时候，遇到一个新朋友，心情格外雀跃。”

她们提起这件事时，正好站在电车高架桥附近的斑马线旁等红绿灯。有希子太沉迷对话，没等信号变绿就走了出去。

那个瞬间，一辆车猛打方向，朝她们转了过来。

要被撞了！

脑中闪过这句话，几欲扯破喉咙的尖叫则被刺耳的刹车声盖了过去。与此同时，什么东西撞到有希子身上。

原来是石田多江保护了有希子。车子擦着两人闪过，瞬间就不见了踪影。只差几厘米，她就有可能丢掉性命。有希子吓得面无血色，多江则比她还要苍白。

“你没事，太好了。”

多江试图露出笑容，却只在苍白的脸上扯出了僵硬的表情。

她手背上有一片擦伤，应该是冲上前去护住有希子时被车身蹭到的。虽然伤口不深，但有希子给她包上自己的手帕后，鲜血还是透过布料渗了出来。

“要不去医院看看吧？还得报警……刚才那辆车开得太过分了。”

有希子关切地说完，多江只是笑着摇了摇头。

“没关系，等会儿涂点药就行了。而且不是刚才那辆车过分，是你太不注意。信号灯还是红的，你就走出去了。”

她用像对待小孩一样的温柔语气责备道。

“是啊，真对不起……讨厌，偏偏在不好的地方像了他。”

“他……你丈夫？”

“是的。他不是报社记者嘛，总要赶时间，一直都有不等信号灯变绿就冲到马路上的坏习惯，两三年前还发生过一次事故。

他跟刚才的我一样，被摩托车蹭到，还叫了救护车呢。虽然没有外伤，但是被撞成了轻微脑震荡……”

“……”

“他就是等不了。我也很讨厌他这一点，可是平时跟他一起走在路上，不知不觉就被传染了我最讨厌的坏习惯。”

多江缓缓点了一下头。

“是啊……”

她的话尾拉得有点长，似乎心有所想。

然后，有希子让她早点回家处理伤口，多江却坚持把她送到了车站门口的公交站点，还坐在稍微远离等车队列的长椅上，跟她聊了将近十分钟。

“对了，刚才说到那起事故。发现丈夫没事时，你有没有一点儿失望？”

多江问。

“没有啊，怎么了？”

“真的？”

那双带着笑意的细长眸子凝视着有希子的脸。

“我家那位也总是不注意安全。男人啊，明明很笨拙，偏偏胆子很大，所以容易出事。刚才我提到，我们在轻井泽有个小别墅吗？有一次他从别墅楼梯上摔下来，腿都摔断了。还有一次，他偏要做没做过的料理，差点把房子点着了……不过每次都捡回一条命。所以我总是很失望。”

"……"

"因为我不是说过嘛，离婚太麻烦了……我曾经想过，要是他出事或生病死了，那就太好了。只可惜命运没有如此巧妙的安排。如果我试图亲手推动像命运一样沉重的东西，受的伤肯定比这还严重。"

多江说完，低头看着手帕上的血痕。

有希子说："推动命运……你是说故意制造事故？"

"是的。不过那样会被警察追捕，还会背上一辈子的内疚和悔恨，太沉重了。不过……"

"……"

"不过，如果事先准备好杠杆，就能让命运变轻，我也无须感到内疚了。"

"杠杆？"

"打个比方，就像刚才在那个十字路口，我稍微推一下丈夫，引发事故，也无须担心警察会发现……不，但那也是直接对自己的丈夫下手，我还是有些怕。如果是别人的丈夫，我大可以假装不小心，从后面稍微撞他一下。那样应该很简单。"

"……"

"如果那是你的丈夫，就更简单了。因为我刚才保护了你，再让你的丈夫发生事故，那也只是扯平，完全不需要感到内疚。你呢？你对自己的丈夫下不了手，对我的丈夫应该可以吧？比如……对了，在别墅楼梯上稍微推他一下……"

“可是……”

“你别这么严肃，我就是随口说说自己刚刚想到的事情。不过……这个主意倒也不坏。你不觉得吗？那些都是绝对无法证明不是事故的琐碎行为，只要我在丈夫发生事故时有足够的不在场证据，就完全不会遭到怀疑。而你本身不具备动机，也不会遭到怀疑……反过来，你丈夫发生事故也一样。而且，还有一点最重要的事情——”

“……”

“计划能否顺利……是否真的能发生事故，有一半只能靠运气。就算成功了，也可以告诉自己，是那个人运气太差……或者我不是为了自己，而是为了你做这件事……你也可以认为那不是为了自己，而是为了我呀。我们的目的不是金钱，而是拯救朋友的人生。而且，我们也只是推动了几厘米而已。这种程度的动作，几乎所有人都会轻易遗忘，不留下任何内疚和罪恶感。”

说到这里，正好公交车来了，排队的乘客开始上车。

“当然，这只是开玩笑啦。不过说不定真的有尝试的价值呢。”

多江说完，打趣地笑了。

虽说是开玩笑，有希子还是对这个突然说了许多话的老同学怀有一丝疑虑。可是，多江的笑容轻易打消了她的怀疑，她也不由自主地笑了起来。

她们约好三天后再到多江的家里坐坐，但是有希子坐上车后，恋恋不舍地一直朝她挥手，仿佛两人即将分别很久。多江高高举起包着手帕的手，仿佛变回了小学时的样子……

“本来我以为那是个恶趣味的玩笑，转头就遗忘了，可是半年后，她又用同样的笑容问我，‘你还记得生日那天我在公交车站说过的话吗？’当时我已经忘了具体细节。不过那只是因为我想把那些当成玩笑话，实际在那天晚上，我已经感觉到她的话和笑容里隐藏着并非全然开玩笑的东西。今天我来这里，是决心坦白一切，所以我不怕老实说，那天虽然是她在我心中种下了黑色的杀意种子，后来却是我自己战战兢兢、小心翼翼地培养它发芽、长大……换言之，那天不仅是我与她成为朋友的日子，也是事件的开端之日。”

刑警提问后，有希子这样回答。

“话虽如此，她也半年没有提到那个话题。我上完每周两次的课，都到她井之头公园边上的住处，讲授制作假花的工艺。意外的是，她学习特别积极，而且比我手巧，很快就赶上了我的水平，有时还能制作出比我做的更好看的作品。原本过于简约，甚至有些煞风景的大房子渐渐装饰上了纸和布制作的花朵，有了点儿生活的温度。我之所以感到意外，是因为一开始误以为她只是为了打发时间，并没有积极学习的心态，因此看到她全神贯注地制作假花，我觉得又惊又喜。她特别擅长制作自己喜欢的兰花，我甚至想向她请教做法……总之，一个人的性格会体现在假花的制作上。我虽然在细节加工上更胜一筹，但无论如何都无法用单纯的布片重现出兰花的清丽……当然，我们也很享受一边做手工一边拉家常的乐趣，并且通过谈论买菜和电视节目加深了彼此的感情，于是不仅那座房子，连我们自己也渐渐有了光彩……特别是我，由于之前总把自己独自关在灰色的茧壳里，等到入夏时节，已经发生了很大变化，我女儿甚至说，‘妈妈最近变漂亮了，是换了护肤品吗？’我自己也明显感到生活更有意义，连说丈夫的坏话也变得游刃有余……对……就是这样。那段时间我们从未谈论过交换杀人的事情，但还是一直在背后说彼此丈夫的坏话。我还没说吗？她为什么知道自己的背影长什么样……没过多久，她就拿了一百多张家里的照片，告诉我那是‘我丈夫在屋子里拍的’，其中有几张就出现了她的背影，分别在窗边、卧室、餐厅和走廊上……因为画面中有了她略显疲惫的身影，屋子里显得更加缺乏人气，像个空荡荡的苍白空间。特别是其中一张，她在卧室里脱丝袜的照片。那个背影就像一件人类形状的冰冷家具，随时都会四分五裂。我忍不住移开目光，而她眼尖地发现了，就指着照片对我说，‘你那天坐在公园长椅上，就是这样的背影。如何？你和我表面上截然不同，背影却完全一样，是吧？’她还说，‘照片体现了拍摄者的性格。我丈夫就像这张照片给人的感觉，是个冷漠的硬心肠。’其实仔细想想，夫妻俩从不对话，丈夫为了打破家中的沉默，举起相机拍摄早已见惯的房间，其实也挺寂寞的……而且实际见面之后，我发现她丈夫是个格外开朗，很讨人喜欢的男人。应该说，他给人的印象跟那张新婚照片一样，而且看起来很年轻，更像个讨人喜欢的青年，跟我丈夫截然不同。行广先生……我学着她这样称呼那个人……那半年间，我见过行广先生三四次，还在他们家一起吃过饭。他的确有着那种很受女人欢迎的外表，给人一种偏向硬派的感觉，对待比自己大三岁的妻子就像对待姐姐或母亲那样体贴，乍一看很纯情。而且她看向行广先生的目光，还有对他说的话，都与平时说他坏话时完全不一样，洋溢着自然而然的爱意。对此，她的说法是，‘那是因为你在那里。我们两个人单独相处的时候，都会变成另一副面孔。’而且在十一月，我也亲身体会到了行广先生令人为难的性格。但是，我们依旧像行广先生脸上的微笑那样，表面看起来毫无波澜地度过了半年时间……现在回想起来，到十一月为止的那半年，对多江来说……对她来说，恐怕是将计划深藏心底的时期。就像让面团发酵，给葡萄酒醒酒那样，把计划深深藏在冷暗的内心死角，让它慢慢熟成，等待计划依靠本身具有的菌群膨胀起来。那看似毫无波澜的半年，现在回想起来就像事件的伏笔。举个例子，我认为多江一直不动声色，但是她万分注意不让别人看见她跟我在一起。我们在公寓外面……比如咖啡店，聊过几次天，她总是选择角落里不起眼的座位，而且编造一些理由，从来不重复光顾同一家店，可能就是为了不让店员和其他客人记住我们的长相。是的，没错……记得七月里，有一次她说忘了买一样东西，要跟我一起去车站。途中应该是有个熟人看到我，就叫了我一声。我正要回头看是谁叫我，她却抢先一步拽着我的手，好像挟持一般，硬把我拽到了旁边的小巷子里，紧接着把我藏在墙角，她自己也藏了起来。当时她说，‘这附近能叫出你名字的人有可能是兴趣班的学生啊。我虽然只去上过三次课，但也可能被人记住长相。要是让人看到我们走在一起可不好，我退了学费请私人授课的事情肯定会败露的。’我当时觉得有道理，也没有怀疑，不过现在看来，那应该是为了她的计划。在她那个我们杀死彼此丈夫的计划里，有个必要条件是我们必须表面上毫无关联，保持陌生人的状态。要是被熟人看到我们俩在一起，那将是个致命的漏洞。还有……跟行广先生三个人一起吃饭时也这样。行广先生说开车带我们去六本木的一家西班牙餐厅吃饭，她却用一个很牵强的理由拒绝了，坚持要在家里吃饭。”

乾有希子说到这里，停下来长叹一声，换上跟刑警一样如同白纸的淡漠表情继续道：

“我跟她关系越好，就越觉得自己的家庭生活单调无趣，对丈夫也是越来越厌烦。十月末的一个晚上，我想起她半年前在公交车站说的话，不禁觉得那可能不是开玩笑，如果她现在还有那个想法就好了。我说‘一个晚上’，其实也不是什么特别的晚上。只是我一开始以为丈夫当晚也要在公司过夜，正在自己吃迟做的晚饭，他却若无其事地跑回来，还跟我一起吃了。我看着丈夫跟往常一样，捧着报纸像老牛吃草似的蠕动嘴巴，心里突然想：这人是谁？为何一个陌生男人跑到我家来，让我做饭给他吃？然后我又猛然意识到，半年前在公交车站漫不经心地听她说起的那番话，在那一刻总算无比清晰地流入了耳中。”

十一月第一个星期。

有希子正准备离开多江家时，多江的丈夫回来了。声称去了父亲公司的石田行广先对多江说："轻井泽还能看到红叶，我过去住两三天。”接着，他又对有希子说："正好顺路，我送你吧。”

有希子婉拒了，但多江坚持要她同意，于是她只好回答:“那我就恭敬不如从命了。”

另外，多江还建议她做另一件事。

她的丈夫先行出去开车，多江躲在门后叫住了有希子。

“那个人可能会邀请你……可以哦。”

她这样说。

“可以什么？”

“你可以答应他的邀请。当然，只要你愿意。”

“……”

“应该说，我希望你答应。如果他出轨了我重要的朋友，我就更容易提出离婚，还能开口要一大笔抚恤金。”

她的微笑看起来不像开玩笑，接着还亲手打开房门，仿佛要把疑惑不已的有希子送到车上，并加上了一句："请吧。”

坐上车后，事情正如多江所料。石田行广跟她聊了几句家常，然后开口道："要不你跟我一起到轻井泽去吧？”

有希子当然拒绝了，可是在车站路口遇到交通堵塞时，石田突然毫无征兆地猛打方向盘，把车开上了另一条路。有希子慌忙说：“快回去。”石田只说：“我稍微绕个远路。”结果，远路就绕了一个晚上。

有希子上高速前一直在反对，通过收费站后，她已经放弃了，最后借来石田的手机给家里的语音信箱留言：“我突然有急事，现在在名古屋的哥哥家，明天早上才回去。”她坐在副驾驶席上朝着手机说出的那番话成了给石田的回答。

轻井泽的别墅位于著名的M酒店背后那座小山丘脚下，距离酒店步行只需两三分钟，很好找。不过那里周围都是树林，被包裹在东京不可能出现的黑暗夜色中，散发着一股神秘气息。石田的车八点多到达，而有希子第二天天没亮就坐上了第一班列车，几乎没看清楚初次踏足的轻井泽城镇和别墅的外观。别墅内部很宽敞，起居室设计成开放样式，还安了壁炉，但是整体建成于二战结束后不久，显得有些陈旧。里面有个冲洗照片用的暗房，整座别墅已经沦为行广的工作间，到处杂乱不堪，完全不是有希子在车上想象的梦幻光景。而且他们时间有限，这突如其来的一夜之旅只需要用到卧室的床。途中，他们在便利店买了快餐简单果腹，话题也很快讲完，于是行广开始摆弄壁炉，以应付尴尬的沉默。此时有希子对着他的背影主动说：“我不能背叛多江，你得用蛮力推倒我。”

后来，只有石田睡了两三个小时，睡眼惺忪地带着起床气把有希子送到了车站。有希子好不容易从他紧闭的嘴里连哄带骗地得到了“绝对不告诉多江”“下次再也不发出这种邀约”的保证，接着一个人坐上了电车。其实，她可能不需要第二个保证。有希子刚一开口就后悔了。男人只是面无表情地看着前方，短促地回答一声“嗯”。那张脸跟头天晚上抱完有希子那个瞬间一样，露出了与上床之前截然不同的表情。当时，车窗外的天空跟男人的侧脸一样阴沉暗淡，但是到了发车时刻，已经有了些亮光，离开轻井泽时，阳光更是冲破了晨雾，绽放出红叶一般的光芒。下一刻，电车就钻进隧道，遮挡了所有阳光……最后，有希子心中的轻井泽凝聚成了那一瞬的赤红、别墅的大床，还有远没有想象中那般体贴温柔的男人的肉体。

三天后，有希子来到多江的公寓，多江带着少见的凶煞表情问道：“星期二，那个人只是把你送回家了？”

“是的。”

有希子厚着脸皮回了一句。因为她在按门铃之前已经做好了心理准备，此时没有一丝慌张。

“后来他真的去了轻井泽？”

“……应该是。你问这个干什么？”

“昨天他打电话来，身边绝对有女人。可是那就证明他不在轻井泽。我不在乎他乱搞，只是提醒他别在家里和别墅乱搞，毕竟那样也太小看我了。”

有希子依旧厚着脸皮回答：“是啊。”

“上回我说了，他跟你乱搞没关系，但是不能在别墅。”

“……”

“我绝对接受不了。当时也想提醒你‘不能在轻井泽’，可我知道你会当成玩笑话……”

她盯着虚空之境，完全不看有希子，很快又叹着气说：“不过算了，我已经不想管那个人了。”很快，她就恢复了笑容……然而又过了一周，她的表情更加阴沉了。有希子很快就知道了理由。因为一进门就能看到的墙上多了一幅树林的照片。白桦挺拔的身影之后，矗立着一座貌似木制别墅的建筑物。一个星期前，那座房子虽然隐藏在夜色中，但有希子越过多江的肩膀看到照片的瞬间就知道了。她决意深藏心底永不令其见天日的一夜，就这样化作耀眼的风景暴露在了玄关的墙上。有希子感觉那比自己赤身裸体还令人羞耻，不由得僵住了。

“这就是轻井泽的别墅。他果然带女人过去了。那个人经常拍别墅的风景，但这是第一次挂在屋子里。”

多江啧了一声，最后还是恢复了原来的表情，跟有希子一起制作假花，并在两个小时后准备出门送有希子回家。可是走到玄关看见照片，她又改变了主意，转而问道：“今天吃了饭再回去吧？”于是有希子回到起居室，坐在沙发上，同时拿起刚开始制作的假花，这样说道：“半年前，我第一次过来做客那天晚上，你在公交车站对我说过一些话，还记得吗？”

“当时，她手上拿着一朵兰花。”

有希子说。

“那天我们一直在做她最喜欢的兰花，后来圣诞节，她把那朵花送给了我。平安夜的前一天，我们又碰面了，她把两朵长得很像的兰花摆在桌上，对我说，‘你能看出哪个是真花吗？这里其中一朵是我做给你的圣诞礼物。你拿起自己认为是假花那朵看看吧。’最近的假花外观和手感都跟真花很像，有时我们自己都分辨不出来，就像那两朵花一样……尽管如此，我还是选了一朵。当时我假装犹豫，但是偷偷触碰了粉色的花心，沾到了一点很难察觉的颜料。‘真厉害。’她这样说着，在那朵花上系了丝带，递过来给我，接着又说，‘你可别嫌弃这份礼物无趣。这朵假花很特别，有一天会枯萎……所以它现在是有生命的。’她的话像猜谜一样，眼神却很调皮，仿佛暗示她在开玩笑。接着，她还这样说——”

“我想在假花枯萎之前，实施那个计划。”

石田多江说完，瞥了一眼有希子手上那朵假花的长茎。“用假花勒颈怎么样？茎部穿了铁丝，应该很简单。”

别墅照片一事过去了一个半月，半真半假地闲聊这个话题已经渐渐成为两人的习惯。

“可是女人力气不够。”

“是吗？你丈夫有没有烂醉过？我丈夫一喝醉就像吃了安眠药一样，睡得很死。特别是在轻井泽，他每晚都会……你不知道？”

多江正在裁剪一块纯白的丝绸面料，准备制作新的兰花。说到这里，她抬头看了一眼有希子。

石田行广在别墅与有希子上床后，一个人痛饮了一会儿葡萄酒，然后独自睡去了。所以，有希子很清楚他的陋习。同时，行广的妻子也知道，有希子知道这件事……

那双眯缝的眼睛轻易便看透了有希子试图深藏在体内的东西。

她觉得只有这个可能。如果那是有意为之，那么这个女人只需一闪而过的视线，就能像锐利的猫爪一样撕开有希子内疚的面纱，真可谓是天生的胁迫者。而且，有希子还被逼到了一个左右为难的境地，无法开口问她“是否有意为之”。

不仅那一年，这个话题一直持续到了新年，甚至到了有希子下一次生日。每完成一朵兰花，那个噩梦般的计划就会变得丰满一些，而有希子丝毫无法抵抗一直走在前面的多江，只能默默跟在后面。其中一个理由无疑是她的眼睛。那两条细细的眼缝似乎能看到普通人难以看到的东西……

还有她的手。

她边说边忙，手背上隐约残留着那天晚上在十字路口受的伤。虽然伤痕已经淡了许多，却始终没有消失，仿佛在不断向有希子低语：“我那天救了你一命。”在树木枝叶枯萎，无法遮挡冬日阳光的时节，平时看不出来的伤疤还会反射淡淡的光芒……另外，就是从两人重逢那一刻起，能轻轻吸走有希子意志的笑容。那个女人就是用这三样武器，把另一个女人缓缓拖进了交换杀人这一可怕犯罪的深渊。

“不，我不打算把所有责任都推到她一个人头上。其实我自己也对丈夫无比厌烦，正如之前所说，就像刀尖凝聚了危险的光芒，那种厌烦有时也会凝缩成杀意。我丈夫不仅在喝醉睡着的时候，连清醒的时候也毫无价值……不，我甚至经常觉得他是个巨大的障碍物。虽然她总是走在前面，但我也曾主动对她伸出手。五月再次到来，在今年生日的前一天，我们又在红砖房子里的咖啡店见了面，并且商定进入六月之后就见机行事。整个冬天，我们参考电视剧和新闻报道，设想了多种方案，最后还是决定回到初心，用那天晚上在公交车站说到的简单方法。她在十字路口把我的丈夫孝雄给……而我则在别墅楼梯顶上轻轻推一下行广先生。正如她在公交车站说的那样，是否能发生事故还要看运气，所以那也不算十分可怕的计划。之所以定在六月，是因为我早就很喜欢的花朵设计师S老师要在轻井泽举办个人展览，我可以住在M酒店，自然而然地到别墅去找行广先生。接下来只需诱使行广先生在那段时间到别墅去，还有把多江介绍给我的丈夫。她对我说，‘别被人发现，要偷偷介绍……对了，你只要在电话里说一声我是你以前的同学，接着我就能简单制造两个人走在街上，还有停在交叉路口的机会了。’后来我们进一步商量，决定下个星期趁孝雄在家的时候，我假装碰巧给她打电话，然后把她介绍给孝雄，让他记住多江的声音……五月中旬那天夜里，我拨通了她的电话，期间，我说‘我有个小学同学有事想拜托你’，然后把话筒递给了躺着看电视的丈夫。我们已经约好，她会在电话里提到去年轰动一时的强盗案，跟我丈夫说，‘我有个熟人跟案子有关系，所以想请社会部的新闻记者调查调查。六月份能见一面吗？’我见丈夫挂电话前报了自己的手机号码，便知道她应该是按照计划说了那番话。通话结束后，丈夫问我，‘对方约我下个月见面。她这人怎么样？’我回答，‘她长得特别漂亮。’刚说完，丈夫厌烦的表情顿时一扫而空，眼神都有了光。敌人主动跳进了我们的陷阱……我记得，这就是当时的感想。”

说到这里，有希子停下来喘了口气，又补充道：“当然，多江在电话里用了假名，还吩咐丈夫在那天以前不要把她的姓名透露出去……”

此时，一直放任有希子独自说话的刑警总算开了口。

“你一开始就管她叫石田多江，那你是否知道，那也是她的假名，而且小学跟你同班的木村多江已经嫁人改姓河野，目前生活在九州？”

有希子摇着头说：“不知道。

“但是案发之后我就知道了。原来她事先调查过我，又不知从何处搞到了以前的相册，在我的同学里找到与自己长相相似的人，假借了她的姓名。另外，她也不是假花兴趣班的学生，却谎称她在教室看到了我……这一切都是为了接近我的借口……不过，我此前一直相信她就是石田多江，所以请让我继续使用这个名字。”

说完，她重归正题。

“到了五月下旬，石田多江打电话告诉我，‘我丈夫六月第一个星期六要去轻井泽，就在那天行动吧。’我已经准备就绪，只等那一天到来了。在过生日之前，我总感觉计划进展的速度超过了我的杀意，但是就像一开始说的那样，听了女儿那句玩笑话，我心中突然有了觉悟，情绪也完全到位了。只不过……在讲述案发当天的事情之前，我还要多说一句话。刚才提到多江给我打电话，不久之后——”

电话已经挂了，有希子却没有马上放下话筒。

她之所以惊得一动不动，是因为电话桌上那朵假花。那是去年年末，大约五个月前，石田多江送给她的圣诞礼物。

兰花的白色部分浮现出两三处褐色污渍，就像花朵的生命开始衰亡……然而，这太奇怪了。

因为布料制作的假花本就没有生命，如今却像有生命的真花一样开始枯萎……

她对自己说，一定是她弄错了。因为有段时间没有仔细观察，一定是不小心沾到了东西，形成了一小片污渍。可是第二天、第三天……那些污渍渐渐扩大，花朵整体也开始干枯。

它真的枯萎了。

有希子把这件事告诉了多江。

“所以我跟你说了，那是特殊的假花啊。”

除此之外，她一句解释也没有。

有希子盯着渐渐变大的污渍，绞尽脑汁思考，还是想不到假花为何枯萎。就这样过了三天，她突然焦虑起来。因为看着那朵奇怪的花，她越来越不安。

这朵花的生命能坚持到六月那天吗？……多江的声音与自己的声音重叠在一起，在耳边萦绕不散：“必须在这朵花枯萎之前行动……必须在假花枯萎之前想办法……”

六月第一个星期六，多江与女儿麻美乘坐下午一点多的列车前往轻井泽。

列车开动的同时，她觉得计划也以无法回头的形态启动了。只是这里面还有另一种意义，那就是她无须做任何思考，也无须再迷茫，只要委身其中。到前一天为止，两人已经为彼此制定了缜密的日程。石田多江约有希子的丈夫晚上八点在报社附近的街角见面，还定好了如何找到素未谋面的对象。多江已经在报社附近踩过点，还选好了制造事故的交叉路口。有希子也会在晚上八点去别墅找石田行广。多江已经事先知会了丈夫：“真巧啊，你去轻井泽那天，有希子小姐也住在M酒店。”

“那人果然对你有意思，因为他当时可高兴了。”

多江用她独特的微笑说完，又对有希子详细讲述了如何找到别墅，以及别墅的布局，特别是楼梯的位置。

“你是第一次去，一定要记住这个布局。”

说着，多江又眯起了眼睛。有希子觉得她在故意说反话，可是那次之后，她在吉祥寺的公寓见过行广三次，两人都默契地表现出那天晚上从未发生过任何事情的样子，多江也没有怀疑。反倒是有希子记住布局后，多江把图纸撕得粉碎，其用心之细让她觉得有些异样。

多江同样细心地与她约定，行动当天两人不能有任何联系，因为酒店的电话和手机都会清楚地留下通话痕迹，一定不能使用。无论成功还是失败，或是突发情况导致不得不改变计划，她们都要独自应对……换言之，无论发生什么事，她们都要表现出不存在共犯的样子。多江跟她约定这一点时，露出了前所未有的严肃表情。

带女儿去也是多江的主意，她说那样更像普通的旅行。她问女儿要不要去，女儿竟很干脆地回答：“想去。”

还没到梅雨季节，轻井泽的天空蔚蓝清澈，白金色的阳光洒满大地。去年那一夜隐没在阴影中的城镇变成了清晰美丽的画面，呈现在有希子面前。

花艺设计的展会可以明天或者离开前慢慢看，所以她只在里面粗略逛了三十分钟，穿过挤满游客的大路，六点回到M酒店，在事先预约的餐厅吃了晚饭。按照预定，她要在七点四十五分把麻美打发回房间休息，自己则借口看上了刚才看到的陶制花瓶，不动声色地离开酒店。麻美在镇上还很兴奋，一到吃饭时间，就像平时一样毫无理由地陷入了低落的情绪。不，今晚其实有原因……因为预定时间即将到来，她们准备离开餐厅时，麻美突然问了一句让人毛骨悚然的话。

“妈妈，你过完生日两三天，是不是在另一个咖啡厅跟一个女人见面了？我正好跟同学从外面路过……”

她说，看到母亲和一个浓妆艳抹的女人故意错开时间走出了店铺。

“那个人是花艺班的朋友吗？”

“嗯……”

有希子含糊地点点头。

“你们吵架了？”

“没有，你为什么问这个……”

麻美抬头看着她，眼中带着傲慢的同情。

“可是，她就是黄金周跟爸爸一起逛商场的人。”

“她当时的声音就像个小大人。我完全没想到那句话会如何打乱我的计划……不，我还没想到自己会因为那句话受到什么样的影响。刚才忘了说，我生日那天，麻美把她父亲出轨的事情当成生日礼物送给我之后，又害怕我受到伤害，说了一句‘我是骗人的’。不管是真是假，我都不在乎，所以也没有在意那句话……

不过，如果对方是多江，那就不一样了。因为那就意味着多江竟然还欺骗了我。如果她说不知道我丈夫长什么样是骗人的，那么我丈夫也骗了人。不……女儿的话让我脑子一片混乱，当时并没有想这么深，只想着打电话给丈夫或是多江，把事情问清楚。可是我转念又想，其实还有个更好的办法，那就是到别墅去，对行广先生坦白一切……当时距离八点还有十三分钟。”

酒店餐厅有个古董大座钟，乾有希子说，她感觉自己仿佛被秒针追赶，匆忙站了起来。

她用事先准备好的借口打发麻美回房，自己走出了酒店。

夜色已深，她几乎是摸索着走进了酒店后面的树林里。早已在照片上见惯……让她不想再看的别墅又一次隐入了黑暗中。她在夜色中跌跌撞撞地前行，感觉自己真的在按照计划去杀死一个男人。十一月那天，她跟在行广的手电筒后面只花五分钟就走完的路，此时却漫长得好似永远。真的太漫长了……自从提出那个计划，到现在已经过了一年。在那一年里，计划已经与有希子融为一体，使她察觉不到计划出现问题，依旧试图执行……她甚至觉得，自己就像一个打开了倒计时的炸弹，身体不受控制地走向别墅，杀害石田行广。

别墅的窗口和门口都亮着灯。她走到灯光下，总算松了一口气，然后按响门铃。没有反应。她正要再按一次，突然停下了动作。因为大门微微敞开着，里面传出了说话声。不，那是电视机的声音，听着好像棒球比赛……电视机里的人在喊“本垒打”“大逆转”。

行广可能看得太着迷了。她边想边打开门，进去就是大厅一样宽敞的起居室。里面比十一月那天看到的还要凌乱，石田行广躺在沙发上，仿佛被人随意丢弃的摆件。接下来的几秒钟记忆变成了一片空白。等她回过神来，自己已经站在沙发旁边，低头看着男人的身体。她可能喊了一声，见对方还是没反应，以为他在睡觉，就走了过去。她还隐约记得，旁边的茶几上有一只倒下的威士忌酒瓶。她低头看着男人的颈部，丝毫没有惊慌，自己也很奇怪为何能如此冷静。他的脖子上缠着一根兰花茎，茎的一头……散发着汗臭味的赤裸胸膛上赫然开着一朵鲜艳的兰花。她那天离开家时，假花已经快要完全枯萎。现在，那朵濒死的假花仿佛吸取了男人的生命，又重新盛放……然后，她就失去了意识。黑暗悄悄侵蚀了她。最后，有希子又看了一眼男人的面庞。半裸上身躺在别墅沙发上等待有希子的并不是石田行广，而是今早依旧沉默着离家上班的丈夫。丈夫乾孝雄死去的脸跟生前一样了然无趣，瞪大的眼睛依旧看也不看向有希子的方向。

“我醒过来回到酒店，当时已经十点了。如果说我在尸体旁边昏迷了两个小时，肯定没有人相信，所以我打算装作什么都没发生，直接上床睡觉，却始终没睡着……我便报警了。后来的事情，各位刑警先生想必都很清楚。由于不能透露交换杀人的计划，我说起话来吞吞吐吐，反倒招来了怀疑……于是我就想，在情况变得更糟糕之前，干脆把一切都交代清楚。只要把对自己不利的部分也如实说出来，或许警察就会相信这个难以置信的故事。”

刑警只用冰冷的视线回应了有希子恳求的目光。

“求求你，请相信我，好好调查那个女人。你们一定能发现证据，证明我的话……”

“不，我们已经问过她了。很遗憾，你的话反倒证明了她的说法。”

“那个人说什么了？她说我撒谎吗？”

“是的。她说你不断跑到她的公寓，或是把她叫到咖啡厅去，缠着她讨论被害者乾孝雄先生的事情。除此之外，全都是谎言……”

“连相册和我们在屋里一起制作假花的事情，她也否定了？”

“她说自己一次假花都没做过，而且她的公寓里也没有发现任何假花。墙上确实挂着你所说的世界各国以及日本各地的风景照片，不过那是她……藤野秀子女士自己拍摄的。因为她跟你说的不一样，她是银座一座大厦的房东，所以闲暇时间很多……另外，你称之为‘行广先生’的男性，在她除了丈夫之外的不少情人中，好像有个同名同姓的人。所以她猜测，你应该也是为了报复才故意接近石田行广……因为你好像查了不少关于她的信息。”

有希子用力摇头。

“报复？报复什么？难道你想说我企图报复丈夫的出轨对象吗？我是那天晚上才从麻美口中得知丈夫的出轨对象是她。对了……你们可以问麻美。麻美亲眼见过我跟她在一起，还有丈夫跟她在一起。”

“可是，你女儿只是看见了，对不对？她不可能知道你跟她的说法谁真谁假……哦，还有，刚才我跟派去东京的警员联系过了，麻美小姐从你的书桌抽屉里找到了小学相册。是你看了那本相册，从上面找到跟她外表相似的木村多江，编造了这个胡说八道的故事，对不对？你坚持说相册在她手上，她为什么会有……”

刑警勾起嘴唇朝她冷笑，有希子再次摇头。

“都说了，肯定是她随便编了个理由，怂恿孝雄偷走了相册。现在我总算明白了。还有假花枯萎也是。平安夜的前一天，我收到的确实是假花，可是半年过后，临近案发当天时，她又随便编了个理由，让孝雄把假花换成了真花。”

“可是，她为何要这么做？”

“不知道……但我因为当时的打击，心理状态变得十分不稳定。这可能就是她的目的……看到假花竟然真的枯萎，我不由得相信了她的话……继而觉得必须按照她的话行动了。”

有希子不断摇着头，好像想不通这一切。

“那你说，是谁杀了被害者？乾孝雄在当天晚上八点左右遇害，当时她身在东京，有明确的不在场证据——无法推翻的不在场证据。”

“她肯定利用了我称之为‘行广先生’的那个人，或者其他情人……”

“动机呢？”

“她一定是气愤自己只能当第三者，就试图把罪名嫁祸给我这个妻子，以得到一石二鸟的结果……”

“可是她说你才是第三者啊。因为她跟乾孝雄在一起的时间更长，从户籍资料来看，也是你几年前就开始当第三者。”

“……”

刑警见有希子沉默下来，便长叹一声。

“麻美小姐得知这个情况后，可能产生了反抗情绪。刚才你说，你跟藤野秀子走在吉祥寺一带时被人叫住了。如果这是真的，那人叫的应该是‘乾女士’，对不对？可那并非是叫你，而是叫藤野女士。藤野是她的旧姓，现在改成了‘乾秀子’。她以前也是‘乾秀子’，后来乾孝雄跟你结婚，所以她一度迁走了户籍，直到最近才重新入籍。”

“……”

“不过我说的只是户籍情况。她跟乾孝雄在吉祥寺的房子里共同生活了整整十七年。当然，要除去孝雄住在你家的日子……”

“你是说，他在公交车程不超过二十分钟的地方，同时拥有两个家庭吗？”

有希子恶狠狠地挤出了一句话。

“没错。如果被害者还活着，恐怕要被控以重婚罪。另外，从几年前开始，记者工作繁忙就已经不再是不回家的借口，而成了彻头彻尾的‘谎言’。因为乾孝雄已经辞去报社的工作，最近汇到你家里的工资，其实都是她……乾秀子女士的钱。当然，案发现场所在的别墅也是她名下的产业，也就是乾孝雄的产业。所以说，他是在自己的别墅里被杀了。”

有希子张开嘴，但已经发不出声音。

“这样看来啊，她不可能主动提出交换杀人的计划。本来只有一个男人，要如何交换杀人？”

不对，那才是她的目的。她让我错把一个男人当成了两个男人，产生交换杀人的错觉，并且诱骗我出现在丈夫被杀的现场，成为动机最强烈的嫌疑人……我根本拿不出现场的不在场证明，因为已经把完整的存在证明拱手让她拿走了。但是，有希子再也没有开口。

她只是摇乱了一头秀发。

“不过她也有可疑之处，我们当然会进一步调查。”

刑警说完，又继续道：

“我个人也想知道究竟哪边才是假花。”

他的声音已经变得无比遥远。

冬蔷薇

看到墙上的挂钟，她不禁疑惑，刚才都做了什么？

因熬夜变得干涩的眼睛很难聚焦在挂钟的指针上。虽然能勉强看清短针，却因为天花板反射了灯光，无法看到长针。

不……

那个钟本来就没有长针。

老旧的六角挂钟在钢筋水泥住宅区的一个房间中记录着仿佛早已死去多时的时间。

油漆剥落的木框，褪色蒙尘的表盘……

奇怪的是，锈蚀的钟摆依旧有规律地摆动着。没错……就像失去了一半羽翼，却还在奋力飞翔的小鸟。

现在的她趴在桌上，像死了一般静止不动，心脏却扑通扑通跳得震耳欲聋。不知是否做了可怕的梦……唯有心脏还被那个噩梦牢牢掌控。

短针就像噩梦中被斩落的一根手指。尽管如此，挂钟依旧未死。哪怕只剩短针，也能告知大致的时间……它正指向靠近“5”的位置，应该是四点四十分左右。

窗外一片漆黑。

夕阳仿佛不久之前还悬挂在窗外，可她记得即使在睡眠中，那刺眼的光芒也让她无比烦躁……由于她已经养成了枕着夕阳在餐桌上睡觉的习惯，所以那也可能是另一天的记忆。

不，应该就是今天。今天是冬至，她昏昏欲睡之时，心里还想着刺眼的阳光马上就要收敛起来了。因为一年中最漫长的夜晚即将降临……最阴暗寒冷的夜晚像浑浊的洪流一般袭来……连夕阳也感受到了时限将至的焦躁，在窗外奋力发出刺眼的光芒……誓要将此前遗落的光芒一口气找补回来。

在这栋毫不起眼的混凝土楼房里，在这个小小的房间里，一名主妇小小的人生总会被所有人遗忘……甚至被她自己遗忘。正如房间里的这扇窗户。直到宛若永恒的长夜到来之前，她才想起自己也能发出光芒，于是奋力绽放……想着想着，睡魔就像往常一样向她袭来。

不，跟往常不一样。

今天傍晚有点特别，她穿上了最近新买的名牌西服——是出门穿的西服。她刚从外面回来吗？还是正要出去……

悠子环视房间。与厨房相连的起居室，还有隔壁十平方米的和式房间，以及走两步就到大门的短小而狭窄的走廊。

这个位于东京近郊小区的两室一厅的小家里，没有任何引人注目的东西……这是个过分平凡的房间，住着过分平凡的人。丈夫在中小企业工作；独子复读一年后勉强考上公立大学，今年春天开始了大学、兼职和这个房子之间三点一线的生活。

可是，她遗落了自己。跟一个平凡的男人走进平凡的婚姻，生下一个孩子，把他抚养成人。当那个孩子开始表现出宛如陌生人的距离感时，她成了失去人生唯一所有物的女人——一个早已忘却自己是谁的女人……然而，那个人却让她想起来了。

“平凡？你真的这样看自己吗？”

正好一年前，在涩谷的酒馆里，男人不可思议地歪着头，凝视着悠子这样说道。

我在这里……这双眼睛在看着我。被别人遗落的我，鲜明地倒映在这个人眼中。

想到这里的瞬间，她觉得除了那双眸子之外，一切都不重要了。高中同学会，两人时隔二十多年重逢，又住在同一条电车线路上，所以谁都没有多想，就相约在涩谷再见一面。而且两人都拥有旁人看来还算幸福的家庭……但是这些都不重要，无法阻碍他们一起走进情人旅馆。

男人的眼眸里散发着欲望的光芒，黑暗而湿润，比镜子更清晰地映照出了悠子的美丽。

那是恰好一年前的冬至之夜。如果她能深深沉浸在那一夜的回忆中，重新陷入安眠，那该多好……如此一来，就什么也不会发生。

不好的事情即将发生……或者说，是我即将做出那样的事？

电话响了。

尖锐的铃声瞬间划开包裹大脑的塑料布，让她猛然记起来了。没错，她在等那个男人的电话。

那个电话终于来了。可是，悠子没有马上站起来。

屋里早已被寂静和寒冷占据，电话铃声仿佛来自空旷的房子，带来阵阵回响……这个时间，丈夫和儿子都没回来，屋子里自然空旷。可是，就算他们回来了，这里也依旧空旷。

只要身边没有那个男人，我就不存在于任何地方……只要那个人不注视着我，世上就不存在我这个女人。

可是几天前，男人在涩谷的酒店对她说："我们分开吧。"他还说："你没有舍弃丈夫和儿子的勇气。你没有发现自己其实深爱着家人……所以我只能选择退出。"真是太愚蠢了……

悠子站起来，走向起居室的电话，犹豫了片刻，最后伸手拿起话筒。

"你好……是我，能听见吗？"

"嗯。"

"你在睡？"

"没有……怎么了？"

"你每次刚刚醒来，都会有点鼻音。"

聪明的男人。可是，如此聪明的男人，为何没有察觉我的决心？为了他，我可以舍弃整个家庭……每次换上外出的服饰，都在一点点抛下丈夫和儿子，就像抛下家常的便服……无法舍弃家庭的其实是男人。这个聪明的男人，为何没有发现呢？

“是吗？我有鼻音吗？”

悠子漠不关心地反问了一句，然后问：“你在哪里？”

“当然在‘丝绸之路’啊，你忘了？”

“‘丝绸之路’是小区背后……”那是一家位于公路边的家庭餐厅。

“没错。你怎么了？刚才是你打我手机说要马上见面，我才扔下公司的事情赶过来了。也是你叫我到了店里之后马上给你打电话啊。”

以前，他们在涩谷的酒店温存过后，男人都会开车把她送回小区，却不舍得就此离别，每次都要跟她在家庭餐厅再喝一杯咖啡。

记忆稍微恢复了一些。她的确打过电话。

“我知道，这就过去。”

不等对方回应，她就挂断了电话。

她抓起放在桌上的包，关掉电灯……就在指尖离开电灯开关的瞬间，她发现了——

天花板亮着灯。

如果她是黄昏入睡，屋里为何亮着灯……不，难道是有人在她睡着时进来了？

不会是丈夫。这个时间，丈夫应该还在公司，而且先前已经通知她，晚上要陪大客户喝酒，很晚才能回来……莫非儿子雄一今天难得早回家了？

又或者，那不是夕阳，是她在梦境里把刺眼的灯光当成了夕阳？……已经想不起来了。一试图回忆，分不清是脑子还是身体的某个地方就会隐隐作痛……因为那刺眼的光芒，犹如过去的胶片过度曝光，只显现出了一片空白……她茫然思考着，身体自动朝玄关走去。

不足一平方米的地面上摆着一双陌生的女鞋。

不对，这双黑色漆皮鞋是男人在涩谷提出分手后，她买来搭配今天这身西服的……既然他说“你无法舍弃家人”，那就舍弃给他看。于是，她为自己的又一次离家买好了新鞋，一直放在玄关。

刚才跟男人通完电话后，她心想，那一刻终于到来了。

穿鞋时，她无意中看了一眼玄关右手边的房门。那是儿子的房间。门里好像……有点声音。那只是很轻微的响动，缺乏真实感，就像幻听。其实只要打开门就知道那是什么声音，但是儿子以前对她说过，绝对不可以开他的门，甚至还威胁道：“不管有什么理由，只要不问过我就擅自开门，我马上离开这个家。”几年前，他还突然发起怒来，责怪悠子进了他的房间，拿起一本书砸向坐在起居室的悠子……那本书擦过她的头，打到了墙上的挂钟。古董挂钟落在地上，摔碎了玻璃钟罩，长针也折断了。

悠子穿上鞋，摇了摇头。

就算儿子在里面，现在我也不在乎了。舍弃这个房子，就是舍弃到这一刻为止发生在房子里的一切……舍弃整个过去。

不过，她打开门时，心里还是吃了一惊。因为门把手湿了……就像有人用汗湿的手开过门……难道她打瞌睡时，有人进出过这里？

感觉脚下也有点奇怪。鞋子好像……比购买试穿时大了那么一些。

但这只是感觉……也可能是错觉。悠子摇了摇头，快步穿过了楼房走廊。可是她在电梯门口按下按钮，电梯门很快开启后，她走进去按下一层按钮时……指尖也感觉到了十分轻微的湿滑。如此说来，刚才拿起电话听筒时，好像也有点潮湿……整个小区都分泌着焦躁的汗水……

不，焦躁的人是我才对。必须尽快赶到他身边去……

可是，电梯刚开始下降，很快就停住了——从四层走进来一个头戴黄色棒球帽的少年。

这是个生面孔的送报员。

他从个子上看像个小学生，表情却跟高中生一样拧着……是初中生吗？

少年有点笨拙地耸着肩膀站到门边。悠子犹豫了片刻，随意打了声招呼，然后问：

“你知道名叫‘丝绸之路’的家庭餐厅吧？平时去那里送报纸吗？从这栋楼的后门走上公路，离那家店更近，对吧？”

少年对前一个问题点点头，又对后一个问题摇摇头……与此同时，悠子叫了一声。因为一本貌似图鉴的大开本书籍从少年怀抱的报纸卷里滑了出来。落地的瞬间，书本打开，露出了里面满满的黑白照片。

照片上的东西极其怪异，过了一瞬，悠子才明白那是什么，接着，她的表情开始扭曲。

那是些裸体照片。而且照片里的女人都把身体扭曲成了怪异的模样……她们刻意藏起面部，突出下半身，让耻部正对着镜头，仿佛那才是自己真正的面孔。

摇摇欲坠的黑色烂熟果实。试图一口吞下猎物的未知猛兽的唇舌——

悠子条件反射地扭开脸。不是为了逃避照片，而是避开弯腰拾起书本的少年的双眼——

少年从帽檐底下窥视着悠子的身体，对她说：“这是你的照片。这些都是你藏在衣服里的东西。”

电梯像是撞上了什么东西，发出一声巨响后停了下来。那个响声有点像惨叫……悠子使劲拉开正在开启的电梯门，一口气冲到外面。一层电梯旁就是楼梯，背后有一扇铁门，布满了红色的锈迹，似乎很难打开。可她还是一鼓作气抓住把手推了一下。铁门豁然洞开。

黑暗。

外面已经如深夜般黑暗，明明已经离开了建筑物，却伸手不见五指……仿佛被关进了没有一丝光线的密室中。

门在背后关上了。它是自然关闭，还是被人偷偷合上了？随着铁板沉重的响声，有人把她囚禁在了这片黑暗中……是那个少年。

他带着跟刚才一样的浅笑，把我关进了这片黑暗。为什么？……

当然是为了阻止她去见那个男人。为此，他还故意弄掉了那本书，用宛如恐吓的照片告诉她："你去找那个男人，就是为了做这种羞耻之事，对不对？"

但我没有放弃，于是少年把我关进了黑暗的牢笼。

少年的双眼在黑暗中发着光……不，那是儿子雄一的双眼。她在电梯里碰见的不是陌生少年，而是初中外出送报纸赚零花钱的阿雄……阿雄用打工攒下的钱买了父母不给他买的相机，偷偷拍摄了母亲的身体，直到攒成一本书……所以，他才不允许母亲走进自己的房间。

帽檐下的眼睛，是阿雄的眼睛，是从浴室门和卧室壁橱的缝隙中透过相机镜头窥视我的眼睛。

可是她把过去的一切，包括儿子曾经的面容，全部舍弃在了那个房间，所以才没有马上想起来。

与此同时，她又察觉了这种想法的怪异之处，开始感觉眼前这个并非现实。她在做梦……

刚才我在房间里打瞌睡时，做了个梦。我以为自己在四点四十分从梦中醒来，但其实那个噩梦还在继续……

噩梦？是一个人被杀死的梦……什么人……她想不起来了。之所以想不起来，是因为自己已经从梦中清醒了吗？不知道。她只知道眼前是一片黑暗。黑暗如同牢笼，将她囚禁其中，又像枷锁，让她动弹不得。

不知为何，坚固的钢铁的黑暗里荡漾着一股甜甜的香气。

总算习惯了黑暗的双眼注意到一些白色斑点。原来，铁栅栏上爬满了枝条，盛开着数量惊人的白蔷薇……蔷薇竟在隆冬时节盛开，这未免太不自然，所以她应该还在做梦。悠子伸手去摘花，藏匿在花影间的黑暗竖起利爪向她袭来。那是蔷薇的刺……她感到了疼痛吗？好像没有……如果真的没有，证明这就是梦境。

悠子被梦境特有的时间之流裹挟着，不知不觉已经来到了公路边。可是，无论她怎么向前走，都看不见餐厅的灯光……她可能已经走了几十分钟。

难道走反了？

她的心中突然涌出疑问。公路笔直向前延伸，没有前后左右……所以一定是走错了。悠子拖着疲劳的双腿沿着原路折返。

车灯不断闪过，红色的尾灯接二连三地抛下悠子而去……一辆车跟其他车一样超过悠子，再前进一段距离后，停在了路边。

一名警官从副驾驶走下来，等待悠子靠近。那只是个勉强能看出是男性的人影，装束也不甚清晰，但一定是个警官。因为那是一辆警车。

“你这是要去哪儿？”

悠子径直走过后，背后传来声音。那个声音里也渗透了黑暗，深不见底。悠子回过头。那人逆着警车的灯光，依旧看不清面容。

“我跟朋友约好在前面碰头……”

对方似乎能看见悠子的脸。而她自己暴露在灯光下，却看不清楚对方。这种恐惧近乎拷问。

“不好意思，我要迟到了。”

悠子微微颔首，逃也似的加快了脚步。背后再次传来声音：“要小心。”

接着，他又说：“这附近会发生杀人案，被害者是女人……”

发生了杀人案？……不对，他说的是“会发生”……“这附近会发生杀死女性的凶案”。宛如预言……可是，警官为何能预言即将发生的案子？她或许听错了……必定是的。

悠子在一个十字路口停了下来。旁边有块红黄蓝三原色的招牌，形状好似哪个国家的国旗……跟那个情人旅馆招牌相隔数米，护道灌木结束之处，就是丝绸之路餐厅。

招牌跟红绿灯颜色相同，就像用只有三色的蜡笔涂抹了夜的黑暗……那过于鲜艳、过于嘈杂的色彩散发着“谎言”的气息。因为这是梦。那个认知再次闪过脑海……只是，无论这是什么样的噩梦，悠子都不想醒来。她非但不想逃离心中的不安，反倒想看看在不安的夜晚彷徨，前方等待她的将是什么。总而言之，她要继续往前走，直到尽头……

柊树丛背后就是餐厅建筑物。可是，与道路相连的停车场和屋脚垫高的店铺内部都极为昏暗。

唯有门口的收银台有一盏明灯，以及寥寥几处昏蒙的照明，仿佛餐厅已经破产倒闭……而现在分明是夜幕刚刚降临的时刻。

走上通往餐厅的台阶，悠子又一次在心中喃喃：

> 这应该是梦。我还在做那个有人被杀的噩梦。但我已经比刚才更清楚了，是梦里发生了杀人案……没错，那个警官说的可能也是那个案子。只不过，警官为何知道我梦里的杀人案……不，他当然知道，因为那个警官也在我的梦里。

可是，谁被杀了……她努力窥视宛如一片黑水的梦境，还是看不清被杀女人的面容。被杀女人？不，警官刚才也说了“女人被杀”……

她发现自己停在了最后一级台阶上，于是走了上去。很快，自动门无声开启，煞风景的店铺冷冰冰地欢迎了悠子。

没有人。

不，右手边最里侧的洗手间留了一条门缝，里面透出黯淡的灯光，还有人的气息。虽然很微弱，但还是能听到貌似说话的声音……莫非店员在里面偷懒吗？

她不在乎店员。悠子把所有注意力都集中在了店里的一个人身上。

最角落的座位上——悠子曾经三次与男人相依而坐的座位上，赫然有个人影。店里并非伸手不见五指，而是弥漫着一股幻影般的光雾，让悠子再次认为这果然是梦。不过，是不是梦已经无所谓了。关键在于，座位上的人影显然就是那个男人……他似乎刻意选择了黑暗最浓稠的地方落座。

那个男人努力躲藏在黑暗中，不想让我发现。

他背对着玻璃墙，墙外突然有一道光，如闪电般划过。那道墙几乎正对着马路，因此那道一闪而过的光其实是车灯。又有几辆车陆续驶过，每次都让男人的面孔在光芒中一闪而逝。悠子看不清他的表情，只知道那双眸子正对着自己。

那双只专注在我身上的凝滞的眼睛；如同死鱼般空虚，对一切视若无睹的眼睛。没错，这个男人一直藏在面具下的眼睛只会这样看着我。就连他说愿意为我跟妻子离婚时也一样……车流断绝，男人的脸又一次隐入黑暗。可是，无论他与黑暗融合得多么完美，我都能轻易看穿他脸上的表情。

悠子在黑暗中朝着最角落的座位，朝着男人的影子走了过去。男人在抽烟，黑暗中渗透了褐色的气味。

悠子坐在正对男人的椅子上，用力放下手中的提包。那个瞬间，怒火突然从她内心的最深处喷涌而出……与其说是怒火，倒更像是悲伤。那怒火就像眼泪一样涌了出来。

“我知道你叫我来想说什么。但是我别无办法。还是分手吧。”

男人压低声音，这样说道。

"为什么？"

她只问了一句。

"……"

"我在问你为什么要分手。"

"我已经说过很多次了。你无法舍弃丈夫和儿子……继续这段关系只会让我更痛苦。"

"我也说过很多次了。我可以舍弃……而且为了让你相信，我今天离开时，就把一切舍弃在了那个房子里。"

"不,你没有发现自己真正的心意。你爱你的丈夫胜过爱我……"

"不对，你到底有没有在听。我说的不是可以舍弃，而是已经舍弃了……真的舍弃了。"

由于压抑了过多感情,她的话语化作尖厉的叫喊,从口中吐出。

"我已经无路可退，只能跟你向前走。我叫你过来，明明是为了商量我们今后该怎么办……你太卑鄙了。你只是自己想分手，却把责任推给我。无法舍弃家庭的是你才对。男人都这样……一到关键时刻就死死抱着自己根本不爱的老婆。分手这句话，你怎么不说给你老婆听？你真正需要的根本不是老婆，而是我。直到不久前，你还很清楚这一点，现在怎么就忘了？"

喉咙泛起好似呕吐瞬间的疼痛，紧接着，泪水就如同混着胃液的残渣喷涌而出，她的眼睛宛如失禁，不受控制地恣意流淌眼泪……

悠子不知道这个男人对自己突如其来的叫喊有何想法。近在咫尺的脸笼罩在黑暗中纹丝不动，也没有发出一点声音。反倒是悠子自己对叫喊产生了反应。刚发出第一个声音，悠子的脸就像遭到殴打一般扭曲了。这种声音一旦发出来，就再也无法收回……在疼痛一般强烈的悔恨中，悠子叫喊到了最后。

案件。

悠子深深感觉到了它的气息。方才那歇斯底里的喊声就像枪声一样，击中了可怕的重大案件……没错，案件已经发生了，而她就深陷其中……可是，悠子依旧不知道那是什么案子。案件的真相宛如男人的身体，始终隐藏在黑暗中。尖厉的喊声在耳边回响，悠子又一次被声音吓得毛骨悚然。

车灯再次闪过。灯光斜刺着掠过桌面，映照出好似尖刀的物体，瞬间又消失了。那的确是一把刀，不过并非餐厅厨具，而是不良少年带在身上用来威吓的匕首。那把能够轻易将人刺杀的匕首瞬间吸收了车灯的光芒，得意洋洋地放射出危险的反光。桌子上为何会有这种东西？它又是何时出现的？

那把匕首被放在家庭餐厅的廉价餐桌上，显得格格不入。可是，只要这个男人在场，他身边的一切都会显得格格不入。连最亲近的妻子也跟这个男人毫不相衬，甚至他拥有的奢侈品都像假货。

说到底，这个男人身边最格格不入的就是我……那么，我为何会在这里？

车灯再次闪过，照亮了桌上的匕首，还有握住匕首的手。

皮肤宛如皮革般强韧的、野兽似的手。

悠子反射性地站起来试图逃开……可是,男人的动作更迅捷。他几乎同时站起,下一个瞬间就绕过餐桌,向悠子袭来。两人……两具身体碰撞在一起，一个东西刺进了悠子的下腹部……那东西撕裂了她的身体，深入她的血肉。悠子感觉不到疼痛，也感觉不到血液流出……她只感觉到那东西的尖端撕裂身体，长驱直入，就像这个男人在涩谷的酒店里第一次抱她。这个男人跟她的丈夫不一样，好似踏入泥沼一般深入了悠子的身体……一直侵袭到无止境的幽深。跟那时一样，悠子情不自禁地主动缠住了男人的身体。也跟那时一样，她感到意识渐渐远离……没有一丝疼痛，于是悠子对自己说，所以这只是一场梦。然而纵使这是一场梦，梦中的凶案还是将悠子强行推向了终末。她的意识渐渐蒙眬，身体软倒在地。

她眼前出现了警官的脸——那张被黑暗包裹的脸……

“要小心。这附近会发生杀人案，被害者是女人……”

他的确这样说过……杀人案就在此刻。被杀的女人原来是她……同时，她也清楚回想起了四点四十分之前那个梦境的最后一幕。

> 在那个梦中，被杀的也是我。所以我才无论如何都看不清那张脸。我将在一切开始的四点四十分回到那个梦中的凶案……在那个梦中又一次被杀害……而且在被杀害的瞬间，又一次从餐桌上醒来……再做一遍同样的梦……

悠子的头从男人的肩膀滑落到胸前……她努力睁开眼睛，抬头看着那个男人。

这个人是谁？

她在心中呢喃。

这不是我爱的男人……这是一张陌生的脸。一个陌生人杀死了我。不，我记得这张脸……我得看清楚一些……

可是，那张脸突然消失了。双眼落下了黑色的卷帘。灯又灭了……她用最后的意识这样想道。悠子仿佛站在绞刑台上，脚下忽地洞开，身体落入了无底的深渊……

叫声惊醒了她。

是谁的悲鸣……是我吗？

片刻前的悲鸣已经成了遥远的残响，唯有悸动依旧强烈，仿佛梦境还在持续。

我已经死了……明明是一具尸体，心跳却好似一串惊雷……就像我正半睁着眼注视的挂钟那样。

那个陈旧的六角挂钟没有长针，只有短针……看起来就像死了，钟摆却有规律地摆动着，高唱时间的生命。

可是，就算只有短针，也能想象出时间。

四点四十分。

夜色已经逼近厨房的小窗。她睡着之前……就在不久之前，那扇窗外还充斥着冬日的阳光。对了，今天是冬至日，一年中最长的夜晚已经笼罩了这个房子、这个城市。

那是最后的光，是一天中最后的光……也是我人生最后的光。尸体？人生的最后？……我为何会想这些？我还活着，已经换上了外出的衣服，只是喝红茶时被睡魔征服，趴在餐桌上睡着了。

外出？

我要去哪里？做什么？

越想不起来，她就越焦躁。悸动的残响与不安混合在一起……不用担心。电话铃很快就要响起，一切都将揭晓……

她摇摇头，想甩掉残留的睡意。下一个瞬间，铃声果然响起。一如预期的声音让悠子毛骨悚然，她一时无法起身，只能呆滞地环视这个两房的小套间。在平凡的小区里，跟丈夫和儿子度过的平凡生活……这个电话铃声试图打破这一切。每一次响起，她的生活就一点点破碎……五次、六次……悠子站起来，在第七次铃声响起时拿起了话筒。第七次。这就是打破这间屋子……这段婚姻生活……这个家庭的信号。

“你好……是我，能听见吗？”

他说。

“你在睡？……有点鼻音。”

他又说。

悠子后悔自己接了电话。就算不接，她也知道男人会这样说……还知道他在距离小区步行只需十分钟的丝绸之路餐厅等着她，也知道自己会回答“这就过去”。所以，她只需马上离开这里就好。她不想在这个充斥着不安的房间里多待一秒钟……

"我知道，这就过去。"

她挂掉电话，抓起提包，关掉电灯……那个瞬间，她突然想："屋里怎么亮灯了？"不过，那也只是一闪而逝的瞬间。下一个瞬间，她就跑到玄关，穿上高跟鞋，打开门走了出去……她心中闪过一些疑问，但很快又消失了……她感到靠近门口的房门背后传出了儿子的气息……不应该存在的气息。

鞋子好像比刚买那时大了一些。门把手上好像沾着汗水……然而，这些反正都不重要。

最大的疑问，就是她事先已经知道了屋里亮着灯，鞋子有点大，门把手的触感有点奇怪。仿佛她有了预知能力，在穿鞋之前，在触碰门把手之前，就已经知道了那些小小的异常。

她以前有过这种感觉……儿子房门背后隐藏的气息。金属门把手好似出了汗一般冰冷，又散发着潮湿的热气。

她乘坐的电梯在四层停下时，门还没开，她就知道了——

门外站着一名少年……

少年抱着沉重的报纸卷，一走进电梯就按了关门键，背对悠子站着。他的脸藏在帽檐底下……预想到的事情一一应验，这比电梯的失重感更让她心慌意乱。

悠子发现少年怀里不只有报纸的瞬间，忍不住闭上了眼睛。与此同时，她听见东西掉落的声音……一本图鉴似的书籍与报纸同时掉落。不，是少年故意失手弄掉了……敞开的页面上赫然印着女人赤裸的下身。他故意让电梯里的悠子看到了那些画面……因为少年在帽檐的掩护下,用剃刀般眯缝的眼睛窥视着悠子的脸,仿佛在期待悠子看到照片的反应……那双眼睛里还带着若隐若现的坏笑。

悠子闭着眼，却看到了一切。不安充斥着她全身，连紧闭的眼睑和睫毛都微微震颤。但那并非因为落在脚下的羞耻照片，而是因为她在书本掉落、少年的目光聚焦在她脸上之前就知道了……种种细节就像拼图碎片一样闪过脑海，几秒钟后就会变成现实的一部分，组成一道光景……为此，她感到无比恐惧。

她是如何走出电梯的?

打开楼梯背后的铁门走到外面时，她也事先知道后院的黑暗中盛开着无数白蔷薇，还闻到了它们散发的香气。接着，她看到宛如纯白的霉菌一样浮现在黑暗中的无数鲜花，顿时感到自己如陷噩梦……此时，她终于想起，刚才在梦中也看到过这些蔷薇。不仅如此，她还想起了刚才趴在餐桌上看到的所有梦境内容。

我在按照梦境行动。

她意识到这一点。梦中看到的场景宛如一盘录像带，在现实中重放……可是，为什么?

四点四十分小睡醒来后记得不太真切的梦境，她已经全部回想起来。没有了长针，仿佛生命只剩下一半的挂钟；男人打来的电话；儿子房门背后传来的气息；鞋子的异样感；潮湿的门把手；在四层走进电梯的送报少年，以及他怀里那本大书……通往后院的铁门，黑暗中盛放的白蔷薇……与眼前这些别无二致的蔷薇。

一切都跟梦境一样。

我在按照梦境行动。

她本以为自己是凭着意志走到了这里。原来，竟是被那场梦操纵了吗？

我要逃离梦境……

她不断对自己说。她不能再按照梦境行动……就算目的地同样是餐厅，也不能走向与梦境相同的结局。为此，她不能像梦里那样错过那家餐厅……正因为走了好久都见不到餐厅，她才会在看到那个男人的瞬间突然爆发，导致最后的结局——她被杀的结局……

所以，不能错过餐厅。她很认真地告诫了自己，然后才走上夜晚的国道……她每次走到十字路口，都要仔细寻找餐厅的灯光。可是无论走多远，她都找不到目标，不得不承认自己走过了头，然后原路折返。悠子想……那场梦把她紧紧束缚着，用了比现实还要强韧的绳索。

为了不遇到梦里的警车，她只需不看车道就好……她知道这个想法很愚蠢，但还是坚持这么做了。然而，还是有一辆警车超过她，在相隔几米的前方急刹车停了下来。她无法改变这个事实。

一名警官从副驾驶下了车，等待悠子靠近。

跟梦里一样……唯一不同的是，悠子已经知道他要说什么。

“你这是要去哪儿？”

警官问道。他的脸被黑暗笼罩，就像套了一层深色丝袜。最后，他提醒悠子附近要发生女人被杀的案子，路上小心。

一切都跟梦里一样……只是她已经不再害怕，反倒像在重看已经看过的录像，感到有些无聊。不，另一种不安让她的心跳加快了……时间已晚，她错过得太远了，甚至迷失在梦境中，多走了许多路……

那个人性子急，不会一直等着她。他的性子实在太急了，所以本来可以持续一生的热恋，他只消一年便已厌倦……悠子一心想快点找到餐厅，同时又害怕真的走到那里。因为在餐厅里等待她的不是那个人，而是一起案子……那个人亲手将她杀死的案子。

没错，我正在前往犯罪现场……我就是犯罪现场。刚才的警察说，将要发生女人被杀的案子……

可是，悠子十分焦虑，已经顾不上梦境。她有种近乎妄想的感觉，担心自己将会迎来跟梦境一样的结局。她知道这个想法很愚蠢，耳边还是接连不断地响起“不要去”“不可以”的声音……然而，身体没有理睬那个声音，自动加快脚步往回走。她的心跳进一步加快，连时间的流动也变得湍急，仿佛现实开始快进，用超过梦境的速度卷走时间……悠子很快就跑到了竖立着奇怪三原色招牌的十字路口。

拐过那个弯，就是一道柊树组成的篱笆，篱笆背后清晰可见餐厅的外墙……可是，餐厅就像停止营业一般，停车场和墙脚垫高的店铺都没亮灯……唯独收银台亮着一盏明灯。

跟梦里一样……所以，她刚才还是错过了。

不过，那也太奇怪了。如果在梦中，家庭餐厅这么早就熄灯，倒也不显得有什么问题。可是，现在不是梦，是现实啊……

然而，悠子已经顾不上寻找答案。她的终点就在眼前……只要走上这段台阶，走进玻璃门背后的黑暗，她的行程就结束了。时间就像沙漏里仅存的细沙，开始一口气流淌……但是，在终点等待她的，是跟梦境相同的结局……

那么，我为何不逃走呢？是因为我心里明白，无论怎么努力，一切都是白费吗？因为我不是沿着道路走过来的，而是被那个梦境的传送带运过来的吗？

悠子还是做了最后的抵抗，宛如前往绞刑台的囚徒，努力放缓走上台阶的脚步……她不想思考，也无法思考。不，当一只脚踏上第七级台阶时，她脑中突然冒出一个思考。如风暴般混乱失控的大脑中突然出现了台风眼似的平静空洞，让她在台阶上停下了脚步……为什么她在四点四十分醒来后，一直在做跟梦境相同的行动？

那个谜题，已经解开了。

相反。

这才是梦。我正在做梦。

刚才我认为是梦的光景，其实全都是现实……我今天四点四十分醒来，听见电话铃声，走到这家餐厅跟男人见面，像现在这场梦一样踏上台阶走进店内，对坐在最角落里的男人破口大骂，最后被他用匕首刺杀……我的身体滑落在地，仅存的意识让我做了这个梦……不，这不是梦，是最后一点意识正在试图分析刚才究竟发生了什么。

然而，直到这一刻，她的意识究竟分析出了什么？她只知道这是梦，自己原本在家里小睡，傍晚四点四十分醒来，走过了一段宛如旅途的路，绕了好远才来到这家餐厅，然后遭到杀害，这些都是真实发生的事情……不，这不是梦，而是第一场旅途充满了谜团，让她仿佛身处梦境。为了解开那些谜团，她才会从最开始……从她醒来，抬头看到只有短针的挂钟那个瞬间开始，细细回想整个过程。在她回溯记忆的过程中，那场旅途中“宛如做梦”的遭遇渗透到渐渐模糊的意识中，让她将其与梦混淆……不，这就是梦。如此一来，就能解释夜幕刚刚降临之时，为何家庭餐厅却像深夜一般熄灭了灯火。

但是如此一来，为何最初那场现实之旅中，餐厅也像深夜一般暗淡……我又在最后一级台阶上停下了脚步。这不是梦……我只是在回溯记忆。最初那段旅途，我也在台阶最后一级心有所感，停下了脚步。我当时并不清楚自己为何停下脚步，但是在记忆中回溯旅途，我终于明白了。

现在是深夜……

我醒来的时刻并非冬天的傍晚，而是冬天的深夜……四点四十分。

缺少了一根指针的可怜挂钟指向的是凌晨四点四十分。

所以，蔷薇的香气才会如此浓郁……因为蔷薇在日出之前，花蕾即将绽放之时，会散发出最浓郁的香气……冬蔷薇——冬季盛开的蔷薇。而那个送报少年正在送早报。那个时间，小区门口堆满了住户头天晚上扔出来的报纸和杂志，少年在其中看到成人写真集，一时兴起就捡了起来。她之所以感到那些裸露耻部的照片上都是自己的身体，是因为她在少年的眼中看到了自己——在这种深夜……黑暗堆积在死胡同尽头，凝聚成一团纯黑的时刻出门幽会的自己，一个不知羞耻的女人。

儿子已经上大学了，屋里也藏着那样的写真集和杂志。当她偷偷走进房间，在抽屉里发现几乎跟那本书中一样的照片时，心里涌出了恨不得捂住自己眼睛的羞耻……她会想起那个仿佛自己的身体暴露在众目睽睽之下的羞耻，又将自己与送报少年和那些照片重叠在了一起。

这下一切都清楚了……鞋子之所以感觉有点大，是因为她已经习惯了傍晚双脚肿胀时，鞋子显得有点挤的感觉。而她在路上走过头，也是因为错把时间当成刚刚入夜，以为餐厅会亮着煌煌灯火……不，还有两个谜团，两个巨大的谜团……

> 那位警官为何知道我即将被杀害？最大的谜团是，既然我已经被杀害，为何还活着？……我被锋利的刀刃刺中，却没有感觉到痛苦，虽然一度晕倒过去，可后来渐渐恢复了意识，再度回忆起被刺之前的种种经历……难道这就是死亡吗？不对。我的意识已经很清楚了……然而，我还是感觉不

到疼痛。刚刚被刺时，也没有一丝疼痛……所以，我才会觉得这是梦……没错，如果那不是梦，这就成了最大的谜团。我已经在现实中被杀害，为何现在还活着，还在追逐这个谜团？

我现在在哪儿……如同做梦般回溯这段记忆时，我究竟身在何处？对了，我站在最后一级台阶上，试图解开谜题……为此，我要继续回溯记忆。要像那时一样，走上最后的台阶，穿过玻璃门，走进店里……于是我走上了最后的台阶，穿过玻璃自动门，走了进去。

里面没有人。

但是，右侧通往里屋的门透出了昏暗的灯光，还有说话声。这个时间段客人最少，店里可能只有服务员和厨师，他们躲在厕所里闲聊。既然是凌晨时段，想来也不怎么奇怪。只不过就在那时，她突然察觉到最角落的黑暗里传来人的气息，把注意力转了过去。

此刻也一样。

当她看到最角落的座位上有个人影时，就顾不上其他一切了——无论是深夜时段，还是闲聊的店员……

接连闪过的车灯照亮了玻璃墙，也让我察觉到男人凝视我的目光。那是一双笼罩在黑暗中，宛如化石的眼睛……不，我才宛如化石。那双眼睛从未把我视作活着的女人……这个男人已经把我刺死了……他只是在凝视自己杀死的女人的尸体……每次车灯像闪电般掠过，好似黑色铜像的人影就获得了生命……一点点蠕动着，缓缓朝我靠近。

不，是我在向他靠近。

我在黑暗中走向了角落的座位，走向男人的影子……正如几分钟前，不，几十分钟前，或许是几个小时前那样。我回溯着那一刻的记忆，不知不觉又一次踏入梦境……只有短针的挂钟仿佛扰乱了时间之流，让我重新回到了“那一刻”……

我坐在正对男人的座位上，用力放下手上的提包。

与此同时，愤怒伴随着悲伤从体内涌出。

“我们分手吧。你无法舍弃丈夫和儿子，继续这段关系，只会让我更痛苦。”

听了这句话，悠子勉强维持着冷静反驳回去，但是很快——

“我真的舍弃了丈夫和儿子！”

她突然发出悲鸣。不，那是比悲鸣更扭曲、更丑陋的号叫……跟那时一样。

“太卑鄙了。只想把责任推给我，其实无法舍弃家庭的是你才对。男人都这样。”

号叫没有吓到男人，反倒让我自己心生恐惧。发出第一声的瞬间，我就像遭到殴打，连面容都扭曲了……我来这里是为了让一切开始，没想到一切都在这里结束了。声音一旦发出来，就无法收回……在近乎疼痛的悔恨中，我不受控制地号叫。

案子。

我感到了浓浓的预兆。我那歇斯底里的吼声就像枪声一样掀开了可怕案件的序幕……没错，案子已经发生。我已然深陷其中……然而，我还不知道这会是个什么案子。所以我要好好回忆，我必须知道这是什么案子……我必须想起来，自己在那一刻遭遇了什么。

车灯再次闪过。灯光斜刺着掠过桌面，映出了一把匕首……匕首瞬间吸收了光芒，得意洋洋地放射出危险的反光。由于光芒流转，匕首上仿佛沾满了鲜血或是危险的东西……就好像我已经预见到了几秒钟后的案件。是的，只剩下几秒钟了……寄宿在短针缓慢的动作中宛若停滞的时间，忽然跳到了秒针上，开始终点的倒数。还有七秒钟……不，六秒、五秒……我最后的想法，是这个地方为何出现了一把匕首——格格不入的匕首……可是，最格格不入的其实是我。所以，这个男人要除掉我，就像除掉一个障碍……车灯又一次闪过，照亮了反光的匕首，还有伸向匕首的手。

我撞开椅子站起来，想逃离那个地方……可是，男人的动作更快。他也站了起来，下一个瞬间就像发现了猎物的野兽，迅速绕过桌子，朝我扑了过来。两人的身体撞在一起，一个东西刺中了我的下腹部……那东西撕裂我的身体，长驱直入……就像刚才那样。

不，不一样。当时我迷失了自我，连拿起匕首的人都认不出来……我忘了那是自己的手，忘了匕首是儿子初中珍藏到现在的宝贝，忘了刀柄由兽角制成……也忘了我把提包用力放在桌上时，搭扣突然崩开，匕首从里面掉了出来。

是我要刺死那个男人……男人并没有向我袭来，而是看到我握住匕首,撞过来试图控制我。但是我的动作快了一步，将匕首刺进了男人的身体……匕首刺中了男人的腹部，凝聚在刀尖的浑身气力，也反噬了我的身体。刀柄深深陷进了我的下腹部。我突然想起这个男人在涩谷的酒店第一次抱我的晚上……男人的身体长驱直入，让我感觉他不是在抱我，而是要杀死我。

那只是我的感觉，现在也一样。我只是感觉自己被刺中了，并没有真实的疼痛，也不会死去。我还活着，在浅睡中彷徨，像做梦一样回忆着自己制造的杀人案。

在这个案子里，杀与被杀都极其相似。这把匕首夺走了我相处一年的情人的生命，同时也夺走了我自己的生命……我杀死了这个男人，也相当于被这个男人杀死。因为我已经使出了浑身气力，再也无法支撑自己的身体，所以才会意识模糊，仿佛自己遭到了杀害。

跟刚才一样，这个在梦中反复发生的案件不由分说地把我推向了结局……我的身体开始滑落在地，眼前浮现出警官的面孔。

“要小心。这附近会发生杀人案。”

那位警官知道我不是被杀的人，而是杀人凶手……我之所以听错，是因为把“女人杀人的案子”听成了“女人被杀的案子”。可是，在刚才握住匕首之前，我从未想过要把那个男人杀死……那为什么……不，应该说，我为何要在跟那个男人见面时，将一把凶器放在包里？如果我丝毫没有杀死那个男人的打算，为何……

我太害怕失去意识，便死死抱住了那个谜团，将它当成救命的稻草……可是没有用。我像被刺一般从男人的肩头滑落到胸口，最后抬眼看了一眼他的脸。不，丈夫的脸。我用匕首刺中他的瞬间，那张脸不知为何变成了丈夫的脸……无表情的脸。这个一辈子面无表情的男人，即使在被妻子突然刺死的瞬间，也试图面无表情地死去。我要再仔细看看那张脸，看看他是否真的没有流露出一丝痛苦……可是，黑色的闸门遮挡了我的视线，灯光熄灭……我仿佛站在绞刑台上，脚下的地板突然消失，身体坠入无底深渊……

悠子醒了。

她在回溯记忆时陷入了梦境，又被梦境排斥，扔回到现实中，伴随着异常清醒的意识睁开了眼。

她躺在一张沙发上……挑高的天花板上悬挂着降落伞似的吊灯。悠子缓缓坐了起来。这里是餐厅最角落的座位，头顶依旧有灯光，玻璃墙另一头是深邃的夜色……

桌上摆着冷透的咖啡和香烟。

是那个男人平时抽的香烟。烟灰缸里还有两个烟蒂……几乎都没抽几口。那个男人总习惯抽两三口就把香烟摁灭。第一次邀请她到涩谷的酒馆时，男人就是这样。对他来说，女人一定也跟香烟一样……那天，她明明早就想过这点……

"现在几点？"

悠子发现旁边站着一个年轻店员，便问了一句。

"五点……三十三分。"

个子瘦高的年轻人听起来很紧张。他可能是来打工的大学生，还没习惯应对客人……不，不对。他在害怕眼前这个唯一的女客。

"傍晚？还是凌晨？"

"早上，早上五点三十三分。"

"是吗……那我在这里还没待多久呢。我是刚刚晕过去的吗？"

"……嗯。"

店员点点头，用沙哑的声音回答。

"是你把我放在沙发上的？"

"不，是您的男同伴。"

"是吗……原来那个人心里还有这种温情和这种力量啊。"

悠子拿起香烟，点燃一根，接着长叹一声，吐出了烟雾。

"那个人去哪里了？派出所？还是被送进医院了？"

"不……他大约五分钟前结账离开了。"

"可他不是快死了吗？我用那把刀刺了他。"

桌子角落躺着一把匕首，仿佛被人抛下的物品。悠子伸长手，把它抓了起来。

“是的，不过刀尖正好刺中了皮带……那位客人没有受伤。”

“骗人。”

悠子奋力摇头，把匕首举到年轻人面前。他可能觉得悠子要刺他，忍不住倒退了两三步。

“你瞧，这不是血吗？不仅是匕首，我的手上和裙子上都有……那不是梦。你为什么撒谎？……你看看，这真的是血啊。”

悠子露出了微笑，安心的微笑。这些血证明了她是对的。可是，当她看到年轻人的眼睛，脸上的微笑就成了丑陋的面具。因为她知道青年淡漠的目光里潜藏着什么。

五分钟前沾上的血不可能这么干。那是更早以前的血。那这些血是什么时候沾上的？……真正的案子是何时发生的？我在什么时候，刺死了什么人？……

悠子奋力摇头。她不是想不起来。她知道那个答案。可是这个瞬间，她不愿意相信这些，只想把它们当作噩梦。悠子重新看向年轻人，又一次奋力摇头。仿佛如此一来，自己所见的现实就会被甩开，一切都会变成梦。

——在丝绸之路家庭餐厅每周上三个深夜班的大学生安井和彦后来对警察这样说：

“是的，她好像直到那一刻才发现自己身上有血。应该不是丧失记忆，而是脑子过于混乱，自己都搞不清楚状况了。因为我听见她嘀咕了好几次‘这不是梦吧’……按顺序说，首先，凌晨四点半之后，店里没有客人了，于是我就关掉了一半照明。但是不久之后，那位男客就走了进来……我想领他到有灯的座位，可他说黑一点更好，就自己坐到了最角落的座位上。接着，他在那里掏出手机，给好像是住在附近的一个人打了电话。大约十五分钟后，先是我认识的町田君到店里来了。他是来送早报的，不过表情很阴沉，还有话要跟我说。为了不打扰到客人，我们就走进洗手间说话了。町田君说，他在附近一个小区的电梯里遇到跟母亲差不多年龄的女人，感觉她特别危险。他一走进电梯就注意到那个女人的裙子上有一片红黑色的东西，不太像是花纹……于是他假装把书掉在地上，趁着捡书的空当仔细一看，发现那果然是血……而且是半干的血。町田君还说，他见那个女人面色苍白，摇摇晃晃，还以为她在家里被刺伤，逃到了电梯里。‘我听她说要到这里来，她来了吗？我一出电梯就用附近的公共电话打了 110……但我不太清楚状况，说得颠三倒四，担心如果真的有什么案子，警察会怀疑到我头上，没说名字就挂了电话。’……确切地说，他报警时好像说，‘可能有个女的马上要死在这个小区背后的公路上了……应该是杀人。’我对他说，‘你这样，别人只会以为那是报假警。’但是话音未落，我就听见有人走进店里了……不到一分钟，又听到尖厉的吼声，我就偷偷开门一看，发现那两个人已经打在一起……然后就像我在店里说过的那样了。

女人软倒在地，我以为她被刺伤了，没想到只是晕了过去。男人说，‘我没受伤，不需要报警。’然后他就离开了。其后，町田君也一脸不放心地走了。又过了五六分钟，女人醒了过来。不过就像我刚才说的，她清醒之后反而好像陷入了梦境，一脸迷茫地喃喃自语,最后又一言不发地走了。我犹豫了好久,还是决定报警。”

十二月二十二日早上六点五分，警方接到丝绸之路餐厅的通报后，于小区电梯轿厢内控制了小崎悠子（四十四岁）。据供述，她离开餐厅后，一度返回了自己居住的五层，但是无法走出电梯，便回到一层，又按下了五层的按钮，如此反复了将近十分钟。悠子说：“它明明只是个金属箱子，我却感觉走进了迷宫，一直出不去。”当然，她的迷宫不在电梯轿厢里，而在自己心中。

她眼睛里还残留着一丝药物中毒般的浑浊，但是意识已经十分清醒，能够对答如流。她主动告诉警官：“513 号房里躺着丈夫和儿子的尸体。他们都是我杀的，可我没有勇气一个人回去，能陪我一起去吗？”尽管她瑟瑟发抖，神情畏惧，但在警官告知门把手上附着了血液时，她露出了害怕的表情。她的视线凝聚在门把手上，难以置信地反复摇头，过了好一会儿才说：

“原来是我的手湿了。我还以为自己碰到的东西有点潮湿……”

看到倒在血泊中的尸体时，悠子反倒很冷静。儿子雄一倒在门口的房间床上，胸部被刺三刀；丈夫隆广身穿睡衣，腹部被同样的凶器刺了两刀，倒在和式房的被褥上。

“昨天大半夜，丈夫喝醉酒回来。我提出离婚，他想都没想就拒绝了，还说我‘在外面有了男人’，于是我们吵了起来。后来，他很快就睡着了。我听着一阵又一阵的鼾声，心里突然想，如果等到早上丈夫醒来，我就再也无法逃离这个地方……我很害怕，就到儿子房间去，想偷偷拿走他初中时就藏在里面的匕首。儿子当时在睡觉，等我找到匕首时，他突然醒了过来，对我破口大骂，还向我扑来，我一时惊慌失措，就抓着匕首刺了出去……我不记得自己刺了多少下，还是早上跟警官一起回到房间时，才发现儿子死的时候还戴着耳机听广播。杀了儿子之后，我顺便刺死了鼾声愈发响亮的丈夫，然后给还在公司加班的青木打了电话。我当然不打算让青木成为共犯，或是求他帮我伪造不在场证据。只是不管形式如何，我已经完全舍弃了家庭，他一定能理解我的心情，或许愿意跟我一起逃走……挂断电话后，我深受刺激的大脑最后冒出了这个想法，然后宛如昏倒般睡了过去。醒来时，唯有那句话在我心中残留着一丝真实感。其他事情都好像梦境一般，我试图回忆，却怎么都想不起来。青木跟我提出分手后，我天天都睡不着觉，所以为了与青木见面，我离开房间，离开小区，走在国道上，一直都觉得自己处在现实与梦境的交界……我甚至分不清那一刻自己究竟身处哪一边，所以没办法……”

她用回忆往事的语气淡淡地讲述到这里，然后等待一名警官联系本部告知案情，又接着说：

“我可以睡了吗？下一次醒来，说不定一切都会变成梦境。

包括屋里的尸体，还有警察……”

不等警官回答，她就趴在桌上，下一个瞬间已经发出了安静的鼻息，仿佛陷入沉眠。

风的误算

那个传闻，一开始并没有如此夸张。

“水岛课长最近加班不是很频繁嘛。我告诉你，他跟夫人闹矛盾了，所以才会尽量拖延时间，给自己找一大堆文件，整天坐在办公桌前面……”

那是入职两三年的女员工在茶水间里一边喝茶，一边跟新员工闲聊，权当新人指导的话题。

“课长今天又接到无声电话了，对不对？说是无声电话，其实就是他接了电话啥也不说，听完就挂。你不觉得那很奇怪吗？他那个人打电话本来就很冷淡，连高管的电话也是三言两语打发过去，所以这个细节很难被发现。那个电话啊，其实是课长常去的小饭馆的老板娘打来的。每次店里进到了稀罕的东西，老板娘就会通知他‘今晚过来’。你可以注意一下，课长大概三十分钟后就会起身，看似去上厕所，实际是去回电话了。”

这个“一开始”是指水岛十二年前从企划部二课调动过来的

时候。

两年后，泽野响子入职，接下来的近十年，她一直忙于制作和细化不可能实现的企划，以及听别人谈论课长的传闻。

因为是传闻,往往毫无根据。比如“课长只有右脚是扁平足，所以每双鞋都是右边鞋跟磨损最严重”。在这栋落座于新宿的摩天大楼，拥有七百余名员工的大型电机厂商总部，谁也不会关注一个平凡中年男人的脚跟，所以毫无根据。

“不过话说回来，他调到我们课之前是个营业能手，甚至有人说他将来会成为公司的栋梁。是他把冰箱销售额推到了巅峰，也是他在美国开拓了电饭煲市场，在出人头地的道路上，他远远超过同期入职的人，成了绝对的领军人物。可是你想啊，不久前的奥运会上，百米赛跑的金牌有力人选不是在跑道上摔倒了吗？课长也一样。在你进公司前不久，他惹出了与竞争公司重复合同的事……”

刚进公司时，响子从女前辈口中听到的这些话与水岛课长散发出的中年白领职员的印象截然不同,让她觉得那已经不是传闻，而是不折不扣的谎言了。不过，那其实可谓唯一贴近真实的故事了……不，说唯一可能有点夸张。后来响子听到的许多传闻都不是纯属虚构，有句话叫“无风不起浪”，大多数时候，总能顺着浪花寻觅到那一丝微风。

比如，他的事业不顺给家庭生活造成了极大影响，因此借口加班，实际只是为了拖延回家的时间。这个完全有可能。另外，水岛每周都会有两三次接到电话不说话，几十秒后放下话筒。还有，虽然谈不上常去，水岛的确会以每年几次的频率光顾一家喝酒唱歌的店。

两件小事结合在一起，就会孕育出一个传闻。有时甚至只需给一件小事添油加醋，再任意捏造几下，就能像蝌蚪变青蛙那样，变得面目全非。

有的传闻如同烟花，转瞬即逝。有的传闻则格外长青，散发出强烈的气味，在空气中久久不散。还有的传闻像害虫甚至流感病毒那样，拥有强韧的生命力，不断改头换面，生生不息。

无声电话便是一个典型的例子。

三四年间，传言先是发展成“那是夫人打电话给他报今晚的饭菜。你别看课长那样，直到现在还跟夫人亲热得像新婚一样呢”。继而发展成“那是证券公司给课长汇报他拥有的股份价格。听说课长偷偷买了竞争公司的股票呢”。后来又变成“课长炒股被套牢了，牵扯暴力团伙的借贷公司一直给他打电话讨债呢。那边威胁的声音可大了，坐在旁边的安田君都能听见”。之后有段时间，小饭馆老板娘再次登场，传闻变成“课长跟那个老板娘有染，是她打电话来告诉课长店里进到了新鲜的筋子*……你记得吗？上个月的欢迎会，课长一直吃筋子。那暗含的意思是‘今晚我早点打烊，你要过来吗？’”……最后演变成了“课长好像跟财务部

---

* 筋子是指被卵巢薄膜包裹的鱼卵。

做杂务的山岸好上了，那通电话是她趁休息时间从外面打进来，问课长今晚要不要去酒店”。

最近这段时间，传闻突然带上了真实色彩。以前那种轻松的玩笑氛围不知为何消失了，取而代之的是近乎欺凌的恶意。

跟她同期入职的森田优实说：

“我在洗手间碰巧听到了其他部门的女员工聊天……听说课长跟宣传部的牧原两个人单独乘电梯时，突然从人家背后紧紧抱住了她……牧原吓得大叫一声，于是社长说自己‘认错人了’，还很诚恳地道了歉。我觉得他应该是把牧原当成了大家传闻的山岸小姐吧……我还去宣传部专门看了一眼那个女生，她长得更有肉，个子也很高，看背影也有明显的年龄差距，根本不可能认错。”

这种话一旦压低声音说出来，就透着一股前所未有的真实感。其中一个原因，是传闻里首次出现了真名。

“那是真的吗？”

响子皱起了眉。“以前不是传闻课长只对年轻的男员工有兴趣吗？……记得是笹木君吧，忘年会那天晚上，喝醉了酒的课长在厕所里从背后抱住了他。还有个传闻，说课长每周都要到新宿二丁目的那种店里坐坐……而且碰巧被人看见他跟一个体格健硕的年轻男子手牵着手从店里走出来。再说，课长对女员工的确挺冷淡的，我觉得那些传闻更可信。”

刚开始也传出过课长跟年轻女性在一起的传闻，说有人看到他和一个年轻女人在横滨外国人墓地一带很亲密地边走边说话。

但是后来又传闻，他只是在帮助因交通事故去世的挚友的女儿。她记得自己当时感叹，即使跟年轻女人走在一起，最后也没有传成那种事情，不愧是水岛。当初那个小饭馆老板娘的传闻，也丝毫没有男女之情的内容。

“就是因为平时很冷淡才可疑啊。说不定他比别人都好色，为了掩饰自己，才反倒装出一副毫不关心的样子……而且笹木君后来解释了，‘那天课长喝醉了，一时站不稳才靠到了我身上。’我跟你说，恰恰是那种人总是跟女人纠缠不清。听说他跟夫人关系不好也是因为这个。”

响子一言不发地摇摇头。

不仅是森田优实，人们议论他时总爱说“那种人”，可是，响子觉得他们其实不知道水岛课长究竟是哪种人。

当然，响子自己也不知道。这四年多来，她跟课长几乎每天都会见面，但直到现在也觉得他只是个平凡的中年男人。他对工作，对响子等七名下属，对上司，甚至对自己都漠不关心，像老牛吃草一样慢悠悠地完成最基本的工作……他每天只说需要说的那几句话，其余时间沉默寡言，任凭岁月流逝。

企划部二课主要做些一课发来的工作，只需每周开一次会，提出一些企划，但几乎都会被驳回。就算偶尔被采用，最后也会变成一课的业绩。二课平时的工作就是帮其他课查资料、做表格，所以待在这里的都是一群晋升无望的员工。课里偶尔也会调来一些有能力的人，但他们也只是拿这里当晋升的跳板，顶多一年就被调走了。

这个人仿佛融入了周围这种见不到阳光的环境，即使就在身边，也很容易被人忽略。所以响子不明白，他为何会变成传闻的主角。经常出现在传闻中的人，无论好坏，总归有着呆坐不动也会特别惹眼的个性才对。她觉得，可能这个男人没有任何亮点，过分平板、单调，反倒让各种传闻缺少了立脚点，却凝聚在一起形成了神秘的个性，引得大家好奇。

入职四年，原本听传闻的立场也能转变为说传闻的立场，但是响子把这件事交给了同事，自己则与后辈一道，只负责倾听。她不用嘴，转而用脑，思考课长为何会成为大家口中的热门人物……莫非这间办公室里也存在着类似中小学生校园霸凌的现象？

她有这种感觉。这间办公室虽然有大窗户，但平时只能晒到夕阳，一到傍晚就要放下百叶窗，比其他地方更早进入夜晚。人们是否找到了一个弱者，发泄他们在这个房间里积累的郁愤？应该是。水岛曾经有过辉煌的过往，后来因为失足而被剥夺了未来，他就是最合适的弱者。

响子不希望自己变成欺凌的对象，所以选择了默默倾听，与传播这些消息的人站在一起。她虽然不会积极反驳，明确站在课长那一边，但她心里清楚，自己看向课长的目光中时常混着类似温柔的情绪。

响子高中时代经历过很大的挫折。她从小就喜欢排球，梦想是成为奥运会选手。可是在高中的全国大赛上，她脚踝骨折，不得不放弃梦想，直到现在都要轻微拖着右脚走路。尽管如此，她还是靠前辈的介绍来到了现在的公司，开始全新的生活。可是刚入职不久，她又经历了身为女人的挫折。由于入职后工作忙碌，她被闺蜜抢走了从高中开始交往，将来准备结婚的男朋友。

因为有了这样的过去，她才会对水岛产生共鸣吗？

响子曾经对这个沉默寡言、面无表情的上司产生过类似亲近的感觉。

响子发现，自己平时虽然会跟周围的人正常交谈，可是话题一旦涉及运动或恋爱，她就会变得跟水岛一样，面无表情，沉默寡言。

由于这种亲近感，她总会在水岛的传闻中听出恶意，甚至好像自己被说一样深受伤害。她不了解水岛，但是在心中给他描绘了一个形象。响子觉得，水岛不仅对工作失去了兴趣，也对女人失去了兴趣，只想守着家庭的小小幸福度过一生。他绝不是那种对女人上下其手的色狼。小饭馆老板娘的传闻和财务职员的传闻，响子都不太相信。虽然她从不开口，但一直在心里否定。

然而，响子越是否定，传闻就变得越夸张。先是传出了其他课的女员工在电梯里被水岛摸了胸部，接着，每隔两三天就会多出一个受害者……到最后甚至演变成了水岛用他那本黄色笔记本抄下了总务刚刚发行的当年员工名单，并在自己摸过的员工名字上打红圈。如果那是事实，总会有一个员工站出来告发，然而并没有听到那种消息。这就证明传闻是假的。再怎么说，这里面的恶意也太明显了……她想劝告课长查清传闻的出处，但迟迟找不到机会，与此同时，传闻又有了进一步的发展。

“课长上下班时不都提着一个旧牛皮包嘛。我听说那里面安装了针孔摄像头呢。女同胞们早晨和傍晚乘电梯时最好小心一点。”

准确来说，这是六年前的七月末，一个名叫清水的同事决定离职回乡继承家业，在为其举办的欢送会上，他代替道别说出的话。彼时距离响子从森田优实口中第一次听到课长性骚扰的传闻，已经过去了三个月。

课长没有参加那次欢送会，当然没有直接听到那番话。但响子很想知道，课长究竟对此了解多少，又作何感想。

响子装作若无其事地看向课长，可他依旧顶着如同白纸的表情，没有在脸上表现出任何答案。但是过了不久，时间进入八月，快要放年中长假时，响子终于抓住了直接询问水岛的机会。

她在外面跑完业务回到公司，快步跑进马上就要关门的电梯，发现里面只有水岛课长一个人。他按了十二层的按钮，可能要去社长办公室。

他没有理睬响子的问候，直愣愣地站在楼层面板前。

“不好意思。”

响子道声打扰，按了他们课所在的八层，然后走到比较靠里的位置，凝视着水岛的背影。他个子还算高，体格也不差，站在狭小的密室中更显得高大了。半袖衬衫贴在他的背上，形成了一片毫无意义的空白。不，她没心情仔细观察那个沉默的背影，也没有时间。这是她入职以来第一次跟课长独处一室，凝滞的空气里弥漫着紧张的情绪。

我得说点什么……

“课长。”

她叫了一声。水岛只是微微扭过头，用沉默的侧脸作为回应。

“您知道公司里有您不好的传闻吗？”

她壮着胆子问了出来。

“哪个传闻？”

“在电梯里对女员工做不好的事情。”

一两秒的空白。

“怎么，你害怕吗？难怪刚才你跑进来，表情突然变僵硬了。”

他漫不经心地说。

“不，我不相信那个传闻，只是想提醒您……”

电梯已经到达八层，门开了。

响子低下头，带着说到一半的话语和难以释然的心情，想走出电梯。但是那个瞬间，水岛的手臂就像栏杆一样落到她眼前，把她挡住了。

“你怀疑我，对不对？那就用自己的身体验证吧。”

他的声音虽然很轻，但实在太过突然。响子一时没反应过来，身体都僵住了。不，最让她惊讶的并非那句话，而是这个中年男人说话瞬间露出的表情。

与此同时，电梯门关闭了。

她丝毫没有察觉电梯开始上升，满脑子想着“我第一次看见这个人的笑容”，并死死盯着很快又变回一片空白的男人的侧脸。

电梯里什么都没有发生。几秒钟后，轿厢到达十二层，水岛课长为响子按下八层的按钮，只留下一句“再见”，便走了出去。

他是想用这几秒钟证明自己的清白。“用自己的身体验证”，应该是这个意思。

冷静下来想想，正如课长所说，她心里的确有过怀疑，担心自己会被性骚扰。如果课长真的什么都没做，他看到自己传播流言，又兀自担惊受怕的女员工，一定觉得她们都很自恋吧。

课长老练的眼光看透了同样潜藏在响子心中的自恋，所以才会戏弄她。

那一瞬间的笑容的确有种大人看着胆小孩子的玩味。

不过，真的只是这样吗？

后来，课长对响子的态度没有改变，响子也把电梯里的事情当成一件小事，早就抛到了脑后。只不过，他在那个瞬间脱下空白的面具，仿佛失手滑落的微笑，却不可思议地残留在了响子的视网膜深处。那既是大人戏弄孩子的笑容，也是恶作剧被发现时孩子脸上那种天真无邪的笑。

然而，他只是微微眯起了眼睛，并没有笑……黑点似的瞳孔宛如相机镜头，冷冷地窥视着响子……窥视着她体内的东西，试图将之捕捉……

巧事成双，没过多久，公司还在放年中长假时，响子在新宿的百货公司碰到了水岛课长。

当时她正在促销会场挑选夏季衣物，听见有人叫了一声“泽野君”。

响子转过头，惊讶地看见了那张熟悉的没有表情的脸。同是面无表情，他那一刻的脸却像是质地更柔软的白纸。可能因为他妻子和女儿都站在他的身后。

被课长看见自己物色特价商品，响子突然有种奇怪的慌张。水岛倒是气定神闲地对她说：“我们刚扫墓回来，顺便逛逛。”接着，他介绍了妻子和女儿。

“外子承蒙您关照了。”

他的妻子露出微笑，眯缝的眼睛陷进了丰满的脸颊里。

站在旁边的女儿个子比母亲高，据说还在航空公司工作，但依旧散发着一丝未成年的稚气。

母女俩都穿着迷彩印花的T恤，连平凡的长相也像一个模子里印出来的。这让响子感到很亲切，并对她们产生了很好的印象。跟这两人站在一起，水岛那张空白的脸似乎也完美融入了家庭的幸福中。

响子此刻再次认定，性骚扰的传闻果然毫无根据。水岛先是对她说了一句“那公司见”，然后又想起了什么似的，继续说道：

“早知道要被公司的人看到我陪家人出来，我真想把你换成造谣我离婚的那个人。”

此时，响子发现水岛妻子的胸前装饰着一枚绿叶胸针，没想到水岛还会继续说话，慌忙中忘了使用敬语，随意问了一句“什么离婚”。水岛似乎并不在意。

“怎么，你不知道吗？有人传闻，内人听说我在公司电梯里做奇怪的事情，气得带女儿一起离开了……只不过我早就把这件事告诉了内人，还跟她们母女俩大笑了一会儿。原来你还不知道啊。嗯，不过应该快了……”

说完，他与妻子相视一笑。

原来空白的面具微微出现裂痕般的笑容，就是课长真正的面孔。响子心里想着，还是无法忘却她在电梯里看到的一闪而逝的笑容。她感觉……正如他妻子的胸针被埋没在一片迷彩色中，课长也刻意地在身为丈夫和父亲的笑容里混入了那一瞬间的笑容。

不过，公司里有这么多传闻，水岛自己又怎么想呢？他在电梯里问过“哪个传闻”，可见很多传闻都传进了他的耳朵里。而他真的只是用那无表情的面具将之一带而过了吗？不，他刚才还说跟妻子和女儿笑了好久。仅仅是偶尔碰面的短促交谈，他也要专门提起这件事，可见他不仅没有无视，还可能十分在意。

响子隐隐感觉到类似“霸凌”的现象，对本人而言应该更明显。说不定，那张无表情的面具背后藏着深深的伤痛。

她很想问问，但是找不到机会，就这么过去了四个月。十二月开忘年会的晚上，机会终于来了。

第二摊酒会过后，响子独自走向有乐町站，碰巧看见喝过第一摊就离开的课长还在路边拦不到出租车，就主动上前打招呼，还跟他走进咖啡厅聊了三十分钟。

“说好听点是摩天大楼，说得不好听就是水泥牢房。尤其是我们课，又小又闲，很容易成为传闻和坏话的温床……不过正因为狭小，人们无论怎么躲躲藏藏，还是会让我听到。”

听了响子的问题，他略不耐烦地撇着嘴说完，然后笑了笑。“不，我并非不关心。只不过那些都是可以一笑而过的传闻，而且仿佛给了我一种存在感，让我免于成为毫无个性且无人关注的人，所以倒还可以忍耐。不过一听到今年夏天那种传闻，我就……以前跑业务时，我有两三个竞争对手，尤其是岩濑……现在的营业部长岩濑依旧对我充满敌意，所以我认为那些恶意的传闻有可能来自那里……而且我们课的男员工很多都是营业部调过来的。我曾经想找岩濑逼宫，不过真这么做了，不知道又会传出什么话来。”

最后，他叹息着说：“唉，都说传闻是风带来的。对于那种平地而起、任性妄为的风，我只能耐心等待它过去。或者说，那算是季风……对了，电梯的传闻好像是跟夏天一起结束的。”

响子记起来了。七月末留下一个传闻后离职的清水也来自营业部，而且调动后经常跟原来的同事喝酒。她准备下次跟课长说这件事，只是那个“下次”迟迟没有到来，到今天已经转眼过去了六年。

响子与课长的来往也像一场突如其来又转瞬即逝的风，忘年会之夜结束后，两人就回到了上司和下属的关系。可能正如响子所推测那般，清水是传闻的源头之一。因为自从性骚扰的传闻降温后，有两年再也没听到课长的传闻。

两年后的忘年会前后，公司又开始流传课长的传闻。可能因为沉默了整整两年，这回冒出来的传闻全都不堪入耳，也像瞬间的疾风一般，来得快，去得也快。那些传闻的生命力都比以前短了许多，等到响子想告诉课长时，它们已经彻底消失了……有人看到课长桌下的垃圾桶露出了某团体经常在车站门口派发的传单，就传出了“课长夫人一直都是新兴团体的虔诚追随者，还给丈夫分配了宣传的任务，所以除了工作，平时最好不要靠近课长”的传闻。看到课长的手表换成了高级品牌，就有人结合以前给竞争对手投资的传闻，说他“买股票赚了一大笔钱，马上要盖新房子”。本来听到这里，还让人觉得这是个难得的正面传闻，但是再往下听——

“所谓股票赚大钱只是课长自己说的。他打算用这个传闻做担保，管以前营业部的同事借一大笔钱。”

又成了宛如谴责他诈骗的，充满恶意的话语。

一个没有将来的男人，连传闻都要从过去挖掘。

关于他被移出晋升通道，后来又有了新说法。传闻那并非工作失误，而是课长喜欢上了平时招待客人去的银座某俱乐部的妈妈桑，他不知道妈妈桑的其中一个金主是副社长，还挪用公司的钱给妈妈桑花。接着又有人说，课长上高中时是棒球部的主力，马上就要去甲子园比赛了，他却在商店偷窃被人发现，因此没能出场。

传闻宛如周刊杂志的内容一般丰富多彩，而且通过这几年从企划部二课调动到其他部门的同事之口，传播范围好像比以前更大了。不知是因为这样导致密度下降，生命力减弱，还是传闻自身缺少了厚度和热量。

传闻就像不再新奇的电视节目的收视率，一点一点下滑。课长依旧面无表情地无视那些话，或许霸凌他的人也因为得不到反应，从而渐渐感到没意思了。

响子自己随波逐流地登上了三十岁的台阶，越来越在意周围人的目光，也顾不上关心课长了。特别是去年，森田优实变成了小仓优实，三名女员工里，只剩下她一个人还是单身，让她不仅害怕自己是否代替课长成为人们的猎物。而且，她已经习惯了传闻和课长面无表情的脸，甚至连自己的心情也渐渐僵化。最近听人们说话时，她总会突然发现自己变得跟课长一样面无表情，慌忙装出饶有兴致的模样……

只是，今年从加古这个后辈口中听到的传闻却不能简单地一带而过。课长之前说传闻就像季风，他的话果然没错。一般最容易出现传闻的时间就是春季人事调动结束后的黄金周，还有出勤人数变动较大的盛夏盂兰盆节休假期间，再有就是十二月的忘年会。这个传闻，响子是在黄金周放假前一天听到的。

长假前一天，响子在一个地下店铺吃午饭，偶然遇到了今年三月还在跟她同桌共事的男性后辈。

“营业部那边的新工作怎么样？”

她拍了拍坐在吧台座位上看报纸的加古，问了一句。加古露出她熟悉的亲切表情回答：“还可以。”接着，响子便在他旁边坐了下来。

“你那边如何？”加古把报纸放到了响子面前。

他指着一篇报道，笑着说：

“我在营业部听说……前天发生在目黑的连续袭击路人事件，凶手好像是水岛课长。”

准确来说，警方此时还未断定这是一起连续杀人案。

加古指给响子看的文章先是报道了两天前晚上发生在目黑小巷里的女白领被勒死一案出现了目击者，然后加了一句：

> 本月，首都圈累计发生三起女性遇害案件，目前警方认为该案与四日发生在相模原的主妇杀害案和十一日发生在深川的护士杀害案有所关联，凶手可能是同一人物，正在以此为方向展开调查。

虽说都在首都圈内，然而凶案现场距离很远，因此警方没有断定。尽管如此，这无疑就是同一凶手犯下的连续杀人案。

三起案子都发生在星期三夜晚，地点都是靠近车站的寂静小巷，杀害方法都是用绳索勒死，再加上被害者年龄相同……由于案件充满戏剧性，媒体已经为之沸腾，响子也对此格外关注，早晨上班前还看了一会儿电视新闻。

最近这种案子已经不稀奇，成了人人自危的潜在危险。特别是现在这起案子，被害者的年龄都是三十二岁，跟响子一样。信息节目都在呼吁“三十二岁的女性请格外小心”，因此她感到了迫近身边的危险。

可是，她还没有想过连凶手都可能近在咫尺。因为犯罪学专家在电视上说过，那可能是与被害者毫无关系的男性无差别行凶。

“怎么可能……”

响子想一笑而过，但是有一丝僵硬留在了嘴角，无法撇去。

加古反倒像开玩笑一样笑眯眯地说：

“这里写着一名便利店员工对那个男人的描述，不是跟水岛课长很像吗？”

两天前案发时，被害者像平时一样在目黑站下车，走进车站附近的便利店，买完东西刚走出去，就被路过的男人叫住，两人站着交谈了大约一分钟。店员隔着玻璃墙看到了那个场景，把男人描述为“身穿灰色薄外套，手提公文包的中年白领职员”。

“这种男人在东京能找到好几十万个吧，光是我们公司，除了课长也有几十人，不对，几百人……你们营业部真的在谈论这些吗？”

见响子较真了，加古顿时有些泄气，严肃地说：

"没有，当然只是传闻而已。"

"你听谁说的？"

"昨天听营业部芳川说的……不过芳川说他是上周在居酒屋偶遇企划部二课的某个人，从他嘴里听来的。我还以为两天前那件事发生之前，企划部就已经传开了……"

"那个芳川听谁说的？"

"不知道……如果你想知道，不如我过后去问问芳川，然后联系你？"

响子犹豫了一会儿，然后说："好的，拜托了。"

接着她又说："我以前听说，营业部的岩濑部长一直视我们课长为眼中钉，还散布关于课长的谣言……现在这个传闻真的充满了恶意，让人感觉背后有敌人在搞鬼。"

"我好像也听说过……不过我想，这次的传闻应该不是来自营业部。"

加古移动目光，略显惊讶地看着气愤的响子。

她之所以气愤，可能因为心中其实有点相信那个传闻。听到加古那番话的瞬间，她的反应虽然是"怎么可能"，但同时也想到了六年前在电梯里看到的那个笑容。在她心中，水岛课长已经快要变成空气一般，唯有那个笑容总会动不动浮现在眼前。孩子气的微笑背后隐藏着暗淡的目光。两天前，那双眼睛是否散发着与六年前相同的诡异阴影，注视着从目黑的便利店走出来的女人呢？

他并没有变成空气。只是无表情的面具下方一闪而过的真实面孔，反倒变成了更厚重的面具，完全隐藏了真正的水岛，使响子无奈放弃了理解。

带着重重心事吃完午餐回到办公室，见到课长依旧面无表情地审阅文件，响子再次回到现实，暗自责备自己竟对传闻信以为真。只不过……明天就是三连休，办公室却显得异常安静。她觉得这一定是因为人们正在酝酿着当着他的面无法说出口的传闻。

而且,这里可能只有她一个人被排斥在了传闻的圈子之外……

明天就是小长假，没有任何安排的大龄女人踏上归途，脚步异常沉重。她总觉得自己不知不觉也成了被同事排斥的人。再加上最近的无差别袭击事件，她只想趁着天亮回到武藏关的出租屋里。然而白天虽然渐渐变长，她在车站门口的超市采购完晚饭食材，出来一看，外面还是已经黑了。穿过车站商店街后，她还要走一段将近百米的偏僻道路才能回到家中。

在一片宛如深夜的静寂中，她的背后传来了节奏缓慢而单调的脚步声……不，那个节奏略有一丝凌乱。其中一只脚似乎会在沥青路上粘连片刻……她突然回忆起刚入职时听到的传闻——“课长只有右边那只鞋的鞋跟会磨损”。这个早已被遗忘的传闻让响子心生恐惧，不敢回头查看，只能拔腿就跑。

她吃过晚饭，呆呆地看着电视等待新闻开播时，加古发来了邮件。

是小仓小姐对芳川说了那件事。我假期一直在公司加班，有事请随时联系。

小仓优实。

优实早在上周就把传闻散布到了营业部？……可是优实每次听到传闻都会先告诉我，为何这次我没有听到？

对了，优实今天请假没上班，听说是跟丈夫回北海道老家了。响子实在太在意了，就给优实的手机打了电话，但是无人接听。可能已经快十点了，所以她才没接。可是小长假期间，响子每天都要给优实打两三个电话，对方一个都没接。

三连休第一天是星期六，响子整天坐在电视机前，马不停蹄地追踪新闻节目。每个频道都特别关注无差别袭击事件，画面上总能看见带有感叹号的“新事实”字眼，然而实际只透露了发生在深川的第二起案件中，那名护士在遇害不久前，也在地铁车站不远处的便利店门前跟一个中年男性白领站着说了几句话。目击者称，那是一个中等身材的普通男性，长相记得不太清楚，但是在路过时听见了他的说话声。那个男人好像在向被害者问路。

星期日，媒体开始集中报道头天晚上发生在高知的一家六口灭门惨案和政府要员对日美问题的失言。高知一案的凶手疑似为抹除痕迹，在残杀一家人后放火烧了房子。节目反复播放邻居碰巧拍摄到的房子被大火吞没的视频，连无差别袭击案也如同被大火吞没，仅留下了“警方基本断定三起案件为同一人物所为”这句短短的报道。

尽管如此，她注视着高知案的烈火浓烟，同时又好像看到了企划部二课那煞风景的办公室里充满了同样的黑烟，水岛的那双眼睛就在烟雾中窥视……

下午，响子下定决心给加古的手机发了邮件。

> 水岛课长因为迷上银座的妈妈桑，导致当时的副社长震怒，被他调到了企划部。这个传言是真的吗？如果你知道那个妈妈桑的年龄和长相，也告诉我吧。

从星期五开始，响子一直在思考，又想起了不少水岛课长过去的传闻，决定查一查在那些传闻中登场的女人。如果课长真的跟这一连串凶案有关系，那以前出现在传闻中的女人应该跟三名被害者存在共通点。于是，她先在几年前发行的员工名册上找到了财务山岸的名字，发现她跟课长的传闻出现时，此人正好三十二岁。不仅是年龄，她在电视上看到无差别袭击案的三名被害者身材都比较丰满，而且都长着圆脸和细细的眼睛。山岸公江虽然身材偏瘦，但是面颊圆润，双眼如同细丝。响子因此大吃一惊，然后才决定查查跟课长有过传闻的其他女人。

她记得在小饭馆老板娘的传闻中听到过“小峰”这个店名，所以还有点头绪。至于打乱了水岛人生的银座妈妈桑，她却无从调查，只能硬着头皮问加古……发邮件时，她还担心自己这个举动是否过于大胆，但是加古很快就回复了：“好的，我尽量查查，晚上给你答复。”

接着，响子开始在电话簿上查找名为“小峰”的饭馆，找到了两家。其中一家没有人接电话，另一家是个男人接的电话，粗声粗气地告诉她“我们这儿没有老板娘”，然后就挂断了。

她还一直关注电视新闻，但是没有任何新发现。晚上，加古给她回了邮件，也只说：“的确存在水岛课长因为经常光顾银座俱乐部而遭到调动的传闻，但是传闻对象不是妈妈桑，而是那里的年轻小姐。外貌和确切年龄都不清楚。”

不过加古又在后面加了一句：“但当时还传过对方尚未成年，可以确定应该不到三十岁。”

看来，他已经猜到了响子的意图。课长是否对三十二岁的女人有特别的执着……不仅是加古和响子，恐怕“传闻”本身也想知道。为了让它自身的生命成长、壮大……

响子向他道谢，接着又问能否查到“小峰”老板娘的消息，但是突然停下了动作。

传闻会不会就是这样传开的？要是加古对别人说了他们在邮件里讨论的事情，传闻就会增添一层色彩。比如“小峰”的老板娘与三名被害者长相相似，在三十二岁生日那天与课长闹了很大的矛盾，导致留下心伤……她感觉，自己准备发送到加古手机上的内容很有可能变成这种无稽传闻的源头。仔细想想，响子居住的这个单间跟她的公司一样，是狭小密闭的空间。里面停滞的空气会促进黑色霉菌的繁殖……尤其在小长假期间，密室的闭塞感会变得愈发强烈。此时此刻编写邮件的手指就像擦着了的火柴，准备散播新的传闻火种。正如纵火犯将自己平日的郁愤转化为火柴上的火焰，从手中倾泻出去……

响子顿时对自己感到毛骨悚然，可是下一个瞬间，她又摇摇头，暗自劝说自己，她只是为了保护课长不被这个可怕的传闻影响。

第二天，加古只告诉她谁都不清楚那个小饭馆老板娘的身份，再加上无差别袭击案的调查也毫无进展，响子只能枯坐着看了一天电视，结束自己的假期。

晚上九点多，她最后一次给优实打电话，还是无人接听……响子听着空洞的等待铃声，突然想起优实也三十二岁了，脸庞又有些圆润，难道……当然，她很快打消了那个念头，不过单调的铃声还是让她心中涌出了阴暗的担忧。

但是她的担心很快就被证实是白费力气。第二天，优实迟到了五分钟。她匆匆忙忙跑进办公室，仿佛为了解释自己为何迟到，转头就拿出白巧克力开始分发。发到响子时，她主动道了歉。

“对不起，我把手机忘在家里了。你给我打了好多个电话，是有什么事吗？”

响子当时搪塞了几句，一个小时后，又把优实喊到了茶水间。

“你怎么对营业部的人说无差别袭击案的凶手是课长啊。”

“哎，不可以吗？”

优实反问一句，看不出任何罪恶感。

“那当然啊，就算开玩笑也有点过分了。你到底是听谁说的？”

优实皱起了眉。响子以为她不喜欢自己诘问的口吻，然而并不是。

“响子，你在开玩笑吗？……”

优实瞪大眼睛看着响子说：“响子上周不是在这里对我说，深川的案子和相模原的案子肯定都是课长干的……当时你特别严肃，我也有点在意，就对别人说了。”

响子在这个被她当作朋友的女人扭曲的目光中看到了自己支离破碎的脸。

“这……”

她只应了一声。就在那时，走廊传来了动静，可是现在移开目光，就好像在承认优实刚才的胡说八道，所以响子定定地看着她诡异的眼神。她对此毫无记忆。

优实可能就是这个传闻的出处。因为她心里有鬼，觉得自己被谴责了，所以才会做出如此离谱的反击。

她一定觉得，无论什么样的谎言，只要从她嘴里说出来，就会变成真相。一直以来，人们对谣言的放纵助长了她的傲慢……甚至让她给一个人带上了杀人犯的帽子。

优实的目光让她想到了过去夺走她恋人的闺蜜的眼神，响子连反驳的气力都没有，一言不发地走出了茶水间，随后一整天都没有跟优实说话。

午休时间，她一个人去了地下的美食街。她猜想能否在那里遇到加古，便看向一周前他们一块儿坐过的位置，果然发现了体形圆润的加古。他好像也期待在那里见到响子，因为加古一看到她就问：

“你看了 A 报没？”

“没有。怎么了？”

“A 报今天发了条独家新闻。十年前在横滨也有一个跟这次的三个人同龄的女性遭到杀害，而且犯罪手段相似。警方现在把那起案子也加入了调查范围。”

接着，他很自然地继续道：“水岛课长好像是横滨的吧。”

“但他只在那里上完高中，十年前应该已经搬到现在住的久我山了。”

等她回过神来，发现自己已经跟加古聊起了这个案子，不由得突然闭上了嘴。

由于加古很积极，她只是顺着他的话聊，可是，过后加古有可能对大家说：“泽野小姐说案子可能是这样的……”

这天，她若有所思地回到了办公室，看到课长神情如旧，实在不知如何说起案子的事情。于是响子决定再也不管这个传闻。可是当天傍晚，她还是被迫想起了加古的话。

快到下班时间，静冈老家打来电话，说父亲心肌梗死发作了。她申请了早退，赶往东京站并乘上了回声号。列车在新横滨站停车时，响子突然想起白天加古说的报道，同时还想起了刚入职一两年时听到的传闻。就是水岛跟已故朋友的女儿一起走在横滨外国人墓地一带的传闻……她发现，这跟加古说的案件发生的时期很接近。只是她更担心父亲的病情。那天，响子的父亲被抢救回来，第二天早晨病情也稳定了。她在回东京的列车再度经过新横滨车站时，又重新开始思考十年前发生在横滨的事情。当时的传闻是有人看见课长跟一个年轻女人看似很亲密地走在一起，后来才变成了他在陪挚友的女儿。不过，如果那个年轻女人就是十年前在横滨遇害的女性呢?

响子嘀咕了一声“怎么可能”，但她无法阻止自己进一步展开想象。她一开始还以为加古所谓的“同龄”是指横滨的遇害者当时也三十二岁，其实会不会是假设她还活着，今年应该三十二岁？换言之，在横滨遇害的女性当时可能是个二十二岁的年轻女子……

凶手身边可能有一个这十年间已经从二十二岁长到三十二岁的女性……他对那个女性怀有特殊的执着，却不知为何无法直接投射到那个女性身上，只能扭曲地表现出来，对与之同龄且外貌相似的女性发起攻击……再看公司里盛传有可能是凶手的人，他身边也有一个符合条件的女性……假设他十二三年前痴迷的银座年轻女公关当时大约二十岁，也符合这个条件。但并不是她。

回声号穿过了多摩川。河岸上斑驳交错着绿色和泥土的颜色，在响子眼中如同迷彩……六年前她在百货公司特卖会场碰到的男人身后，就有两个外貌极其相似的女性穿着相同的迷彩印花T恤……响子清楚回忆起了她们身上的迷彩颜色。女儿跟母亲一样，长着圆脸和细长的眼睛。如果说她当时二十六岁，完全有可能。而且她脸上的稚气也可能因为成长在过度保护的环境中……由父亲异常的执着一手造就。父亲把无法直接投射给女儿的执着投射到了与女儿年龄和外貌相仿的女人身上。因此，那种异常的执着进一步扭曲变形，最后演变成了杀害。

案件发生在横滨。那本是无差别犯罪,他很肯定没有人看到。可是不久之后，公司传出了他在横滨跟年轻女人走在一起的传闻……那不是单纯的传闻，而是有人看见了。凶手很焦虑，干脆自己把那个传闻加以美化，并且在它扩散之前，又主动散布了新的传闻。就像那个绿色胸针被埋没在一片迷彩之中，他也企图让那个传闻埋没在许多传闻之中……接着，凶手又故意散布了他对女性施展变态行为的传闻，以试探周围的人如何看待自己。他想知道，自己内心对某个女人的异常执着是否被人们察觉到了。她好像在什么书里看过……这类凶手同时也有一种矛盾心理，希望人们真的发现自己的异常，所以才会故意冒那种风险。

然而十年过去了,他在横滨与年轻女人接触的传闻早已平息。凶手在松了一口气的同时，又感觉事情变得有点无聊。他想发泄这十年来淤积在心中的黑暗面……于是他用一种更为可怕而夸张的形式重复了十年前的罪行，并主动散布自己就是凶手的传闻。

不，凶手不可能冒这么大的风险。传闻有时也会意外地直击真相。或许是凶手一直以来主动编造并散布的传闻不知不觉凝聚出了形态，在毫无根据的土壤上扎根、成长，开始反噬。

列车开始滑入东京站的站台。响子想到这里，摇了摇头。传闻就是靠这种无聊的妄想发展并成熟的……她告诫自己必须考虑现实，然后看了一眼时钟。现在才五点半。明天又是休息日，她决定先去一趟公司，把昨天剩下的工作带回家里，好赶上假期后的会议。

四十分钟后，她到达公司，走进电梯，继而意识到今天是星期三。星期三的夜晚很快又要降临了……今晚可能又要发生案件。想到这里，她回忆起了水岛六年前在这个电梯里露出的笑容。

电梯抵达八层，下一个瞬间，响子忍不住发出了小小的尖叫。因为缓缓打开的电梯门后面，出现了那个笑脸……就像从响子的脑中悄然滚落出来。响子走出电梯，为了掩饰尴尬，飞快地说明了父亲的病情和到公司来的原因。

“我已经锁了办公室的门，工作就别拿了吧。要不要一起吃个饭？我找你有点事。”

说完，他略显强硬地把响子推进了电梯里。门很快就关上了。

“有事？”

她的问题与水岛的声音重叠在了一起。

“公司里好像流传我就是目前惊动社会的无差别袭击案的凶手。昨天去洗手间时，我正好听到小仓君在茶水间谴责你就是传播谣言的人。”

“但那是误会……我什么都……”

失重感从脚底涌上来，渐渐转化为不安。课长用背影说：“不用解释了。”接着，他回过头来，对她微微一笑……那个笑容跟当时一模一样。

验证一下吧。

她仿佛听见了那句话。现在恰好是星期三晚上，可谓绝佳的机会。绝佳的……但有可能是致命的。

但是,她想错了。课长说出了让她意外的话。“我知道不是你。小仓君其实是从榊原君那里听到的，只是她记错了……因为她那人本来就粗心大意。”榊原是课里另一个女员工。接着，课长又说出了更让人意外的话。

“而且我一开始就知道不是你。因为是我把话传给了榊原君。”

接着，他还说：“而且五六年前的忘年会那天晚上，我已经试探出你的口风很紧了。那天我就是想看看，对你说过的话是否会传出去……”

电梯到达一层。三十分钟后，他们走进新宿三丁目一家小饭馆，才继续聊起刚才的话题。那家饭馆门口挂着写有“峰子”的陈旧招牌，响子坐在狭小的店内，忍不住死死盯着六十多岁的老板娘看。此时，课长笑着说：

“这位就是传闻里的老板娘。我上大学时就经常光顾这里……不过为了让传闻更像传闻，我故意改了店铺的名字。”

他又说：“不过那个无声电话，基本是其他人自己想象出来的……我之所以不说话，是因为对方也一直不说话，然后擅自挂断了。”

“那是恶作剧电话吗？”

“嗯。确切地说，应该是对方很享受我的无言。对他来说，那是一种无力的沉默，象征着以前被他打败的竞争对手现在所处的毫无意义的人生。”

“您是说营业部的岩濑部长吗？”

等到水岛有气无力地点了一下头，响子又问：“我听说课长被调动的原因是以前用公司的钱去找银座的妈妈桑。是真的吗？”

水岛没有回答她的问题，而是问她要吃什么。但是一小时后，等到酒劲上来了，他又说：

“其实那也是岩濑散布的谣言……无论我怎么解释，大家都相信那个传闻。所以我被发配到现在这个课后，干脆利用谣言超过事实的力量，不断用成倍的谣言展开反击。”

“可是……”

水岛用笑容打断了响子的问题，然后摇了摇头。中伤的方法不是只有给对手造谣。反过来散布自己的恶意谣言，并将其推到岩濑头上，可以有效贬损他的人格，造成成倍的伤害……

“不过事情太不顺利了。满公司都是我的传闻，唯独岩濑制造谣言的传闻传不出去。我之所以不去管那个无声电话，也是指望哪天有人发现那个电话来自公司内部，然后发现打电话的人是岩濑。”

说完，水岛又摇了摇头。

“之前有一次，我对你稍微提过岩濑，而你的口风实在太紧了。所以我今天要正式拜托你……请你随便对一个人说，造谣我是无差别袭击案凶手的人是岩濑。”

见响子呆滞地摇头，下一个瞬间，水岛又笑着说：“开玩笑啦，你的表情太严肃了。”

响子最在意的并非课长散布自己的谣言,而是那个无声电话。那个十多年前已经打败了竞争对手，却一直坚持给对方打无声电话的人。还有这个一直沉默着接听那些电话的人……两个人的无言，反倒比任何传闻都可怕。她刚才呆滞地摇头，并不是要拒绝水岛的请求。

“可是我……就算课长不拜托我，传闻也已经散布出去了。我对营业部的人说……这可能是岩濑部长干的。而且我听说，营业部那边已经有传闻了……很快，真的会……”

水岛似乎有点后悔自己酒后多话，先是叹了口气，然后缓缓转过来，对她露出了安静的微笑。

那是他六年前在电梯里露出的笑容。只有眼睛遗忘了笑意，始终无言。

白雨

"缟木同学。"

听到那声呼唤，她条件反射地转过头去，看见了站在正门边樱树下的四个女学生。

乃里子不太确定那是在叫自己，只能呆呆地站在那里。虽然那四个人都是她的同班同学，但她入学一个多月来，一直没交到朋友，因此在这所高中，她既没有说话的对象，也没有人找她说过话。

尽管那四个人里还有名字和长相对不上号的同学,但她知道，正在朝乃里子微笑着挥手的人名叫大田夏美，是医生的女儿。她的言行举止很张扬，目前在全班最惹眼，连时常低头不语的乃里子都无法完全忽视这个人。

"能帮我们拍张照片吗？我妈妈去纽约了，我想让她看看新的校园生活。"

这时，乃里子才走了过去，从大田夏美手上接过照相机，又离开几步，将其举起，看向了取景窗。可是，就在她马上要按下快门的瞬间，背后突然传来一个声音。

“哎，我帮你们拍吧。”

她转头一看，是班主任三井老师。她戴着一副眼镜，双眼眯缝着。

“缟木同学也站过去吧。”

说完，老师就拿过相机，把乃里子推向那四个人的方向。

“可是……”

乃里子正犹豫着，夏美已经抓住她的手臂，把她拽到了树下。转眼之间，乃里子就成了环绕夏美的面孔之一。老师按下快门，乃里子成了镌刻在胶片中静止的画面。伴随着长假刚结束的五月六日下午四点十三分这一时刻——

此时此刻，乃里子正要走出校园回家，而班主任正好结束外出回到学校。校门旁的樱树为八重樱，其他樱花都已经散落了，唯独它开得正盛。她的脸蛋一定也染上了樱花的颜色。拍好照片，大田夏美对她说：“硬拉着你真对不起，等我冲洗出来，送一张给你。”接着，她便离开了。比起绯红的脸颊，乃里子更在意自己僵硬的笑容。老师对她说：“缟木同学，你再笑得开心一点。”于是她硬挤出了一抹微笑，只是总感觉不太对劲……第一次被同学叫住，还被拉过去成为伙伴的十五岁女孩，究竟摆出了什么样的表情呢？

不过，她的担心都是多余的。

到了下星期一，第四堂课结束时，大田夏美走了过来。

“给你，上周的照片。樱花和其他人都被拍得很漂亮，唯独我最丑了。”

她耸着肩膀，扯着嘴角笑了笑，留下一句“下次再一起拍照吧”，继而转身离开了。

乃里子拿过照片，心里一惊。

夏美被拍得很好看。她的笑容仿佛盛开的鲜花，歌颂着青春的光彩。其他三个人也一样……可是，她看不到自己的脸。

因为当时就站在夏美旁边的她没有出现在照片里。除了她以外,沉甸甸地一直垂到其余四人头上的樱花树枝基本与记忆一致，可是照片上遍寻不见她自己的脸……不仅是脸，脖子以下也看不见。

当时，乃里子配合夏美弯下了腰，佐藤佳代则绕到她后面露出了头。于是本该是乃里子面部的位置却变成了佳代校服胸口的一片黑印。

不知为何，只有她被踢出了那张照片。

乃里子凝神注视，但是看得越专注，她的视线就越找不到焦点。在一片模糊中，唯独夏美的嘴唇凝聚成得意的微笑，仿佛化了妆似的鲜红、耀眼……但是此时，乃里子只是告诉自己，这一定是搞错了。一定是乃里子被叫住之前，那四个人请别人在同一个位置拍了照片，但是不确定是否拍好了，便叫住正好路过的乃里子,又拍了一张。一定是夏美刚才错把先拍的那张拿给了乃里子。

她也怀疑过这是否是故意的，可怀疑的种子只是刚刚在土中裂开而已。

四天后的第一堂课，她打开书包，却发现昨晚睡觉前确定放在了里面的日本史教科书不翼而飞……一星期后，上体育课更衣时，从白色运动服的袖口里爬出了一条青虫。不，那是一条发黑且丑陋的毛虫……

乃里子忍不住尖叫一声，站在旁边衣柜前的同学问了一句："怎么了？"

"没什么。"

她摇摇头，亲手将已经萌芽的疑虑按回土里。如此一来，她就能说服自己，这只是单纯的巧合，或是某种错误。

然而，那既不是巧合，也不是错误。这些事情背后，始终存在着一个人的意志……又过了三天，当她在书包里发现那封白色来信时，明确感知到了这一点。

那是一封雪白的来信。随处可见的白色信封里装着折了两下的白色信纸。她一展开，信纸就分作了两半。那虽然只是没有只字片语的白纸，但被利刃割开的线条透露着比刀片更冷漠、残忍的话语。

信纸应该是用裁纸刀割开的。乃里子感觉那把利刃悄无声息地划过了背后，但她还是当下便把信纸连同信封揉成了一团。她的母亲千津总是说："这孩子虽然过于安静，可是在关键时刻，却会表现出让我忍不住后退一步的强韧。"而背后那个人丝毫没有察觉乃里子尚未成熟的纤细身体中隐藏的强韧，将她选为了霸凌的对象。

翌日，那个人的邪恶意图化作了更明确的形态。

快到一点，午休即将结束时，乃里子回到教室。下一堂课是英语自习，她从书包里拿出字典，同时又有一个白色信封落在了地上。跟昨天不一样的是，信纸上有打印出来的文字。

在天台等你到一点。

时钟指向十二点五十六分。乃里子转瞬之间做出决定，从教室后门跑出去，踏上了通往天台的台阶。

然而此时天台并没有人。布满阴霾的天空之下，只有一片煞风景的水泥色。

那个人没有勇气表明正身。那一定是个更适合被霸凌的软弱之人。

她骄傲地想到这里，踩着上课铃声赶到教室门口，伸手去开玻璃门……然后终于察觉了“那个人”的真正意图。因为无论她怎么拉，那扇门就是纹丝不动。短短几分钟内，有人从内侧锁上了教室门。上自习时，有的老师会为了防止学生往外跑，刻意锁上后门。但她很清楚，这扇门并非老师锁的，而是“那个人”……并且，她也知道那个人是谁。

玻璃门另一头排列着学生们慵懒的背影。它们比屋顶的水泥地板更煞风景，宛如一排排墓碑……那些包裹着藏蓝色校服的墓碑中，有一块向前倾斜得厉害。乃里子瞪着那块墓碑——火热的视线贯穿玻璃，深深刺入相隔几米的石碑之中。那人似有所感，转过了石头似的面庞。

大田夏美弓着身子，正对着小镜子偷偷化妆。宛如大理石般缺乏表情的脸上，唯有两片唇瓣染成了赤红，鲜活地蠕动着，试图制造出表情。几天前从运动服里爬出的毛虫……是眼前这个女孩养在脸上的。

乃里子心里想着这些，一时没有察觉夏美嘴边浮现出了微笑。自从照片那件事以来，夏美就从未跟她说过话，但是每次在教室和走廊碰到，都会朝她微微一笑……可是现在这个微笑跟那些微笑实在太过不同。不知不觉，乃里子就成了拼命抵抗夏美尖锐视线的那个人。

乃里子最终还是敌不过她，只好移开了目光。她逃也似的跑回了天台。原本开阔的天台此时却让她感到狭小、苦闷。因为她感觉自己被赶出了教室，封闭在了这个地方……或许也是因为刚才离开的短短两三分钟时间，乌云已经沉甸甸地压了下来。

铅灰色的云酝酿着雨水，随时可能坠落下来。

这片云让她感觉身在梅雨时节。不过直到辗转反侧的夜晚过去，第二天早晨乃里子准备上学时，雨点才真正落了下来。

她正在门口穿鞋，突然听到紧闭的门外传来了动静。乃里子打开门一看，院子和大门口都没有人。她还听见了邮箱开合的声音，便走过去一看，里面果然有个信封……

又是那种信……这次还专门送到了她家里。

乃里子每天乘坐小田急线上学，家和学校只隔了三站路。夏美住在隔壁町，可见是专门绕远路给她送信来了。尽管与前两封信出现的形式不太一样，可是看到那个没有写姓名和地址的白色信封，乃里子心里只有这个想法。她站在大门口，打开了信封。

缟木千津女士。

当她在信纸上看到母亲的名字时，多少有些意外。

时隔三十年……确切地说，是三十二年又四个月，我决定再次联系你。这封信写得太突然，请先接受我的歉意。同时也请原谅我没有在信上留下姓名……就算留下姓名，当时千津女士才八岁，应该想不起我是谁。如果你记得我，更有可能不打开信封，直接将这封信撕碎。因为我相信，你一定想把我跟那件事一道从自己的人生中抹除……

她刚读到第一张信纸的中间，雨就下了起来。昨天下午一直覆盖在东京上空的雨云，终于吐出了藏在体内的雨水。第一颗雨滴落在了母亲的名字上。宛如枯枝的文字让母亲的名字显得无比寂寥，但是在雨滴的作用下，那个名字如同黑色的烟花，向周围溅开，成了连残骸都算不上的痕迹。

——五月下旬的那天下午，千津打开里屋的衣箱，拿出一件和服。那是因为早上下起了雨。

十年前，母亲去世前一直居住的小房间里摆着一个佛龛。千津小的时候，那上面摆着父亲的牌位，现在则多了母亲的牌位和照片。除了每天一次给佛龛放贡品，她很少踏足这个房间，但她总觉得母亲的照片每天都有不一样的表情。有时是幸福的微笑，有时与父亲的照片并肩而立……现在，母亲也仿佛活在照片的小小世界里。

这天，母亲的脸色苍白、阴沉，仿佛很寂寞，又好像在烦恼着什么，显得坐立难安。

可能是因为雨点沿着格子窗滑落，在照片表面落下了一层几乎不可察觉的阴影……褪色的痕迹变得比平时更明显，映衬得母亲身上的和服犹如丧服般暗淡。

那件和服原来是什么颜色?

千津突然想到，于是伸手打开了母亲死后紧紧关闭十年的桐木衣箱。母亲很爱穿衣打扮，七层抽屉里全都塞满了几乎要溢出来的和服。和服色彩和花纹的变化体现了母亲年龄的变化，母亲的年龄化作花纹与图案，渗透进每一年的肌肤里。

母亲在照片里穿的和服并非手绘花纹,而是编织出来的纹样。她终于在最下方的抽屉深处找到了类似的和服。她掀开保护衣物的垫纸，发现照片上褪色成深褐色的从肩部延伸到胸前的花纹，在实物上其实是淡雅而鲜明的粉红色。这件绸缎和服的胸口和袖子上点缀着宛如花纹的雪白色块，还有另一种好像该称为钝色，就像灰鼠色里混杂着一些褐色的……同样分不清是底色还是花纹的色块。但唯有那片粉红色，鲜艳得吸引了所有目光。如果打个比方，那就是年轻的，即将盛开的女人肌肤的颜色……

原来照片里的母亲，身上穿着如此青春靓丽的和服……原来当时已经罹患癌症、形销骨立的母亲，竟穿着这样的和服拍摄了照片。

千津难以置信地摊开和服，披在肩上，走到镜子面前。和服映衬着刚满四十岁的千津的脸庞，还是显得过于年轻……

母亲比现在的千津矮了十厘米，在当时的女性中也显娇小。尽管如此，千津身披的和服还是有将近二十厘米的下摆拖在了地上……她卷起和服，在腰上折叠了一层，然后发现和服腰部有一片奇怪的痕迹，就像一朵暗色的牡丹摇摇欲坠地在那里盛放。

而且，花心部分的面料还有一条几厘米长的裂缝。是伤痕……母亲腰部也有同样的伤痕……原来，这片发黑的痕迹是母亲在那个事件中流的血。

仔细一看，伤痕不只一处。相隔几厘米处，还有两个同样的伤痕纵向排列。母亲身上只有一处伤痕，而和服上有三处，那应该是穿和服时折叠在腰部的面料足有三层。那把菜刀正好刺中了这个部分，才分散了一些力量，让母亲得以保住性命……

她战战兢兢地伸手触碰伤痕，突然听见一声闷哼。那一刹那，千津以为是自己发出了声音。可是，那声闷哼来自千津背后。她转过身，倒吸了一口气。

乃里子穿着校服站在走廊上，用同样惊愕的目光看着她。

“怎么了？”

千津问。现在还不到一点，女儿为何从学校回来了……千津想问的是这个，而乃里子似乎理解成了她在询问自己为何惊愕。

“我以为外婆在这里……因为太像了。”

她回答。

母亲须美去世时，乃里子已经五岁了，对外祖母有一点记忆。

“不过外婆比我矮，也比我漂亮……”

千津想说更有女人味，但是她把这个字眼连同和服里的伤痕和血迹一起脱下，不着痕迹地藏了起来。母亲直到五十九岁去世，一直都是风韵十足的女人。她想把这个事实与和服上的伤痕和血迹一道隐藏起来，不让乃里子得知。

“你怎么了？这个时间跑回家来。现在还是期中考试期间吧？”

乃里子没有回答母亲的问题，而是问道：“那是樱花？”

“樱花？”

千津反问了一句，然后说：“是啊，原来这是樱花呢。我才发现。”

“就是樱花，而且是雪国之樱。”

“雪国？”

“嗯。外婆家乡在新潟县的盐泽，那里的绸缎很有名。这件和服应该就产自那里……”

白色是春天的残雪，灰褐色想必是化雪以后的泥泞……加上盛开的樱花，各种色调集中表现了雪国之春。

只是，千津发现女儿正用同样专注的目光注视着叠好的和服，便轻轻将和服放到身后，换了个话题。“在学校发生什么了？”

“没什么，就是头有点痛，早退了。”

她漫不经心地回答完，发现母亲的目光格外严肃。

“你觉得我怎么了？”

乃里子微笑着反问道。然而，僵硬的微笑难以掩饰她目光中的不安。

“对不起。大约一周前，我替你收拾房间时，发现垃圾桶里有一张撕碎的照片。我知道那样不好，但还是拼起来看了看。”

“……”

“照片上的四个人都跟你同班，对不对？为什么撕掉了，是吵架了吗？”

“没有啦，那就是一群性格比较坏的人。”

乃里子又露出了微笑，还是很僵硬。

“无论发生什么事，妈妈都站在乃里子这边。如果你有什么烦恼，千万不要憋在心里，一定要告诉妈妈。这些我都说过吧？”

“我知道。而且爸爸跟我说，妈妈这么聪明，什么事都瞒不过你……你跟爸爸分开也不是因为他出轨，而是因为他瞒着，不是吗？”

这番话有些意外，千津一边思索必须说点什么，一边忍不住笑了。真正聪明的其实是这个小姑娘……母亲去世的第二年夏天，乃里子才刚刚上小学，千津就因为丈夫出轨提出了离婚。只因为一次出轨而离婚，完全是出于她的个人感情，因此她多少有些愧疚自己赶走了独生女儿的父亲。其后，她一直保证让女儿每月见一次父亲，但还是觉得她渐渐长成了有点阴沉、消极的姑娘。女儿升上初中不久就遭遇了类似霸凌的事情，也是因为她这种性格。当时之所以没有发展成真正的霸凌，完全因为乃里子有着意外强韧的精神……这次发现撕碎的照片，千津又开始担心女儿遭到了霸凌。现在看来，应该没问题。

“话说，妈妈原来能自己穿和服啊……不如下次教教我。”

“当然。我不喜欢穿和服，之所以留着你外婆的和服，都是为了送给乃里子你。”

母女俩说了一会儿话，然后乃里子说：“我来例假了，不舒服很正常，先上楼躺一会儿。”但是女儿刚走没几步，又伴着渐渐靠近的脚步声出现在房间门外，她从包里拿出一个白色信封，递给了母亲。

女儿说，早晨在邮箱里看到这个，误以为是自己的信，就拆了封。当时她有点不好意思，想把信封重新封上，就带去了学校，但是没能封好……

“我觉得那反正是个什么也没写的信封，大可以换个新的封上给你……但说谎不太好。”

接着，女儿又说：“我看到最前面写着妈妈的名字，很快就发现拆错了。别担心，我几乎没看内容。”

信封里有三张信纸，千津一口气读完了。第一页先是冗长的道歉，接着写道：

自从去年患上癌症，我就回到家乡，在旧友担任理事长的六日町医院度过短暂的余生。因为我一生随心所欲，对生命没有任何留恋，唯一放心不下的，就是三十二年前，年幼的你在分别时露出的眼神。当时我说完‘再见’，转身要离开时，你却叫了一声‘叔叔’。我回过头，你没有说话，而是目不转睛地看着我。你那双眼睛天真无邪，又楚楚可怜。从那天以后，你的眼睛就用无数话语不断谴责着我。在死期临近之时，若问我想在世间留下什么遗言，那便只有当时面对你那双眼睛，想说却没能说出口的真相。我很想马上联系你，但最终没有这么做。因为在最后别离之时，我与你去世的母亲约定过,要永远把那个真相埋葬在黑暗中……事实上，你母亲遵守了约定，先我一步离开人世……然而，我已经没有时间犹豫，最终决定把一切押在两个条件上。第一，当时负责那个案子的吉武岩生刑警是否还在世；第二，如果他还在世，并且记得当时心中的疑惑，就先对他说出真相，并请他把这封信交给你……另外，我还把赌注押在了你读到这封信的心情上。如果你心中有哪怕一丝希望知道真相的想法，就请来找我……当然，还有一个前提，那就是你来找我时，我还活在这个世上。只要满足这三个条件，我就会对你……不，对你三十二年前的那双眼睛告白一切。

信的末尾只写了位于六日町的医院名称。

信中并没有出现写信人的名字，但她一眼就能认出是谁。

笹野竣太郎。

他本是K大学物理学副教授，来自在新潟县经营织染企业的家庭，对绘画也很有兴趣，并学习过日本画。千津的父亲以前是日本画家，两人因此结识。他虽然没有师从父亲，但胜在性格温厚，与父亲那种难以接近的艺术家气质恰好互补，于是两人成了亲密的朋友。他每晚都会到家里与千津的父亲把酒言欢，后来又与同样来自新潟县，最喜欢穿衣打扮的母亲越走越近……直接导致父亲险些杀死了母亲。那天，父亲拿着菜刀刺向母亲腹部，误以为母亲死了，继而将菜刀刺入自己的心脏，结束了生命……

千津举着信纸，呆然不动。她第一次披上母亲的和服，就惊讶地发现母亲在案发当天就穿着它，紧接着，她又收到了那件事的另一个主要人物——笹野在时隔三十二年之后寄来的信……并且要告诉她真相。

她想起来了。案发时母亲穿的这件绸缎和服，正是笹野亲自设计图案，请老家的父亲织造面料，并在案发前一天送给母亲的礼物。同时，它也是促使父亲拿起菜刀的导火索。

不……

千津摇摇头。这不是巧合，而是母亲在天有灵。是母亲让千津拿起了那件和服……是母亲让她接下了那封信。

尽管如此，千津还是难以置信地看着佛龛上的照片。照片上的母亲跟刚才略有不同……嘴角浮现出若隐若现的微笑。希望讲述真相的人并非写下这封信的人，而是去世的母亲……所以她才会留下带着血迹的和服，还在死前特意穿上那身和服拍了照……

可是，千津再次摇头。就算母亲和写信的笹野竣太郎希望道出真相，她也不想知道……不仅是真相，她不愿意想起那件事的任何一个细节。信上写了三个条件，而且这封信已经在她手上，所以，第一个条件无疑是满足了。

千津知道吉武刑警这个人。案发后，他一直纠缠着千津，想从年幼的证人口中得到案件的线索。即使在母亲去世两三年，他已经退休后，依旧找到这里，表示放不下当年那个案子。若是得到笹野联系，他一定会专程赶到新潟去见他，并且欣然成为信使。千津也不认为那起案子只是单纯的父亲强迫母亲与之殉情，除了警方给出的结论，她还隐隐感到那件事另有真相……至于想不想知道真相，则是另外的问题了。何况，在她满足第二个条件，真心想知道真相前，笹野说不定就去世了。这样一来，第三个条件就无法满足。

虽说如此，千津还是无法放下这封仿佛来自遥远过去的书信。母亲留在和服上的气息也萦绕在她身边，久久没有散去。

刚才她在镜前转身，看到女儿乃里子时，不经意间感觉到了母亲的气息，同时想起了过去的母亲。那是案发之前，千津与母亲生活在三鹰家中，还没搬到这里时的记忆……旧家也有这么一个小房间。三十二年前，千津经常在那个小房间门口呼唤正对着穿衣镜穿着和服的母亲。每天她从小学放学回来，没在玄关看见父亲的木屐，就会习惯性地走到楼上寻找母亲。母亲有时会像刚才的千津那样转过身来，有时则忙着整理腰带和腰绳，顾不上转身，直接在镜中笑着对她说："爸爸出门了，你跟妈妈一起去找代代木的叔叔玩吧……千津更喜欢笹野叔叔，对不对？"两人走在前往车站的路上，母亲还会反复问她这个问题。不，母亲并不是在问千津，而是反复告诉自己："是我女儿想见笹野，不是我自己。"

那天，她们也去了代代木的笹野家……只是，那天跟别的日子有些不一样。放学后，千津在玄关看见了黑色鞋带的木屐……也就是说，父亲就在家里。尽管如此，小小的里屋还是传出了母亲的动静。她探头进去，发现母亲已经穿好和服，端坐在镜前忙着化妆。母亲的肩膀微微颤抖着……不知是在强忍怒火，还是在压抑悲伤的眼泪。头一天晚上，千津曾被父母的争吵声惊醒……他们把声音压得很低，但即使还在上小学三年级，千津也能明白那些声音依旧萦绕着母亲，一波又一波拍打在母亲身着华丽和服的背影上。

现在回想起来，那天母亲穿的就是前一天笹野送给她的绸缎和服。它虽然是那天晚上父母吵架的原因，但千津只记得，那是一件与众不同、格外华美的和服。她记得最清楚的事情，就是当时父母的卧室里隐隐流露出了父亲的气息，还有沉重的静默，让狭窄的房子里充满了紧张的空气，于是她悄悄回到了玄关。在门口放下书包后，千津走到屋外，独自在巷子里玩耍。没过多久，家中又传来了昨晚她惊醒时听见的争吵声……吵了一会儿，就变成了母亲不断呼唤千津的声音。几乎在同一刻，母亲打开玻璃门跑出来，看见千津，用力抓住她的手腕，把她扯了起来……接着，记忆就断绝了。

回想到这里，千津感到头痛欲裂，再也想不起后面的事情。

其实，那天她被母亲带到了笹野家，在那里坐了两个小时，又披着渐渐降临的夜幕踏上归途……案子发生在那天晚上千津睡着之后，所以她自己并没有听见直接导致案发的争吵和惨叫声。最先在里屋发现两人倒地不起的人，是每天一早过来帮工的小姑娘清子。那姑娘在跑去岗亭报警前，还明智地把千津带回了自己家，没让她看见自己父母的血。尽管如此，事后警官找她询问情况时，她也只能说——

“妈妈从玻璃门里跑出来，拉着我的手……”

然后，她就头痛欲裂，忍不住拼命摇头。

就像现在。

撕裂般的头痛袭来，千津慌忙把信塞进母亲和服的袖子里，再把和服放回衣箱，告诉自己千万不能再想起那个案子和笹野的信，接着用甩开一切的气势站了起来。

话虽如此，如果真的能轻易遗忘，她又如何会苦苦纠结三十二年？那天晚上，她在梦中再度看到了笹野的信，然后被迫回到了过去的事件中……千津紧握着那封信，来到雪国的车站，在站前的警察岗亭询问笹野接受治疗的医院地点。巡警把帽子戴得遮住了面孔，告诉她这里没有你说的医院。实在没办法，她只好转身走回车站，却被巡警叫住了。她回过头，发现警帽下方的面孔变得清晰可见。巡警顶着土偶一般面无表情的脸，问了千津一个奇怪的问题。

“现在天上下的是雨，还是雪……”

巡警咄咄逼人，催促她回答。漆黑的天空中的确在飘落冰冷的颗粒，打湿了千津的头发和双肩，但她分不清那是雨点还是雪花，因此无法回答。于是，巡警像审问嫌疑人一般声色俱厉地质问千津……她感到胸闷气短，终于惊醒过来。

心中悸动迟迟难平，在黑暗中甚至盖过了宛如通奏低音*的雨声。她知道自己为何做那样的梦。巡警那张呆板的脸就是记忆中吉武刑警的脸。她极力想忘记七八年前吉武来访时说过的话，可就是忘不掉，一直记到了现在。

吉武说，自己虽然退休了，但就是放不下那个案子。接着，他又告诉千津，案发当晚，雪花化为雨水的时刻成了问题的关键。千津早已不记得那天下过雪，可能因为傍晚开始只有零星的小雪，并在凌晨一点左右化作了雨水。从笹野家回来后，千津没有直接走进自己家，而是被带到附近帮工姑娘的家，并在那里吃了晚饭。晚上十点左右，帮工清子才把睡着的千津背回她自己家……当时是母亲须美到门口接了千津，清子还听见她的丈夫葛井辽二在里屋呼唤须美。正好从那时起，雪变大了，下了一个小时左右。等

---

* 巴洛克时期欧洲古典音乐的代表性结构与特征，指在一部音乐作品中设置持续低音声部。

到十点半前后，人们担心再下下去会变成大雪时，案子发生了。恰好在那一时刻，寄宿在隔壁寡妇家的大学生打开木窗查看雪势，听见葛井家传出丈夫的骂声和女人的惨叫……接着，又是男人痉挛般的叫喊。

大学生觉得情况有异，但是后来那些声音很快就安静下来，便猜测没什么大事，并未理睬。后来，须美自身的供述也证实了案件发生在那一刻。须美接过清子带回来的女儿，把她带到房间安顿下来，自己则准备再次前往代代木的笹野家……清子十点钟见到须美时，她还穿着睡衣，但为了去笹野家，她后来马上换上了和服。漫天大雪如同雪白的魔物，煽动了须美体内好似业火的黑焰……丈夫发现她的行动，痛骂妻子是妓女，然后抓起菜刀逼迫妻子与笹野断绝关系……须美被刺到失去知觉，但意识蒙眬间还是感觉到丈夫痉挛的咽喉里发出绝望的吼声，他转过菜刀，刺向了自己的胸口。

清晨赶到现场的警官看到身穿睡衣的葛井辽二与身穿和服的妻子，准确想象了以上情况。在这一阶段，警官还不知道葛井的挚友、其妻的情人笹野竣太郎，但是从葛井妻子过于精美的妆容和好似强迫殉情的现场情况，他敏感地推测到了背后存在另一个男人。

但是问题在于住在案发现场背后的高空作业员的证词。葛井辽二是日本画坛的中流砥柱，其位于三鹰市的宅邸周边都是旧军人、银行家等人士的豪宅，唯独葛井家背后有间破屋，里面住着年近六十、孤身一人的高空作业员。当天晚上，此人喝了点酒，八点便钻进被炉里睡觉，中间起了一次夜。当时，他透过厕所的格子窗看到葛井家的纸门上映出了一个好似男人的高大影子……他之所以肯定是男人，是因为那个人影一度打开纸门查看外面的情况。那人长得像外国人一样高大，高空作业员认为那应该是自己见过好几次的日本画大师，可问题在于他目击到那个人物的时间。因为没看表，高空作业员不清楚具体时刻，但可以肯定当时外面下着雨。

如果这个证人看见的是雪，那就没有任何问题。因为可以认为那是案发前一刻的葛井辽二。但如果是雨，当晚雪化成雨的时间是一点以后，彼时葛井辽二及其妻子都已经倒下。换言之，现场还有另一个男人……其后，警方发现了笹野，认为笹野有可能杀害了葛井并伪装成强迫殉情，因而十分重视高空作业员的证词。他们甚至考虑过妻子须美同谋的可能……她利用女性和服在腹部重叠三层的特点，先让笹野杀害丈夫，然后再让他帮忙刺伤自己的腹部，伪装成被害者。然而，一开始认定当时在下雨的高空作业员后来改变证词，说仔细想了想，那其实是雪。最终，案件只能以最初推测的强迫殉情一说结案……唯独吉武这名当时正值中年的刑警一直无法释怀。

那位刑警坚持认为高空作业员最开始的证词才是真的，结案后依旧认为千津那天晚上肯定知道笹野在自己家里，但是她喜欢笹野胜过父亲，所以才一直保持沉默。

当退休刑警说出自己的推测时，千津也感到了撕裂般的头痛，并以此为理由将他请走，并且在事后试图马上忘记这件事。结果，刑警那张如同土偶般呆板的面孔，还有仿佛吞噬了黑暗的嘴，直至今日仍在质问她："究竟是下雨，还是下雪？"

究竟是下雨，还是下雪……

那句话出现在梦中，还有另一个理由。今天傍晚，正要离开母亲房间时，千津察觉周围亮了起来，便抬眼看向庭院。只见已经变得稀薄的雨云背后透出了阳光，原本暗淡的雨水泛起了光泽……看着那个光景，她想起自己小时候曾经这样问旁边的双亲——

"雪是白色的雨吗？"

某年冬日的一天，三人坐在外廊眺望院子里的雪景，千津漫不经心地问了一句。那句话应该也组成了梦境，她还清楚记得父母当时略显惊讶的表情。一切宛如昨日……就在那时，千津好像听见二层乃里子的房间传来哭声，心里一惊，马上站了起来。

她轻手轻脚地走到二层，小心翼翼打开房门，发现乃里子开着床头灯睡着了。孩子紧闭的眼角滑落一滴眼泪，在稚气未退的脸颊上留下了痕迹。

她梦到自己在学校被欺负了吗？

千津心疼地叹了口气，与此同时，乃里子发出了声音。

"只有我是多余的人。"

听到这里，千津忍不住反问："多余的人？"

现在应该担心的不是多年以前已经无法改变的案件，而是乃里子正在遭遇的事情……而且，为了忘记那件事，忘记笹野的来信，也应该只专注乃里子的问题。

那天晚上，她心中的想法可能传达到了睡梦中，乃里子醒来后，开朗地度过了一天，让母亲不禁松了口气。然而好景不长，又过了一天，乃里子再次找了个借口，把自己关在房间里。

她显然在回避母亲。

五月最后一天，女儿回家后只在门口说了一句“我好累”，便径直走进了房间。千津试图叫住女儿，本想问一句：“不如一起喝杯红茶吧？我有话对你说。”

可是，她张开口，只发出了一声惊呼，紧接着问道：

“你身上的血是怎么回事？”

乃里子边上楼梯边脱下校服外套，露出了白衬衫肩部疑似血迹的黑色痕迹……那不是纯黑，而是铁锈一样发红的黑，宛如幼儿张开手掌那般在白色的布料上扩散。

“这血是什么时候沾上的？”

乃里子走进自己的房间，脱掉衬衫，难以置信地摇着头说：

“我只在国语课脱过上衣……因为太热，大家都脱了。”

她原本皱着眉，继而发现母亲的脸色比自己的还差，慌忙改称：“啊，对了。有个同学午休时受了伤，我扶着那人去保健室来着。当时也没穿外套。”说完，她又悄悄窥视了母亲的表情。

她在猜测母亲是否相信她临时编造的谎言。那句话只可能是谎言。对十五岁的乃里子来说，让母亲知道女儿遭到霸凌，一定比自己忍受霸凌更痛苦。

千津心里很清楚……不，正因为她很清楚，才什么都没说，只能用同情的目光包容了女儿恐惧的眼神。

可是两天后，乃里子主动承认了谎言，并告诉她自五月初的照片一事以来，自己一直在班上遭受霸凌。这一转变的契机，依旧是血。

六月二日，本来这天没有社团活动，乃里子却比平时晚了两个多小时才回家。她提着书包走进千津所在的厨房，将其反过来放在餐桌上。

“你打开后面的拉链，把里面的东西拿出来看看。”

她对母亲说。

“我不敢碰。妈妈，你帮我拿出来吧。”

接着，乃里子又告诉她，自己直到坐上回家的电车，把书包放到腿上才发现……她拉开拉链，表情顿时扭曲了——里面传出一股腥味。周围还有两三个人也发现了异常。于是乃里子在下一站下了车，独自走回了家。

千津仔细一看，发现书包背面有一块不自然的隆起。

“是活物吗？”

千津正在犹豫，却听见女儿说：“不是活物，但你要小心受伤。”于是千津战战兢兢地拉开拉链，看见里面有一把貌似刀子的物体。她咬咬牙，伸手进去拿了出来……她没抓住刀柄，指尖擦过刀刃，感到一阵疼痛，但此时顾不上许多。战栗伴随疼痛一闪而过，下一个瞬间，她就松开了手。

刀子宛如活物，在桌面上弹跳一下，然后咔哒咔哒地震颤了一会儿，最终静止下来。

那是一把普通的水果刀。不普通的地方在于，长约十五厘米的刀刃上覆盖着宛如铁锈的暗红色痕迹。就像前天沾在女儿衣服上的……她一眼看出那是血。

“太过分了，是谁干的……”

她的声音有些哽咽，反倒是女儿恢复了冷静的表情。

“我大概能猜到，就是那张照片正中央的大田……她爸是医生，可以轻易搞到血。不过……”

“不过什么？”

“欺负我的潮流可能已经扩散到全班了。前天也是大田同学把带血的纸巾传过整个教室，最后传到了我后面那个女生手上，然后她等我脱掉上衣，就……一定是这样。”

她承认了前天的血迹也是被霸凌的结果。接着，乃里子不再隐瞒，把这一个月的经历全都说了出来。

“我就是班上多余的人。”

她用千津上周听到的梦话开了头。那对残留着稚气的唇瓣里吐出了如此愤世嫉俗的话语，让千津感到很不自然。当然，她现在也顾不上想这些。

“你愿意告诉妈妈就好。我本来有点察觉，没想到竟然这么严重……”

乃里子仿佛察觉到了母亲的声音里还残留着震惊，故意放缓了语气。“在昨天之前，我也以为可能是搞错了……不过，现在有了明确的证据，我反而更好应付了。”

千津本来心烦意乱地盯着那把刀，后来又看向乃里子，问道：“你没对三井老师说吗？那我现在就打电话……明天就去跟她谈谈。”

乃里子摇摇头说：“不用马上打电话给老师……”

“为什么呢？这可是犯罪啊。搞不好这些血真的跟某些犯罪案件有关系。而且开学时我还拜托过三井老师，说乃里子乍一看很老实，容易成为被霸凌的对象，请她帮忙照看一点。”

“可是——”

乃里子正要开口阻止，千津干脆站起身来，走向起居室打电话。

——就这样，第二天放学后，千津跟女儿走进学校的会客室，与班主任相向而坐，先把头一天在电话里提到的事情详细说了一遍。

千津明显感到自己的表情越来越僵硬。因为昨天在电话中堪称夸张地表达了同情的老师，现在却戴上了空白的面具，极为冷漠地盯着学生名册。

“我找班上的几个人旁敲侧击地打听了一下，并不存在霸凌现象，而且我本人也很难相信大田同学竟然会做那种事。”

她推了一下眼镜，隔着镜片缓缓打量她的学生和学生的母亲。

"那张照片是我拍的，是不是有什么误会？还有，这把刀也可能是跟学校无关的人在电车里塞进去的。毕竟这段时间有的人会做出比性骚扰还可怕的事情。"

"可是——"

千津想要反驳，但不知如何开口。乃里子突然插嘴道："妈妈，老师说得对，可能是电车里的人塞的。"

话音刚落，她就站起来，还拉住了迷惑不解的母亲。

"我都说了没什么，妈妈太夸张了。"

乃里子对老师深深鞠了一躬，然后推着母亲走出了会客室。

"妈妈也发现老师很奇怪了吧。"

走出学校后，乃里子一直不理睬她的疑惑，直到她们在经堂站下车，坐进咖啡店里，她才开了口。

"是啊，可你为什么突然……"

"因为老师也是其中一员。"

"其中一员？老师也联合学生欺负你吗？"

她想一笑置之，但是笑到一半就再也笑不出来了，因为女儿的目光异常严肃。

"当时拍照的人是老师，她的确能把我从照片上抹去。我的位置在照片边缘，只要用手指挡住镜头，就能把我遮住，让那块黑影融入后面那个人的黑色校服……一定是这样。上回衬衫上沾血时，也正好是三井老师的课。老师当时在学生间来回走动，还叫了我一次……上周上课对考勤时，她跳过了我的名字。她平时特别关照我，所以我以为只是意外，现在想来，那就是故意的。”

“如果你怀疑老师，为什么不早点告诉我？”

说完，千津就想起昨天乃里子的确想阻止她给老师打电话。

“之前我一直不确定……可是刚才我的位置更靠近老师，看到了她的学生名册。”

“……”

千津用目光催促她说下去。

“老师的名册上，只有我的名字被画了黑线。”

说完，乃里子自己也难以置信地摇了摇头，然后补充道：“仿佛我退学了……或者是死了。”

回想起老师石膏像一般的侧脸，千津竟无法否定女儿的想法，便建议她先以身体不适为由请假一周，期间找父亲商量该怎么办。但是乃里子说，现在正是期中考试前的重要时期，要是她选择逃避，其他人会觉得很有意思，对她做更过分的事情，因此没有答应。

“而且，我也不确定那是毫无理由的霸凌，还是出于某种目的……我隐约感到，这是某个人出于某种目的策划的事情，但这也要继续静观其变才能肯定。”

下个星期，乃里子以一种比以前更明亮的表情上学去了。

每次听到大门关闭的声音，千津都要担心一个白天……下下个星期五，乃里子也跟平时一样回了家。千津问：“今天也无事发生吗？”意外的是，乃里子摇了摇头。

“这东西被夹在历史教科书里了。可能是昨天夹的，直到今天才被我发现。”

说完，女儿从书包里拿出教科书，把里面折成两半的纸递给了母亲。千津打开一看，白纸上只有一块明信片大小的黑印，不知是什么意思。

“我觉得应该是照片或者绘画的复印件。”

听了乃里子的话，千津再次打量那张纸，发现黑印的角落里有一个貌似木屐的影子。

那不是貌似木屐，它就是木屐……千津之所以没有马上认出来，是因为那双木屐好像被随意甩在地上，上下颠倒过来，木齿朝上了。察觉这一点后，千津感到全身血液倒流。

“怎么了？”乃里子问道。

“没什么，我觉得这片黑色有点像血迹，就想到了之前那把刀……”她搪塞了一句。

“可是，用这张纸要怎么霸凌我？”

乃里子就像在玩一场游戏，饶有兴致地说：“这样只会让疑惑变得更深啊。”千津知道乃里子内心强韧，但身为母亲，她一眼就看出女儿是在逞强。这只会让她内心更纠结，然而此时此刻，她实在顾不上女儿。“吃晚饭前我想睡一会儿。”乃里子说完，转身就走向自己的房间。千津坐在佛龛前，眼睛却盯着小小的后院……今天也下雨了……那不是梅雨时节阴沉沉的雨水，而是像收到笹野来信那天一样，微微反射着日光，宛如午后大雨之尾声的白色雨点。眼前的雨恰如遥远记忆中的那场雨……或者说，它就是记忆中的那场雨。她仿佛看到父亲站在外廊的背影……父亲俯视庭院的背影……与画家这一细致工作毫不相衬的高大、健硕的背影……雨点飘落，打湿了他的双足。父亲凝视的是掉落在院子里的母亲的木屐。是父亲在盛怒之下，将它扔在了院子里。因为他知道，母亲穿着那双朱红色鞋带的木屐要去什么地方。

千津当时躲在隔扇背后，目睹了父亲的举动。鞋带的红色和雨的白色，她都记得无比清楚。因为它们不仅刻印在千津的记忆中，还成了父亲的一幅作品，是号称中流砥柱却无甚建树的父亲唯一的代表作，同时也是近代写实主义的代表作品之一，被日本桥的美术馆收藏，直至今日仍不时拿出来展示。它同时也是父亲的遗作，与其说它蕴含了多少艺术性，不如说人们更看中的恐怕是那只被丢弃在庭院里的女式木屐所揭示的那起案件的戏剧性。一直游离在画坛主流之外的父亲最后因为那起案子得以驰名……

案发之后，母亲扔掉了所有跟父亲有关的东西，唯独那幅画，一直保留到自己死期将至……跟母亲一样想遗忘父亲的千津好几次看见过那幅画，不可避免地留下了记忆。

画上没有雨，只有打在木屐和石板上的斑点，但是父亲将其命名为《白雨》。评论家纷纷称赞，画作整体的白色氛围让人仿佛看到了反射着微光的雨点。

都说白雨是指夏日午后的雨。

可是，父亲之所以用这两个字为画作命名，并非因为那是夏日午后的雨，而是因为年幼的女儿兀自呢喃的话语。

“雪是白色的雨吗？”

冬季的一天，千津看着落在院子里的雪，这样问道。父亲用分不清玩笑还是认真的表情对她说：“不，雨和雪是不一样的东西。就像笹野和我，同是男人，却完全不同。”彼时，旁边的母亲问道：“那么来自雪国的笹野先生是雪，你是雨吗？”

母亲说完，用小指撩起垂落眉角的发丝，层层卷起，夹到了耳后。不知为何，千津连那个动作都记得很清楚。她还记得平日不苟言笑的父亲奇怪地扭着嘴角，笑着回答：

“我才是雪。别看笹野长得好看，肤色却像灰老鼠一样。我比他白皙多了。千津，你说对不对？”而且，她也记得自己见到父亲难得的笑容，高兴地说：“嗯，笹野叔叔是老鼠色的雨。”

那是距离案发很久很久以前的事情了。

当时，父亲与笹野还是最好的挚友。即使关系如此亲密，父亲心中还是潜藏着身为男性的竞争意识……千津把雪说成白色雨点的童言稚语不经意间暴露了那种意识。当父亲被妻子和唯一的朋友背叛，画下妻子的木屐时，他是否想起了那句话？是否把歪倒的木屐想象成了妻子的身体？……又将留下点点痕迹的雨滴想象成了笹野这个男人的身体？

对了……

千津想起案发当晚母亲穿在身上的和服，转头看向收纳和服的衣箱。案发前一天，笹野送来了这件和服。如果深浅不一的白色是上越的积雪，灰褐色是积雪下的雪国大地，那么白色是母亲的肌肤，灰褐色则是笹野的肌肤……两人的肌肤彼此交融之处，盛开了灿烂的樱花。

父亲是否用《白雨》回应了笹野？他身为画家，自然看出了笹野在和服花纹上融入的意图，心中的嫉妒也被那些交融的色彩催化成了漆黑的杀意。

千津忍不住把手伸向衣箱抽屉，可是下一个瞬间，她又猛地抽回了手。

那天，她明明已经决定不再去想那件事，可是等她回过神来，自己却走进了这个房间，还回忆起父亲和母亲……千津轻叹一声，准备回到起居室，同时又把房间仔细打量了一遍，觉得这里实在很像儿时记忆中三鹰的家。那件事情过后，母亲为了忘记父亲和案子，干脆离开了三鹰那座古老而奢华的房子，买了这座截然相反的，崭新而廉价的房子，又在千津结婚时退居最角落的房间，几乎把整座房子让给了千津夫妇和外孙女。这样一来，母亲的喜好就完全凝缩在了这个七平方米的小房间和小小的后院里，不知不觉让这里变成了与三鹰那个家相似，或者说带有强烈的母亲气息的房间。母亲始终在努力忘却那件事，却一辈子纠结于那件事。

她作为母亲的女儿，同样越想忘却，就越纠结……

不，这不怪她。有一股她无法撼动的力量一直将她往那个案子里拖……

千津为了逃避笹野的来信，把注意力转移到了女儿的校园霸凌问题上。可是她越逃避，反倒越深陷其中……因为乍一看毫无关系的霸凌问题，竟与那件事有了千丝万缕的关系……她只能这样想。乃里子书包里那把带血的刀子让她想起了案子里的菜刀，今天女儿带回来的复印件无疑就是印在美术馆传单上的父亲的《白雨》。

千津再次摇起了头。她好不容易回到起居室，先走上二层，确定乃里子已经睡着了，继而犹豫片刻，拿起电话，与对方相约翌日下午碰面。最后她离开家门，出去买菜。

三十分钟后，千津回到家，刚走进厨房，就忍不住停下了脚步。因为乃里子拿着一张笔记本大小的纸片，莫名脱力地站在屋子里。她跟一个小时前的乃里子判若两人，用冷冷的目光盯着自己的母亲。

“你什么时候起来的？”

“因为电话响了……但是很快切换到了语音留言。”

说着，乃里子按下了播放键。

“我是大田夏美。”

听到那个声音，千津的脸上失去了血色。乃里子目不转睛地看着母亲，没有错过任何表情变化。

那个声音继续道：

“请把明天的见面时间改成两点半。刚才你打电话过来时，我忘了两点以前有事。”

乃里子没有理睬接下来的礼貌寒暄，兀自嘀咕道：“原来是妈妈啊。”

“什么？”千津反问的声音有点颤抖。

“是妈妈指使大田夏美欺负我吗？”

千津摇头否认，但是乃里子比她快上一步，难以置信地摇了摇头。

“不对。我给大田同学打电话，只想问清楚那张照片究竟是不是霸凌……而且，我们只是约了明天见面呀。”

“那妈妈刚才去哪儿了？”

“到车站那边……”

“到车站那边的酒店去了，对不对？因为你想用前台的传真机给家里发这个。”

千津更用力地摇起了头。

“那是什么？刚才传真传过来的吗？”

她伸手拿过女儿手上那张纸，接着发出仿佛堵在了喉咙里的尖叫。因为那是一张报纸复印件。

《日本画坛中流砥柱疑强迫妻子殉情》

这个标题赫然刺入眼帘，精神上的冲击化作肉体的尖锐疼痛，传遍千津全身……不过在混乱中，千津的部分思维依旧保持着清醒，并感慨道：果然如她所料，她试图逃离那个事件，最终却一头撞进了事件中。

三十二年前的案子。一月二十一日深夜发生的强迫殉情事件，在二十二日清晨被住在附近的帮工姑娘发现……传真上显示的文章应该来自那一天的晚报或第二天的早报。

> 二十二日上午五时四十分前后，居住在三鹰市白萩町的野上清子女士（十九岁）前往三鹰站前警察岗亭报案，称自己平时上门帮工的该町二丁目十二番地葛井辽二家主人葛井辽二与其妻须美浑身鲜血倒在家中里屋。

……这是当时轰动了整个东京的案子。业内知名的日本画家无法原谅妻子不忠，抄起菜刀刺向正要出门与情人见面的妻子，然后误以为妻子死亡，继而用同一把菜刀刺向自己的胸口，一命呜呼。这在女性出轨尚不普遍的时代，可谓是各大报纸垂涎欲滴的好故事……而且妻子的出轨对象还是丈夫的挚友，加之妻子并没有死亡，就有人怀疑那是妻子与情人设计的杀夫诡计，更是闹得各大媒体沸沸扬扬。然而，千津作为案件两名主要人物的独生女，还是时隔三十二年才第一次看到了关于案件的报道。不，即使已经过去了三十二年，千津还是本能地排斥那个案子，只匆匆扫了一眼第一行文字，就紧紧闭上了眼睛。因为她不需要看，也无法看到最后。

乃里子坚信母亲就是霸凌她的幕后黑手，扔下一句“我回学校去”，转身就要离开起居室。

千津上前拦住她，飞快地说：“我怎么可能发这种文章给你。因为我在生下你的那一刻，就决心把那件事带进坟墓，永远不告诉你。我虽然不知道是谁干的，但可以肯定，那人把这件事当成了欺负你的材料。你再想想，我为什么要欺负你呢？”

但是乃里子用力摇头，仿佛要甩掉她的话语。

“妈妈小时候不是被排挤过吗？……所以你要反过来排挤我，以报复以前欺负你的人。我在书上看到过，小时候受过虐待的人成为父母后会反过来虐待自己的孩子。”

这回轮到千津摇头甩掉女儿的话了。

“什么排挤？妈妈小时候没有受过欺负。你外婆后来马上改回旧姓，离开了那个家，切断了所有跟案子有关的联系。所以学校里没有人知道我跟那个案子有关……没有人欺负过我，也没有人排挤过我。”

“那为什么妈妈总说梦话，说什么‘我是多余的人……他们都排挤我’？”

“谁说的？”

“就是妈妈你啊。那难道不是梦到以前被霸凌的事情吗？我听你的声音就很像。”

“我说过那种梦话？”

紧绷的空气顿时破裂，她反问的声音显得莫名呆滞。她对此毫无记忆，也从未做过那样的梦……只是乃里子前段时间突然说出“多余的人”时，她很奇怪女儿为何知道这个说法。难道是自己无意中教会了女儿？……

乃里子似乎不想再说话，冷冷地推开母亲，试图走出房间。千津想用身体挡住她，于是两人撞在一块儿，失去平衡倒在了沙发上。倒下的瞬间，千津躲开乃里子的身体，双手掩住面孔。一直以来拼命忍耐……或许已经忍耐了整整三十二年的感情，在她撞到女儿身体的瞬间，就像开了一个大洞似的喷涌而出。然而，她只是发出了一声短促的呜咽，下个瞬间就在沙发上坐直身体，用连她自己都害怕的冷静态度说道:“是啊,霸凌的舞台不在学校,而在这座房子里。”

“那你承认是你把水果刀放进书包了？”

女儿用更冷淡的声音反问道。

“我的确是最有机会往你书包里塞东西的人。但是不对……我刚才想说，遭到霸凌的人不是你，而是你的妈妈。不管那个人是谁，在你书包里放水果刀，往家里发传真，都是为了通过你来霸凌我。”

“……”

“在你衬衫上发现血迹的那一刻，我就感觉那些血是向我发出的信息……因为凶手专门挑选了校服换季的前一天。也因为你一直穿着外套，第一个发现血迹的人肯定是你回家后脱下外套时站在你旁边的家人，也就是我……我觉得，这都是凶手刻意为之。你在书包里先后发现刀子和那幅画的复印件时，我已经基本肯定了……我猜，凶手不是你学校的人。那个人利用了学校的老师和学生，表面上对你展开霸凌，实际则一直在威胁我。”

漫长的沉默过后，乃里子问道 :“你觉得谁能叫得动高中的老师和学生帮他做事？”她可能还有点怀疑,一直用余光偷看母亲。

千津从里屋拿出那件绸缎和服，又抽出了藏在下摆里的信。

“写信的人想道出事件的真相……他有可能请某个人做了这些事，好把我引诱到新潟的医院去。”

她让女儿看了一会儿信，然后说：

“里面不是提到了一个刑警吗？”

千津说那位退休刑警或许有能力策动老师和学生，可乃里子似乎对和服更感兴趣。

“这就是案发时外婆穿的和服？”

她问了一句，毫不犹豫地摊开了和服。不过在看到伤痕和明显是血迹的黑色印记后，她忍不住把目光移向了别处。

“就好像外婆没受伤，是这件和服受伤流血了一样。”

乃里子嘀咕着，继而目不转睛地观察着伤痕，又问：“外婆被刺了三刀，怎么没有死呀？”

千津告诉她，那里正好是折起和服调节长度的部位。见乃里子不明所以，她又拎起了自己裙子上的皱褶解释道：

“这样一叠，这个部分的面料就会变成三层，对不对？”

“可是只刺了一刀，会流这么多血吗？”

千津告诉她，那不只是外婆身上流的血，还有外公自杀时溅在上面的血。

“外婆为什么要留着这件可怕的和服？”

千津闻言摇了摇头。“我也不知道。”

“这会不会是外婆的遗言呢？她不想告诉妈妈和我事情的真

相，但反过来又希望我们知道，于是……”

乃里子这样说道。刚上高中的女儿竟然跟自己有同样的想法，千津感到很惊讶，而且女儿接下来的话又让她陷入了困惑。

“妈妈为什么不去见这个写信的笹野，听他说出真相呢？”

女儿问道。

“还是说，你不需要见笹野先生？”

她又问道。

“为什么？”

“因为妈妈知道真相。”

女儿话音刚落，千津就开始头痛。又是那种疼痛。每次想到案发当天，从家里玻璃门跑出来的母亲，她就会产生脑袋深处被绞紧的剧痛……可是，千津定定地看着女儿说：“不对，我刚才问的是，你怎么知道笹野先生的名字？这封信上没有写寄信人。”

“那是因为……报纸上的文章。”

乃里子的目光在游走。

“不对，这是案发不久后的报道，应该没提到笹野先生……”

为了保险起见，她把文章后半部分也读了一遍，果然没有笹野的名字。

“还要再过一段时间，才能在报道上看到笹野的名字……难道乃里子已经看过那些报道了？”

母女两人沉默地对视了几秒钟，女儿先移开了目光。她突然站起来说：“是梦话。妈妈总是说梦话喊笹野的名字。”

她自暴自弃地说。

“我去躺一会儿。”

乃里子说完，转身离开了。就在那个背影移动到起居室门口时——

“还有一个人。”

千津把她叫住了。“我一直没想起来……还有一个人比我更有机会往你书包里塞刀子和画。”

乃里子的背影猛然停顿了片刻，但很快就无视了母亲的话语，若无其事地走了出去。

千津抱着头，不断摇动。染血的和服、笹野的来信、三十二年前的报纸，一切都难以置信。最难以置信的，是在她体内全速窜动，却无法说出口的那句话：“乃里子，是你吗？是你在欺负妈妈吗？”

不，应该是乃里子刚才说的那句话。“因为妈妈知道真相。”……

雪，应该就是白色的雨吧。

又过了两天，我看着落在后院的雨……给你——乃里子小姐写信时，突然这样想。

你始终无视我三天前的晚上对你说的那句话，这两天又变成了以前那个普通的乃里子跟我说话，我也若无其事地扮演着平时那个普通的母亲……但是在那个表象之下，我们对彼此投掷了无数沉默的话语。

第二天，我调出传真机的通信记录，发现那篇报纸文章是你先用家中的传真机发到了车站前的酒店。我猜测，你发完之后给酒店打了电话，告诉对方你不知道刚才的传真发错了号码，已经把原件撕了，请对方再发回来。如此一来，就能轻易推说这是别人干的，然而你刚收到传真，我就回来了……在此之前，你已经听了大田夏美同学的电话留言，所以才会情急之下指责我是幕后黑手，以求自保。

你说出了本不应该知道的笹野先生的名字，因为这个口误，我又推断出了其他真相。首先，那天你把吉武刑警送来的笹野先生的信全都看完了……我可以想象那位退休刑警后来一直在我们家周围走动，观察家中的情况，于是你认识了吉武刑警，继而根据信上说的三十二年前那个案子，调查了当时的报纸，最终得知了外祖父母的事件。于是，你就利用今年五月起真实发生过的霸凌事件，伪装出自己一直遭到霸凌的样子，试图将我逼向那起发生在过去的案件。当然，我并不认为你做这种事是为了霸凌我。你的目的只是逼迫我对你讲述那个案子吧……包括只有我知道的那个真相。

吉武刑警应该对你说过："你母亲当时还是孩子，但掌握了那个案子的重要线索。"……这是真的。我知道一个通往事件真相的重要事实，并且一直瞒着警察和周围的人……也一直瞒着我自己。那并不是什么大事，只是一件很小的事。但连当时还年幼的我也知道，这件小事拥有足以颠覆那个强迫殉情事件的重要意义。所以这三十二年来，我一直心怀内疚，仿佛自己也是共犯。当然，我并非有意隐瞒那件事，只是每次试图想起来，就会感到头痛欲裂，真相也被那个裂缝吞没了。

我对警察说，案发当时我睡着了，什么都不知道。这是真的。那天，我从笹野家回来之后，就被带到帮工姐姐家睡下了，这么一睡就到了天亮，中途没有醒来，也不知道自己何时被送回了家。

所以，我看到的那件事关案件真相的小事，发生在离开笹野家之前。那天，我从学校回来，看到母亲在里屋穿上了艳丽的和服准备出门。可是，与和服的艳丽相反，母亲的背影微微颤抖，散发着愤怒和悲伤……我又感到对面的房间传出了父亲的气息与厚重的沉默，吓得一句话都说不出来，只好跑到外面独自玩耍。没过多久，家里传来了父母争吵的声音。又过了一会儿，母亲拉开玄关的玻璃门跑出来，用力拉着我的手臂，要去笹野家。

问题是当时母亲身上的和服。那天傍晚很冷，母亲披了一件外出的大衣，但是大衣底下露出的并非我之前看到的艳丽和服，而是近乎黑色的藏蓝色朴素款和服。从我走到外面玩到母亲跑出来，顶多只有三四分钟。母亲如何在这么短的时间里一边与父亲争吵，一边换上和服呢？当时我感到很不可思议，案发之后也一直纠结着樱色与藏蓝色这两种颜色。

不知从何时起，我心里产生了一个想法——穿着藏蓝色和服，打开玻璃门跑出来的的确是母亲，但是几分钟前，穿着艳丽和服坐在镜前的人并不是母亲。

假设那个人不是母亲，其身份就显而易见了。尽管如此，我始终抗拒着那个唯一的答案，躲藏在发现真相时激起的剧烈头痛之后，拒绝思考，拒绝回忆。想象母亲以外的人穿上那件和服，让我的人生留下了比和服和母亲身体上的创伤更丑陋、更阴暗的伤痕……我很清楚这一点，所以身体用头痛来掩饰了那个伤痕的疼痛。三十二年来……直到三天前。

三天前的晚上，你离开起居室后，我又感到头痛欲裂。但是，时隔三十二年，我第一次拼尽了勇气，去窥视裂缝里的真相。你离开房间时的背影在我眼中是那么脆弱。那恐怕并非因为你得知了外祖父母的事情，而是我这个母亲平日里一直强调不能对彼此有所隐瞒，却坚持隐瞒了事件的真相……当我鼓起勇气去窥视那个真相，才发现它平平无奇，根本不值得我拼命隐瞒三十二年。其实我只需让那天身穿樱色绸缎和服、对镜而坐的人在记忆中转过头来，并承认那不是女人，而是父亲就好了。有了这个小小的逆转，事件的整个经过就像彼此相连的齿轮，开始缓缓逆行……如果是父亲穿着那件和服，那么穿着它去见笹野的人也是父亲，如此一来，拿着菜刀试图阻止的人就成了母亲。那天以前也一样。父亲外出时，母亲之所以带着我去笹野家，是为了监视父亲是否与笹野见面了。如果两人真的在私会，母亲就要横插一脚，哪怕只能打断两个小时……案发前一天，笹野把那件绸缎和服送给母亲，恐怕是为了表达两个男人联合背叛一个女人的歉意。只是，笹野在那件和服上把自己比作了新潟的土地，把父亲比作了白雪……父亲在和服的色彩中读到了这层深意，第二天就趁妻子外出，高兴地披上了那件和服。虽然那应该是为了让笹野吓一跳的小玩笑……母亲可能只是假装外出，转而从后门回到家中。她看到父亲那副样子时有多么绝望，我可以轻易想象出来。母亲气急之下拿起了厨房的菜刀，闷头朝丈夫撞了过去……换言之，真正的案发时间是傍晚。母亲心慌意乱，用睡衣盖住父亲的尸体，自己则披上外出的大衣遮掩身上的血迹，带着我急匆匆去了代代木。我不知道母亲和笹野说了什么。总之，入夜之后，笹野来到三鹰家中，扮演了与母亲争吵，随后拿起菜刀的丈夫角色。这么做是为了将母亲杀害父亲的事件扭转成父亲企图杀害母亲，争执过后误将自己刺死的事件。而当时，父亲的尸体就倒在旁边的血泊中……

他们已经商量好让帮工的姑娘第二天早上过来发现尸体，所以应该能模糊死亡的时间差。但问题在于父亲死时身上穿的和服。母亲想要隐瞒的恐怕不是她杀死了父亲，而是那件和服……与其说那是母亲杀死父亲的证据，不如说它更像是父亲对母亲没有丝毫爱意的可悲证明。她脱下父亲尸体上的和服，换上了事先用菜刀扎过的睡衣，自己则穿上那件绸缎和服。然而此时出现了一个重大问题……父亲穿过的和服上有一道菜刀的伤痕，而且只有一道……和服的伤痕正好在母亲需要折叠在腰间的部分，如果伤痕只有一个，恐怕会被人发现是一个高大的男人未经折叠就将和服穿在了身上。于是，他们只能把计划修改为父亲先用菜刀刺伤了母亲，企图强迫殉情。母亲为了那个计划，牺牲了自己的身体，甚至不惜牺牲生命。她让笹野拿着菜刀，对准折叠部位表面的破口刺进去……从三个破口中流出的血液与几个小时前丈夫身上流出的血液混合在一起，母亲意识蒙眬地感知着那个过程，静静等待清晨发现者的来访——乃里子小姐，这就是我时隔三十二年才终于直面的事件真相。这就是你的母亲第一次正视的，你外婆的真实面孔。

你对我说，我常在睡梦中称自己是"多余的人"。那并非我一直隐瞒的心声，而是我母亲的声音。案发前夜，我被父母争吵的声音惊醒，后来一直无法入睡，于是第二天晚上陷入了筋疲力尽的沉睡，没有被任何响动声吵醒。在那段漫长的争吵中，我只记得母亲大声叫喊："只有我是多余的人吗？"仔细想想，那其实是揭露事件真相的重要话语，所以我才会把那句话连同真相一起深藏在内心阴暗的角落，只在睡梦中将其唤起，传到你的耳中。

小时候，我曾经问："雪是白色的雨吗？"父亲告诉我，他是雪，笹野是雨。当时我感觉到，雨和雪是同类，紧紧相依着排列在括号中，而母亲仿佛被驱逐到了括号之外。听到你被关在教室外面时，我忍不住将你独自站在走廊的身影重叠在了母亲身上。因为她也曾独自站在那座只容下了笹野和父亲的房子之外。

不知不觉就写了这么多。我即将给你留下这封信，独自前往新潟。其实，我希望你也能一起来，但最终还是决定独自前往。我丝毫不打算从笹野口中听到事件的真相，只想让他在死前明确回答一个问题。

“你和父亲真的都没有爱过母亲吗？”

母亲真的是多余的人吗？我为那天晚上悲痛叫喊的母亲索要一个答案。如果笹野承认了两个男人对母亲的感情，哪怕只是一丝丝爱意，母亲的一生多少也算得到了救赎……刚开始写这封信时下起的雨，在我决心第一次踏上母亲的故乡时，已经反射出了点点白光……不知为何，我总觉得……由那件和服的破口流淌出的鲜血被净化成了一抹纯白，从空中静静飘落。

直到尽头

“一张票到白马岳。”

说完，女人马上摇了摇头，左右迟疑了两三秒钟，改口道：

“还是两张吧。两张票到白马岳……”

须崎坐在窗口内侧，说道：

“女士，没有白马岳这个车站。倒是有个白马站。”

他的声音照旧扁平而缺乏感情。须崎是个平平无奇的男人，穿上制服便是日本铁路公司职员，除此之外别无特征。这个工作日午后来到中央线沿线小站绿色窗口前购票的女人，看起来也像是个三十多岁、随处可见的文员。

“那就到白马。在新宿能坐上特快车吧？”

“是的。您要买今天的吗？”

“不，下周的……”

“那请您在那边填一下表。”

他的目光指向玻璃窗另一头的盒子。女人像是回应他的目光，抬起了右手。现在正值六月，女人的手上却戴着手套。乍一看，是几乎要与皮肤相混淆的白色薄手套。她的手腕处露出了绷带……似是要告诉他，自己受伤了，写不了字。

“那您口述吧。”他要女人口头报出时间和日期，正打算输入电脑，突然担心起来。

“您要到白马岳的什么地方？有比较靠近白马的前一站或下一站的地方……”

“嗯……我要去山峡酒店这个地方。”

女人放在柜台上的包里露出了酒店的小册子。白马山峡酒店这几个字吸引了须崎的目光……但那只是一瞬间。“那在白马站下车就行。”他说着，打出车票和特快票，递向窗口。

他报了金额，女人没有理睬。那只戴着白色手套的手悄然一伸，抓住了那两张车票。

下一个瞬间，须崎站了起来。

“喂，女士！”

他的嘴巴里蹦出了少有的喊声。本来担心她不给钱就跑，但是女人很快停下了脚步。

“您还没交钱。”

女人回过身，似乎不理解他说的话，面无表情地盯着窗口另一头的职员的眼睛。

几个空白的瞬间流逝了。须崎又报了两次金额，女人则把票放在嘴边，似是咬着票面一角，成了一幅静止不动的画。不一会儿，她喃喃自语道：“我忘了。”随后，她拿出两万日元，再接过他给的找零，若无其事地转身离开了。

事情就到此为止。

事实上，当时他也不觉得这算什么事，看到后面还有一位貌似家庭主妇的客人在等候，便在转移注意力的同时，忘却了那个女人。

他只记住了“白马”这个地名，还有女人低声呢喃的“两张票”。

女人犹犹豫豫地买下了第二张车票。它会被交到一个有妇之夫的手上吗？

须崎一边接待后面的客人，一边瞥向身后的办公室。

里面有一名背对他的女职员，正在整理资料。说是办公室，其实只是一个依附在小站边缘，同时充当了绿色窗口的狭窄房间。身着罩衣的女人的背影近在咫尺，但他还是感觉无比遥远……

石冢康子。她已经三十四岁了，但在年近五十的须崎眼中，那个背影依旧充满了年轻的张力，似乎不适合称作女人，而更像女儿。

但是，须崎此时感到的距离并非来自年龄差距，而是一个月前康子说的话。

他与康子一个月前住进白马山峡酒店，第一次发生了性关系。康子在酒店和回程的车厢里露出了工作时绝对见不到的快乐表情，兴高采烈地依附着须崎的身体。可是，在接近东京时，康子说了一句话。

“以后我们每月旅行一次吧。”

等到须崎点头，她又说：

“可是这种肉体关系只能发生在旅途中哦。从离开东京开始，到返回东京为止。”

几分钟后，他们在新宿车站走出特快车厢，康子马上践行了自己的话。

她轻轻推开须崎靠过去的肩膀，留下一句“明天上班见”，独自快步离开了站台。一个月过去了，她始终用冰冷的背影对着须崎。

然而，他们并非下班后完全不见面。

这天他们也约好了。须崎下班后在吉祥寺车站下车，走进了闹市区边缘的弹子店。

店铺开在深巷的转角处，散发着一股偏僻廉价的气息，但还是用艳俗的霓虹灯和厚重的噪声粉饰出了活力。曾经不过是吵闹的东西，如今竟有了活力的感觉。不为其他，单单因为这里是他与石冢康子唯一的约会场所。

他与康子走在一起的机缘，也来自这家店。从两三年前开始，须崎就以每月一两次的频率在下班后光顾这家店，玩上一个小时放松身心。起因是有一回他去看电影，回家路上心血来潮走进去，一把就赢了钱……之后，他发现自己好像跟这家弹子店十分合得来。因为站在这里的游戏台前，他会感到格外放松，运气也比在其他店好。

四月那一天，他的运气也不错，拿着赢来的弹子走向柜台兑换奖品时，他不小心撞到了正在物色游戏台的女人。那人当时胡乱挎着肩包，一副女职员下班后出来打发时间的模样。

女人忙着打量游戏台，顾不上理睬撞到自己的人，倒是须崎一眼就认出来了。不过，这个女人完全卸去了上班时的冷漠。

她相中一台外形好似宇宙船的新游戏台，坐下来开始放弹子。手指的动作和盘腿的姿势都异常娴熟。就在女人从包里掏出香烟叼在嘴里时——

“这台机子得瞄准这里才行。”

须崎弯腰指着一个地方，在她背后说道。

石冢康子惊讶地回过头，发出一声轻呼。烟雾随着声音吐出，径直扑向了须崎的脸。须崎被烟呛到，康子笑了。她可能觉得此时只能用笑声掩饰尴尬，因而笑得十分勉强。但是隔着烟雾，须崎竟觉得她的笑容散发着耀眼的光芒。

“刚才我一时没认出你来。”

他坐在隔壁的游戏台前，又打起了弹子。不知不觉，两人说起了话。

“你跟我平时见到的石冢小姐感觉太不一样了，看着很习惯这种玩乐。”

“平时？我一直都是这个样子啊。如果您说的习惯玩乐意思是看起来不乖，那我上班时也总是偷懒，不抽烟完全是因为公司禁烟，我会趁休息时间在咖啡厅抽。”

“是吗？我看着不像啊。”

康子用目光追逐着弹子，侧脸对着他笑了起来。

“须崎先生恐怕一次都没有正眼看过我吧。”

“……不会……”

“好啦，您就别搪塞了。其实不仅是须崎先生，别的男人也不会正眼看我。我早就知道了……不过可能因为这样，我很喜欢这种地方。”

“这种地方？是指弹子店吗？”

“对，还有赛马场。我去世的父亲很喜欢赌钱，可能也遗传给我了吧。但关键在于，男人在这种地方不会刻意去搜寻女人，对不对？……他们都死命盯着弹子或者马匹，所以就算被无视，我也很自在。”

不知是秘密暴露之后彻底放下了，还是受到弹子店的轻松氛围影响，康子的语气变得很轻快。“我还没对现在这个公司的人说过。”她先提了一句，接着说出了两年前之所以调动过来，是因为之前在新宿站跟上司关系不好。接着，她又说起了自己的家人。她的父亲刚刚去世，家里有个漂亮的姐姐，而父亲只疼爱姐姐，所以她从小就觉得自己没有父亲。她说这些话的节奏就像机台里的银色小球一样轻快。

他一直认为这个女人把自己紧紧封闭在了呆板、冷漠的外壳之中，没想到她竟轻易打破了那层外壳。更让他惊讶的是——

“你说男人从来不正眼看你，其实你也一样吧。”

自己竟也用同样轻快的语气对她说了这样的话。他从来都对女性，比自己年轻的女性，尤其是三十多岁，还沾着一点年轻的边的女性很不知所措，因此这两年里，他从未与康子有过工作以外的交谈。

“这两年来，你不也没有正眼看过我吗？”

“……”

他以为沉默就是默认，可是过了一会儿，康子说道：

“真的吗？倒也不是。我刚才想了想，有没有唯独我知道，别人都不知道的须崎先生的小秘密呢？然后想到了一个。”

“……”

“就算只有一个，那也是我正眼看了须崎先生的证据。”

“什么小秘密？”

“您一紧张，就会用手指搓两三下眉毛。”

两人对话时，都在注视着自己的游戏台，所以康子依旧侧着脸开口道：

“不过话说回来，我也不是对须崎先生有什么特别的兴趣。刚才也说了，我这人从小缺乏父爱，可能比较喜欢须崎先生这个年龄段的人。”

须崎也侧着脸答道：“你好过分啊，刚才不是说你父亲已经七十多了吗？”

“啊，对不起。我是想说您身上也散发着父亲的气息。”

“没什么……那也是彼此彼此。我可能也有点喜欢跟女儿年龄相仿的女性，一直觉得自己在跟女儿打弹子呢。”

“可是您女儿跟我不一样，还是个年轻热辣的小姑娘吧。”

“那可不好说。她今年才参加成人仪式，所以年龄上算是很年轻。但是她对什么都不感兴趣，好像一点儿干劲都没有，或者说已经厌倦了人生。她也很少主动说话。”

“我觉得那是针对父亲的态度吧。”

“你跟她一样大的时候也这样吗？”

“我现在也还这样……就算想看看爸爸的照片，也刻意不往佛龛那边瞧。”

康子笑着说完，又补充道：“所以如果您不嫌弃，可以把我当成女儿呀。”

那句话也可以理解为表白的话语，但更有可能只是打弹子时漫不经心的玩笑，所以须崎没有当真。

那就是当晚最后的对话。片刻之后，康子看了一眼手表说：

“今天状态不好，还有个想看的电视节目，我先走啦。”

她拿起剩下的一点弹子，全都倒进须崎那台机器的盘子里，留下一句“明天上班见”，就离开了弹子店。须崎看着她的背影，感觉她已经把刚刚碰到公司上司的事情忘在了脑后。

然而须崎也一样，虽然看到石冢康子让人意外的一面，心里多少有些惊讶，也对她刮目相看，但老实说，他并没有觉得这段时间过得有多快乐。他甚至有点后悔，因为后来离开时，他倒输了五千日元，全都因为刚才留下来陪她玩了。可是回到家后，屋里一个人都没有。女儿可能正如康子所说，带着绝对不会在父亲面前流露的活力表情，忙着跟大学的朋友玩耍。至于妻子，要么跟闺蜜出去玩了，要么在附近的超市打工攒出去玩的钱。

他走向迎接他的黑暗，在冰箱里翻找出一些残羹剩饭给自己做了晚餐，突然感觉石冢康子那句漫不经心的话语就像一盏小灯，或是火柴上微小的火焰，慢慢渗进了这片煞风景的夜色中。

吃完饭，他准备洗澡，目光蓦然停留在更衣间的镜子上。镜中映出的当然是自己的脸，可他抬手搓了搓渐渐稀疏的眉梢，又好像看到了从未见过的面孔。须崎时隔不知多少年，第一次仔细打量起镜中的自己，试图在脸上寻找残留的青春痕迹。

康子住在井之头线久我山车站附近，下班换乘时经常光顾那家弹子店。

须崎在那天晚上听她说出这个信息，便在一周后的星期二晚上中途下车，走向了弹子店。上次他们没有约定什么，但是康子坐在同样的地方，并且马上发现了须崎，还抬起了娇小的手，似乎早已经在等待着他……很快，他们就形成了每周星期二和星期四在店里碰面的习惯。铁路公司的工作分早班和晚班，两人只有这两天同上早班，可以六点钟一起下班。

一开始，他们只是各玩各的，玩上一个小时快要回去时，才转移到相邻的位置交谈片刻。没过多久，他们坐在一起打弹子、聊天的时间占去了一大部分，很快，他们甚至配合彼此结束的时间，一起走到附近的咖啡厅，再聊上将近半个小时。彼时，康子已经不再对他使用敬语，而是换成了跟朋友说话的方式。

他们从未专门商量过这件事，只是自然而然地变成了这样。

大约一个月后，四月最后一天的晚上……

“今天先到此为止吧，赢太多了。”

康子叫来店员帮忙，推着满满当当的弹子走向柜台，不一会儿就拿着漂亮的印花信封走了回来。她开玩笑似的把信封轻轻一抛，让它落在了须崎的上衣口袋里。

“这是啥？”

他从口袋里拿出信封并打开一看，里面竟是酒店的住宿券——白马山峡酒店，大床房。上周他们看到奖品柜台里贴着“可兑换高级温泉旅馆住宿券”的纸张，康子还说过：“最近连这种东西都有啊。”

“你跟夫人去吧。”

她露出了平时那副僵硬的笑脸，勉强弯起眯缝的眼睛，仿佛硬生生折断了用直尺画出的线条。

“可以在结婚纪念日那天去呀……有效期一直到七月底呢。”

“为什么？”

“平时我弹子没了，你都分一半过来。不过这只是弹子店的奖品，房间应该不算很好。”

“不……我是问你为什么知道我的结婚纪念日在有效期内。”

“不是七夕吗？你不记得去年七夕那天在公司跟同事提起过？说什么‘七夕结婚是不是不太好啊，牛郎织女可是每年只有一天能见面’……”

“我说过那种话？”

其实他想起来了，但是不好意思承认，便试图蒙混过去。

“你说过啊，当时的表情跟你现在一样。”

“……”

“你瞧,我可一直在认真关注须崎先生,对不对？”康子说完，似乎不想继续这个话题，从须崎的台子上拿了一颗弹子，转向游戏台。

“讨厌，今天走运了。”

她的声音被中大奖的音乐盖了过去。“不过最好还是在运气用完之前离开。”

她独自喃喃着，把机器吐出的弹子移到须崎那边，留下一句“再见”，就转过身去。可是，她很快又转回来，对他说：“你可别说是我送的哦。”

康子离开后，须崎犹豫再三，还是将印花信封塞进了公文包深处。他没有告诉妻子，而是等到两天后的星期四，把信封拿到了康子面前。那时他们已经从弹子店出来，坐在了咖啡店的座位上。

“为什么？”

康子坐在对面，把信封推了回来。“你夫人不愿意去吗？”

“不，我没对老婆说。”

“……为什么？”

“如果我说了，她一定很高兴，但接着必然会说，她其实更想跟闺蜜或女儿去……反正到最后都不是夫妻俩去，我觉得不能浪费了你的好意。”

“那也行啊。反正就算还给我，我拿着也没用。”

“不，我不是要还给你。”

连他也知道自己的声音越来越小。康子发出疑问的声音，但他迟迟说不出后面的话。早知如此，他就应该在弹子店漫不经心地说出来。他躲开康子的视线，凝视着被遗弃在桌上的信封。

就在他终于下定决心开口时，康子抢占了先机，伸手过来按住了须崎正在揉搓眉梢的手指。

“别紧张啊。”

这时他才发现，自己的手指竟不知不觉动了起来。

“须崎先生，你可能觉得是你在诱惑我，其实反了。是我在诱惑你，而须崎先生你已经上钩了。”

他看着康子光滑、丰满的手，顿时觉得自己的手更显苍老、孤寂……他抬起目光，发现康子似是一脸怒容。

“你还记得我说过自己喜欢赌博吗？把信封交给你也是一种赌博。你好像跟夫人关系不太好，我就赌你不会告诉夫人，要跟我一起去……刚才你就想这么说，对不对？”

须崎跟不上康子的话，只能呆滞地点点头。

“我又赌赢了。这段时间运气一直好得让我害怕……要不再到店里去一趟吧？说不定能赚到去白马的路费。”

说着，她发现须崎还处在大脑一片空白的状态，忍不住笑了。

可能他们十分合得来吧。

两人极其自然地从同事变成了一起玩耍的伙伴，继而有了男女关系。这一切都发生在很短的时间里。

黄金周结束后，他们装成一对夫妻，用假名住进了白马的酒店。晚上，在一片东京体验不到的无底静寂中，他们抱紧了彼此的身体。虽说一切都显得如此自然，但须崎本是个死板之人，除了妻子没碰过别的女人，因此在出发前很是不安，怀疑自己能否自然而然地触碰女人的身体。他们在餐厅吃过晚餐，回到房间闲聊时，须崎还发现自己连声音都变得无比僵硬，甚至有点后悔来到这里。他及时发现自己又抬起手想搓眉毛，便将手放到肩膀上揉搓起来。康子见状问道：

“须崎先生，要是肩膀不舒服，不如我给你按按吧？”

她说，父亲虽然对自己很冷漠，但至少直到死前都很欣赏她的按摩手艺，然后主动伸手触碰了他的身体。只要等到按摩结束时她自然而然地伸出手，就能顺利走到下一步。

须崎不仅松了口气，甚至感到身心都得到了满足。康子的身体远比他想象的更年轻，还保留着恰到好处的弹性。那不是恨不能将对方弹开的小姑娘的任性弹力，反而温柔包裹了须崎那副行将枯朽的身体。他认为，这不仅仅是因为康子的年龄。两人即使挤在一床被褥里，他也没有感到过去与妻子同床时的憋屈，顿觉他们连身体都如此般配。

然而，他不能一味地高兴。既然已经发生了肉体关系，他的出轨就成了决定性的事实，同时也形成了负担。由于自己老实了一辈子，他生怕沉溺于这个女人的身体，这份不安对须崎的年龄来说不啻为一种重担。他恐怕再也无法以平时那种轻快的心情走进公司和弹子店，甚至在回程的列车中面对比去时更欢快的康子时，生出了一丝厌烦的感觉……然而，在这一点上，两人也极其相似。康子似乎也产生了与须崎类似的感觉，之所以表现得欢快，应该是为了掩饰心中的真实想法。

“我这人缺乏魅力，你可能很快就会厌倦，所以——”

她开了个头，然后说出了那句话：“这种肉体关系只能发生在旅途中哦。”就这样过了一个月，两人的关系只停留在同事和弹子店的玩伴之上。

他甚至感觉，两人在弹子店反倒有了距离感，正在变回最开始的状态。上班时的冷漠也显得很刻意，让他不禁担心康子是不是在第一次旅途中就厌倦了他这个中年男人，已经开始疏远他。所以，那天遇到女客购买白马的车票后，须崎产生了一个想法，若是在弹子店碰见康子，他就主动邀请她去第二次旅行。那天，康子比须崎晚来了三十分钟，她一边用手帕擦拭头发，一边说：

“外面下雨了。看来东京也进入梅雨季节了啊。”

说完，她极其自然地在旁边打起了弹子，侧着脸对他说:“这个时期没什么游客，旅馆应该很便宜。我们再出去一次吧。”

“我想到北边去。”

她说。

“为什么？”

须崎问道。

“因为我讨厌梅雨前线*,想尽快逃出那个范围。”这个回答说不清是否在开玩笑。十天后，他们踏上第二场旅途时，天气完全背叛了康子的希望。已经进入梅雨季的东京那天阳光灿烂，他们前往的磐梯山却阴云密布。两人在郡山下了新干线，准备换乘磐越西线时下起了雨，到达目的地翁岛车站时，雨势已经很大了。本应能在出租车窗外看到的猪苗代湖和磐梯山都笼罩在阴霾中，没有露出真容。不仅如此，他们在网上订的廉价旅馆房间小，浴室也小，十分扫兴。但正因为如此，两人得以整夜待在房中，沉浸于欢爱。

翌日早晨，须崎比康子早起一些，拉开窗帘，看见磐梯山竟近在咫尺。下了一夜的雨化作氤氲的晨雾，包裹着山脉的强韧轮廓，让小小窗户里睡眼惺忪的中年男人为之震撼。那些轮廓在强韧的同时，又拥有女性般柔软的弧线，更显得山中丰饶美丽。康

* 从五月到七月，日本列岛由南向北带来梅雨天气的锋面。

子的身体也比白马那一夜更丰盈温热，或许是因为他已经有了第二次的游刃有余……他如此想着，试图用手指描绘山脉的线条，同时回想起康子昨夜的身体曲线。

康子就裹着凌乱的浴衣睡在旁边，一眼望去，她只是个平凡的职员。但是几个小时前，她雪白的身体在昏暗的夜色中起伏，宛若名山的完美线条，让须崎震撼不已。

回到东京以后，那些线条依旧在须崎身上缠绵。但是这趟旅行，还有一条让他难忘的线。

不是别的，正是铁道线路。

他与康子站在偏远车站的站台上等待回程列车。彼时，康子低头看着铁轨说：

“如果顺着这条线路一直往前走，可以到达稚内呢。不过中间要绕好多路。”

“记得是宗谷岬吧？从东京乘列车到最遥远的海角，要花多长时间？”

“乘坐一大早的新干线，再转特快列车，然后从稚内坐将近一个小时的公交车……到达海角也要深夜了吧。”

须崎从长椅上站起来，重云之间洒下的阳光在满是摩擦痕迹的轨道上反射出黯淡的光芒。

“如果安排两晚的行程，应该能到。”

她嘀咕了一句，然后又说：“下次去个更靠北的地方吧。再下次继续往北……最后到最北端，我们就分手吧。”她的声音很小，险些听不清楚，但须崎还是抬起了目光。

康子没有理睬他的目光，笔直地伸开双臂，缓缓走了起来。她还故意晃动手臂，假装自己走在铁轨上……

我们才刚开始，瞎说什么呢。

他很想这样说，但开口之后，话却变成了——

“能走到这么远吗？”

康子就像在喃喃自语，无论他怎么反驳都没有意义，而且“分手”是两人一开始就默认的结局，就算去不了最北的边界，就算他们在这个车站分开，也毫不奇怪。现在，康子就独自行走在幻想的轨道上。

“是啊，说不定还没越过津轻海峡，须崎先生就厌倦我了。”

她说。

“那很难说。我还觉得你这么年轻，会先厌倦我。”

他说完，又笑着补充道：

“就算我们没有厌倦彼此，也可能在路上遇到事故或大雪，还没到稚内就被迫下车。”

康子闻言，也笑了起来。那本是不久之后乘上列车时就该忘却的玩笑话，然而不可思议的是，回到东京之后，他也经常回想起来。

他回想起第一次在温泉旅馆触碰的康子的身体，那些线条与他在小站看到的铁轨重叠在一起，唤醒了那句“我们就分手吧”。而且随着日子一天天过去，那个声音越来越逼真了。

回到东京几日后，临近七月的末尾，他下午独自坐在窗口，呆呆地回想着康子的话。他在想，康子为何要说那种话？就在那时——

“到磐梯山。”

一个女人的声音响起。

“没有叫磐梯山的车站，倒是有个磐梯町。”

“那就到磐梯町。新干线能一直坐到郡山再转车吧？”

“是的。您要今天的票吗？如果是预约，请在那边填表。”

说着，须崎抬头看到了女人的脸。小巧的五官，平凡的长相——那张脸已经完全从他记忆中消失，但是声音和说话的方式他还有些印象。她的声音总是带着一丝沙哑，仿佛染了风寒。而且，此前他也参与过同样的对话……

“可是……”

女人又不动声色地把右手放在了柜台上。没错，她就是六月买了白马车票的人……此时梅雨季已经过去，城里整日酷热难当，女人也换上了短袖衫。然而，她的右手依旧戴着白色手套。

此时，他还只把这件事当作巧合。因为磐梯山的范围很大，去的地方不同，下车的站点也会不一样，可他嫌麻烦，没有再仔细询问。他打好两张一周后前往磐梯町车站的票，那只白色的手轻轻一晃就拿走了。他慌忙叫住转身就要离开的女人，女人也莫名其妙地停下来看着他，一切都跟上次一样。

须崎告诉她还没给票钱，女人这才反应过来，把手伸进了包里……

很快，发生了跟上次不一样的事情。

女人递给须崎的不是钱，而是一张传单。那座温泉旅馆的名称，以及酷似民宅的简陋外表，他都非常眼熟。尽管如此，他还是一副好像第一次看到这座旅馆的样子。须崎不明就里，呆呆地看着女人的汗水粘附在手套上的痕迹。

女人一言不发。

但是当须崎抬起头，看向她那双宛如黑点般细小的眼睛时，女人缓缓露出了微笑。

康子似乎忘记了上次提到的分手，八月刚过一半，她就提出："不如下次去仙台吧。七夕祭已经结束了，那边应该没什么人。"他们在仙台的大街小巷穿行，晚上住在被人们称为"奥座敷"的秋保温泉周边，体验到了胜过前两次的快乐。十月，东京总算有了一些秋日的气息，他们去了平泉的中尊寺，还专门泡了花卷温泉。十月末，他们去了盛冈，先行一步享受深秋的风情。

他们的确信守诺言，一点一点往北走，但是看着康子笑谈"我们好像樱花前线一样哦……偷情前线"，他又不禁感觉在宗谷岬分手只是一句玩笑话，是一个太爱做梦的三十多岁女人试图给再平凡不过的男女关系渲染上浪漫色彩。每次踏上旅途，他都会反复回想起那句话，偶尔实在难以迎合康子的笑脸，表情就突然阴沉下来。

“你怎么了，有心事吗？……上次在花卷温泉，你也露出了这样的表情。”

他们住在盛冈市西侧那个人造湖畔的旅馆里。须崎正目不转睛地注视着旅馆传单，康子突然在旁边问道。

“你在担心夫人吗？”

“没有……”

他毫不担心妻子。第一次旅行时，他就谎称“公司给我安排了每月一次的夜班”，并一直沿用至今。妻子非但没有怀疑，反倒觉得这样更方便自己和闺蜜出门玩耍，还总是缠着他问：“你这个月怎么还没上夜班？”

“那你在担心钱吗？如果这个旅馆太贵，我可以出一半。”

她忧心忡忡地看着他。

须崎只负责旅途中的住宿费用。因为康子坚持要“出一半”，所以交通费都由她来负责。

虽说只需出住宿费，但须崎工资不高，两个人的费用也让他感到有点吃力。不过他瞒着妻子存了将近四十万私房钱，总归有办法解决。“我只是有点感冒。东北的秋天真冷啊。”

他一边说着，一边把手伸向康子的身体寻求温暖，但是心中暗道：“不，其实就是钱的问题。”

这趟旅行的车费的确是康子支付的。但是回到东京没几天，须崎还是要花掉这笔钱……

自从盛夏的那天以来，只要他们出去旅行，那个女人几天之后必然会出现在窗口，报出同样的地名，购买同一个车站的车票，一分钱也不给就转身离开。

“到仙台……”“到花卷……”

就好像她在售票窗口无票乘车……不，其本质更可怕。

那就是不折不扣的威胁。

女人从未说过疑似威胁的话。可是七月的那一天，正是她的沉默让须崎感到无比恐惧。女人见状，此后每次拿出酒店传单，都会沉默不语。因为她知道，酒店的名称胜过无数威胁的话语。

她之所以不写预约单，恐怕是担心哪怕用了假名，字迹也会成为证据。

那是个考虑周到、操作娴熟的威胁者。

目前，须崎认为那个女人可能是弹子店的常客，碰巧听到他和康子的对话，利用那些信息来威胁他。她从对话中应该能得出两人之间存在不纯洁关系，何时准备前往何地旅行，以及两人的公司何在……七月那天以后，须崎开始不动声色地观察弹子店里的客人，但没有发现那个女人。然而，女人可能有同伴，若是带着这种想法观察，店里满满当当的客人都变得十分可疑。

还有一个问题，就是她抢走车票能干什么用。这个月初，女人前来索要“两张票到花卷”时，甚至开始提出要往返车票，因此金额就翻倍了。须崎猜测可能是一个家庭主妇跟什么人联手，搞这种把戏赚点零花钱，但那种金额作为零花钱也太过分了。去花卷那次他花了五万两千日元。如果马上拿到别的窗口去退票，或是卖给票务站，她就能拿到将近五万日元的现金。

去磐梯山那次，他借口“忘了收乘客的票钱”，只写一份检讨书就算过去了。从八月份的“到仙台”开始，须崎只能用自己的私房钱补上那个女人以买票形式夺走的金钱。现在只是五万日元，倒也还能承受，若偷情前线再往北移动，威胁者所要的金额就会更高，他的私房钱转眼就要见底……届时他只能操作系统蒙混过去，但那可是违法行为。

没错，正因为还能承受，所以才会这样……须崎反省道。那个盛夏的白天，他定定地看着女人淡然离去的背影，心中竟产生了一种想法：“现在还可能只是巧合，况且这点钱自己也能垫上，还是看她下次会不会再出现吧。”后来逐渐变成了“再下一次”“最后一次”“真的是最后一次”……每次他从钱包里掏出车票钱时，总会后悔为何不鼓起勇气对抗那个女人。然而，他很快又用一句话安慰自己：

“不，我现在已经等同于那个女人的共犯，相比被发现出轨造成的损失，这点钱不算什么。”

他不敢对任何人说这件事，尤其不想让妻子和康子知道。要是知道了，妻子不知会做何反应，康子的反应他也轻易能猜测得到。她一旦得知须崎因为自己遭到威胁，必然会提出分手。可是从仙台之旅开始，须崎已经发现自己这具四十八岁的身体里仅存的青春正在渐渐偏执于康子的肉体。面对身体任性的执着，成年人的理性根本派不上用场……

可是，从盛冈回来的第三天，那个女人又出现在窗口，要求购买四张车票时，须崎认为必须跟康子谈谈这件事情了。这个威胁者见须崎唯命是从，竟然狮子大开口……

不仅如此，女人还在沉默中拿出一颗弹子店的钢珠，放在柜台上把玩起来。那天，女人戴着与外套同色的黑色手套，那黑色的手指来回滚动着钢珠……

相比对方索要的金额，更让须崎害怕的是那颗小小的钢珠。记得是在花卷的旅馆里，他脱衣服时发现口袋里掉出了一颗钢珠。钻进被窝后，康子一时兴起，在须崎赤裸的胸膛上玩起了钢珠……结束之后，须崎又翻出卷进床单皱褶里的钢珠，在康子的身体上把玩起来。他让钢珠缓缓滑过汗湿的皮肤，穿过每个下凹的部位，每次那具身体都会轻轻颤抖，然后流露出细小的呻吟。

他甚至有种感觉，仿佛那个女人用相机拍下了当时的光景，在正午的人群中举到他面前。

现在是午休时间，办公室里没有人，但玻璃窗另一头是熙攘的人群。快速列车穿过高架桥，轰鸣声震动了小小的屋子，还有须崎的身体。

那天，须崎破例在上班时间抓住他与康子独处的机会，跟她约了晚上在吉祥寺的咖啡厅见面。然后，他走到与平时不同，显得更大、更空的咖啡店最深处的座位，再次确认了周围没有别人。

“有件事我一直瞒着你，因为不想让你担心。”

他开口道。

康子的表情冻结成了轻微的恐惧，等到须崎说完，她便喃喃道：

“是夫人。”

须崎皱起了眉。

“你说，这是我老婆派别人干的吗？”

康子似乎被自己的话吓着了，轻轻摇了一会儿头，然后才说：“不然还能是谁？谁还有机会知道我们两个什么时候去哪里旅行？”

“我老婆怎么会……”

“她想让我们分手。这么做一定是为了夺走我们的旅行费用，让我们再也去不了。”

为了不让妻子发现，须崎从来不用手机与康子联系。但的确有可能是妻子知道了这件事，派朋友过来打探。然而，这种迂回的报复手段并不像妻子的性格。尽管他觉得不太可能是妻子，但从结果来说，他与康子确实要分手，所以这的确可能是威胁者的目的。不……那天晚上他们并没有提到分手。

“上回说要去函馆，要不等到明年再说吧。”

康子听了须崎的话，稍微冷静了一些，点点头说：“是啊，那样可能就不会有人来威胁了。我们暂时也不要在弹子店见面，先观察一段时间吧。”

那天晚上分开时，康子对他说：

“从明天起，我们在公司也要比以前更谨慎。”

话虽如此，即便他再不情愿，从第二天起也不得不疏远康子。

翌日早晨，康子给公司的女前辈打了请假电话，声称由于家庭原因，年内都无法上班。到了十一月中旬，她还瞅准须崎休息的日子，到公司提交辞呈，并把自己的工位收拾好，然后离开了……

“她夏天那会儿得意洋洋地提起过，可能是回家结婚了。不过竟用这么不负责任的方式离开，倒也挺像她的性格。别看石家小姐长得老实，工作认真，其实……”

须崎在窗口接待旅客时，几个康子的女性前辈在背后这样议论道。

康子离开后，须崎反倒更加无法忽视她，总会偷偷看一眼已经清空的工位。他很在意女职员的背后议论和“结婚”这件事，但关键在于，他有一天突然想到，会不会是康子跟那个敲他竹杠的女人有关系？

她当时突然说“是夫人”，会不会因为心虚，慌忙之中想把须崎的注意力转移到妻子身上？后来他一直不动声色地观察妻子，她并没有表现出任何跟那件事有关的痕迹。

可是，康子为什么……

他很想亲自去问，但已经无从联系。不过须崎感觉康子还会去那家弹子店，几乎每天他都想中途下车，可就是无法踏出敞开的电车门。因为他觉得，那个陌生女人就在什么地方看着他。他担心那个人的威胁尚未结束，那只像穿戴皮肤一般始终裹着手套的手正像某种硕大的虫子躲在黑暗中悄悄繁殖……

他的担忧应验了。时间飞快来到十二月中旬，那个女人再次出现，跻身在一群提前预约返乡车票的乘客中，用异常悠然的语气对他说：

“到函馆。”

但是这天，须崎也有一个很大的收获。

他在输入车票信息时，需要离开座位查看时刻表，正好听到办公室里的同事说：“哎，那不是砂原君的夫人吗？”

“砂原？”

“对，我在新宿站工作时认识的后辈。那肯定就是他夫人。”

须崎记住了“夫人”和“新宿”这两个关键词，随即若无其事地回到了窗口。他打好四张到函馆的车票，那人却将其中两张退了回来。

“这次只要两个人的。”

说完，女人又拿出了旅馆的传单。那是汤川温泉附近的“临海庄”，他从未去过。

他的确跟康子说过要去函馆，但一直没有定下住的地方。不过，如果他们真的去了函馆，康子一定会选择这家旅馆。须崎想，这个女人果然跟康子有关系……康子那天在吉祥寺的咖啡厅脱口说出“是夫人”，说的有可能是那个砂原的老婆。随后她发现自己说漏嘴，才顺势换成了须崎的妻子……

他想起康子曾经提过，以前在新宿站上班时跟上司关系不好。紧接着他意识到，那天从白马回来，列车停靠新宿车站时，康子突然冷冷地背向他，其实是害怕被以前的同事看见。

后来他听同事提到了“砂原”具体是哪两个字，还知道那是比自己小五岁的男人。另外，他又听说砂原的妻子看起来显年轻，实际已经快四十了，以及那个同事之所以记得十年前只见过一两次的后辈的妻子，是因为她在新宿车站的便利店偷东西被逮到，才发现有问题。

“你那个后辈还在新宿站工作？”

“对。虽然出过那种问题，但他还是升得比我快，我见到他都要低头行礼了。”

他一边应付同事的感叹，一边暗自决定二十九日到函馆去一趟。砂原的妻子买了二十九日的车票，他那天能调休，而且他早有这个打算，因此只退了一张砂原妻子退回来的车票，还留着另外一张。

尽管如此，他还是一直犹豫到了二十九日新干线发车前一刻。虽然最后在铃声的催促下上了车，但二十分钟后，他在大宫下车了。他给砂原的妻子订了指定席位的车票，但是那个座位上没有人。他一开始还认为砂原的妻子，甚至康子有可能上车，但是扑了个空。他看着一片拥挤的回乡乘客中唯独空出的那两个座位，突然感到那一抹空白吸走了他与康子的所有旅途回忆，甚至有点怀疑自己是否真的去那些地方旅行过。

当晚，电视上碰巧出现了大雪覆盖的青森站。车站里还有一些人，但是画面切换到港口后，只能看到空旷的灰色海面与白色积雪，显得无比冷清。须崎后悔了，他应该继续乘坐那趟列车，亲眼去见证那个荒凉的世界。如此一来，他一定就不会再纠结康子把自己当成了砂原的替身，又在发现他无法继续当替身后，将他如同废纸般抛弃的行为。

唯独他的身体感到疲惫不堪，仿佛真的舟车劳顿去了青森。那种疲惫一直持续到年后。一月中旬，连妻子都久违地关心道："你最近没什么精神啊，要不到医院看看？"

那天下午，那个女人再次来到窗口，对他说"到札幌"。须崎第一次拒绝了她。

"您是砂原女士，对吧？我有话对您说，请您到旁边的咖啡厅稍等片刻。"

女人闻言，面色微微一变。十分钟后，须崎走出办公室，发现女人在高架桥下，两人简单交谈几句，须崎就得到了所有答案。所谓"所有"，其实也就短短一句话。

"那个女人跟我丈夫每月出去旅行一次。跟你不过是重温了那些旅行。前年雪之祭典，我直接找到札幌的酒店让他们分手，但是女人好像一直忘不掉他。"

她后来又说："所以，她调到这个车站后，我也一直盯得很紧。去年四月，我丈夫又变得有些奇怪，于是我找认识的侦探查了那个女人，发现她找了新情夫，还一起去了白马……也就是她跟我丈夫第一次去的地方。"

接着，她还说："我并不想为难你。只是猜测你肯定会告诉那个女人，然后她会感到为难……我只是想从那个女人手里夺回我丈夫跟她出去旅行用掉的东西。”

但是这些话他几乎都没听进去。

她跟砂原已经去了札幌，跟自己却连海峡都没看到。这件事让须崎莫名感到心情沉重。那天晚上，须崎时隔两个半月，又在回家的途中下了车,走进那家弹子店。他觉得能在那里碰到康子,并且真的在角落的机台前看到了她的侧影。即使有所预料，他还是感到很唐突,忍不住停下了脚步。接着,他缓缓走过去,说了一声:

“好久不见。”

接着，他又说：“今天我听砂原的夫人说出了真相。”但是康子仿佛什么都没听见，依旧用侧脸对着他，专心致志地打弹子。她的弹子一直命中，使机器频繁发出吵闹的音乐声，说不定她真的没听见他说话。不过，须崎还是说了下去。

“你好会骗人啊，我一点都没发现。

“为什么不说话？既然这么会骗人，最后说一句‘其实我真的喜欢你’应该很简单吧。你还可以骗我说‘一开始的确把你当成了砂原的替身，但是中途就动了真心’，或者‘去仙台时，我已经好喜欢你，恨不得跟你结婚了’……像我这种男人，肯定会上你的当，然后毫无怨言地同意分手。”

他努力保持冷静，但还是感到嗓子发堵。即便如此，他也无法打破女人冷漠的侧脸。须崎看了她几秒钟，最后拿起一颗钢珠，投进了机台。其实他很想把钢珠扔进康子的大衣后领，让它顺着她的身体滑落。但是想到在花卷那一夜用钢珠彼此爱抚，可能也只是在重复她和砂原的记忆，他顿时觉得这么做毫无意义。

须崎投进机台的钢珠理所当然地落进了无奖的洞里。他转过身，用同样缓慢的脚步离开了机台和女人的侧脸，离开了弹子店。

又到了三月中旬，公司内部开始讨论赏花活动，须崎也恢复了一些精神。一天，他对妻子说："要不咱俩出去泡个温泉？"她竟意外干脆地答应了，还说："去哪里好呢？你这么专业，选几个出来给我挑吧。"于是那天傍晚，他坐在窗口，思索有什么好温泉。就在那时——

"到稚内。"

一个女人的声音响起。"两个人。"光听对方报上出发时间的声音，他就认出来了。须崎一一输入了那些信息，但只打出一张车票，从窗口递了过去。

"我说要两张。"

那个声音响起，须崎却摇了摇头。与弹子店最后那次见面相反，须崎始终避开了她的视线。尽管如此，他还是察觉到康子是一个人。康子在那里呆立了许久，似乎想说点什么，然而，原本除了须崎以外空无一人的办公室里突然传来了响动，她慌忙放下票钱，转身离开了。须崎一边接待后面的乘客，一边总算抬起目光，只是康子早已不见了踪影。黄昏的斜照驱赶了淤积在电车高架下的黑暗，柔和的光芒预示着樱花前线和春天的到来。

小异邦人

我们柳泽家每天五点一过，出门兼职的母亲回到家中，孩子们的声音就会好似深山的回响，一波接着一波响起。

那天也是。

“你回来啦！”

首先，蹲在门口把玩生锈的玩具跑车的龙生发出了如同引擎的轰鸣……那个声音很快接上了正在门后狭窄的玄关玩过家家的奈美和弥生的二重唱。

“你回来啦。”“你回来啦——”

……十六分休止符过后——

“你回来啦。”

抱膝坐在大屋一角，忙着打电子游戏的晴男阴沉沉地接上了旋律。然后……

“妈，你回来啦。”

坐在大屋中间的旧式矮桌边上，正在写作业的三郎发出了变声期已经结束的沉稳声线……与此同时，正在壁橱前打闹的大个子小学生雅也和小个子高中生秋彦哥齐声喊道：

“你回来啦。”“你回来啦。”

身体与声音共振出强烈的不谐和音……现在不是开这种玩笑的时候。

因为一分钟后，那个绑架犯打来电话，让我们一大家子卷入了可怕的事件中。

不过，我也可以用一分钟简单说明电话铃响起前的事情。小二与高二的不谐和音过后，本来应该由初三的我在隔壁小屋弹着电子琴，用 A 小调的音阶——啦希哆来咪发唆啦……“妈妈你回来啦”接上二人的声音，最后打上完美的休止符。可是大约一个月前，刚进入梅雨季节时，我因为过度节食出现头晕症状，进入七月后，每天放学都要去医院……准确地说，那天是七月四日，也是我过度节食搞垮身体的第一天，我离开医院后偷偷去了麦当劳，那个时间还没回到家——我放学后要绕好远的路到南池袋的医院去看高桥医生，走得肚子很饿。

所以，那天的“你回来啦”合唱，由秋彦哥打上了休止符。

妈妈像往常一样，挨个拍了拍孩子们的脑袋，然后走到大屋正中央，把她从超市拎回来的口袋摆到矮桌上，说：

“孩子们，都饿了吧。妈妈这就去做饭，你们先垫垫肚子。今天可是大丰收。”

里面有五六袋过期的点心……以前学校在课上播放纪录片，

我曾经看到过一群衣衫褴褛的日本孩子扑向朝他们扔口香糖和巧克力的美军的画面。其实大家都恨不得像那个场景一样扑向点心，却都装出一副不情不愿的样子。

“老妈，你就是想用点心骗饱我们的肚子，好少做一点晚饭。太小气了。”

因为每次都这样，所以妈妈也只是苦笑。

“瞎说什么呢,龙生。妈妈会骗的只有走进池袋那家店的男人，那也只是用化妆隐瞒年龄而已。好了，今晚我也要上班，得赶紧把饭做了。最近化妆花的时间也越来越长了啊。”

妈妈拍了两下手，就在那一刻，电话铃应声响起。

没错，那是一阵迅猛的铃声……不过我们家的电话一直都是这种声音。因为家里穷，只有妈妈有手机，所以电话在家里十分霸道，一点儿都不像其他被手机占领的家庭那样温良谦恭。

我当时还不在那里，不过可以想象，大概是这样的光景——

“好吵啊。”

哥哥边说边拿起话筒。当八个孩子像沙丁鱼一样挤在一起生活，不足十平方米的房间也会形成各自的领地……从壁橱到放电话的层柜那大约一块榻榻米的空间，是秋彦哥的领地。

“你好……是的，啊？”

说到这里，秋彦哥就没了声音，然后把话筒递给母亲说：

“妈，你接吧。”

“谁啊？”

妈妈辛苦地撑起身子，一边接过话筒，一边问。

“不知道。可能是恶作剧，也可能是最近流行的诈骗，一开口就要什么三千万。”

秋彦哥说完，把剩下的一小块仙贝扔进嘴里，兴致索然地说。

“你好。”

妈妈打着哈欠接起电话，一会儿说“什么意思啊？”，一会儿说“搞不懂你在说什么，你到底绑架了谁”。那些话在旁人听来，恐怕都莫名其妙。接着，妈妈又说：

“讨厌，怎么挂了，真是的。”

她拿开听筒，看了一眼围在矮桌边的孩子们，然后问：

“我们家哪个孩子被绑架了？”

她举起手，仿佛在示意“被绑架的举手，让我看看”，但很快觉得无趣，就又放下了。

“怎么可能呢，大家都在啊。”

就在妈妈喃喃自语的同时，秋彦和雅也再次发出了漂亮的和声。

“啊，袋子不在。”

“那孩子今天放学要去医院啊。我记得她说要去打吊瓶啥的。”

妈妈说到这里，突然摇起了头。

“不过拖到现在也太晚了吧？我给高桥医生打个电话。手机……哎，妈妈放在这儿的手机，谁拿走了呀？”

妈妈难得发出了有点歇斯底里的喊声，同时家门洞开，我——

袋子用 A 小调的啦西哆哆唱道："我、回、来、啦。"

其实我名叫一代，读作"Kazuyo"，但是大家都理所当然地管我叫"一袋儿"，继而又照着我的性格缩短成了"袋子"……听起来是不是很廉价？那简直是对我的侮辱。不过我天性爱面子，对别人都谎称"那只是 A 小调的简称"。

那时我特别着迷 A 小调，说话也都是那个调。因为三个月后有社团发表会，我要演奏肖邦的《玛祖卡舞曲》，就是那首 A 小调的曲子……我特别喜欢那首曲子，它还有个名字叫《小异邦人》*。

你说它压抑？那的确是一首悲伤的小调，还有种嫌麻烦、自暴自弃的感觉……就像误入了羊肠小道，极不情愿地在空中飞舞的落叶。曲子的标题和旋律都跟我特别相衬，或者说，那描述的就是我本人。

生我的母亲在我还没懂事时就死了。不久之后，现在的妈妈带着一个男孩子来到了我们家。后来，她又接连生了六个孩子……最小的弥生刚学会走路，爸爸就在去纽约工作时出车祸死了。爸爸生前在一个很大的纤维公司工作，那家公司在丸之内有整整一栋大楼，所以当时我们家也比较宽裕，住在大森的大房子里。可是爸爸死后，大森的房子还没还完贷款，妈妈只能带着八个孩子搬到了现在这个平民区的小房子。从那以后，她每天白天在附近的超市工作，晚上到池袋的俱乐部陪酒，一个人拉扯我们八个人

---

* 此曲为肖邦《玛祖卡舞曲》中的《A 小调 Op.17.4》，国内一般译为"小犹太人"（*Little Jew*）。

长大。

其中的辛苦，你们可能早就在上个月的电视特辑里看到了。看了那个节目，全国各地都有人写信过来，说什么“这个家庭挤在小小的房子里,反倒凝聚成了团结的力量,真是太让人羡慕了”。这种事真有那么好吗？……这么多人挤在一块儿，睡觉的时候甚至分不清自己的脚和别人的脚，总觉得稍有不慎就会被别人侵占全身，不得不拼尽全力守护只属于自己的东西，哪里还顾得上团结啊……反倒是跟大家待在一起的时候，我会产生落叶飘进羊肠小道的感觉。

何况我正值青春期，又是八个人里唯一与母亲没有血缘关系的孩子，那种感觉就更强烈了。不仅是我，跟其他孩子同母异父的秋彦哥，甚至其他流着同样血液的六个孩子，可能都觉得自己是大家庭里的“小异邦人”……比如总是缩在角落里打游戏，把自己紧紧封闭在坚硬外壳里的晴男，就是个很好的例子。

龙生和奈美都上小学五年级，生日同是五月五日儿童节*，换言之，他们是双胞胎。但他们是异卵双胞胎，性别、长相和性格都不相同，虽然总是凑在一起，不过玩耍时分处玄关内外；虽然吃饭时坐在一起，但他们中间仿佛隔着看不见的栅栏……给人感觉他们都独自处在不同的空间。

……没错，从某种意义上说，那个绑架事件成了我们这个大

---

* 五月五日本来是日本的“男孩节”，后来被指定为日本的国定儿童节。

家庭团结一心的契机。

不过，电话刚打来时，我们都觉得那只是恶作剧。

“什么是绑架？”

快四岁的弥生举手提问，但是没人回答。

“‘绑架’这两个字怎么写呀？”三郎问。

“我上回听说有人放学回家时差点儿被绑架了。”龙生说。

“这个饼干比昨天的好吃呢。”雅也说。

“……”晴男一言不发。

“如果有人被绑架，我们又能上电视了吧。”奈美说。

“就是因为上过电视，才有这种人搞恶作剧。”秋彦哥说。

妈妈没有理睬其他孩子的发言，只对哥哥点了点头，然后问：

“刚才电话里的人对秋彦说了什么？”

“他说绑架了一个孩子，要我们拿出三千万。”

“他没说孩子的名字？”

“不知道……我想不起来。”

妈妈啧了一声。

“所以你的成绩才上不去啊。妈妈记得比录音都清楚。”

她得意地说完，复述了刚才的电话。

嗯……最开始是：

“你孩子的命在我手上。”

对方没有报名字，只说了“孩子”……然后是：

“只要你不报警干蠢事，我就不会动孩子，所以你放心。不过你肯定不放心吧，所以赶紧准备三千万，一手交钱一手放人。要是你敢报警……应该不用我专门说了吧，因为你绝对不会报警。不过，万一你报警了，应该知道孩子会是个什么下场吧。”

啊，不过这不是妈妈复述的内容，而是上周播放的悬疑剧场的台词。

我听妈妈说着，突然觉得有点耳熟，发现那其实是电视上那个绑架推理剧的开篇场景。妈妈是绑架犯演员的粉丝，还专门吩咐我把节目录下来，所以我慌忙找到录好的节目，播放了那个场景。妈妈还没来得及看，所以吓了一跳。“好像啊，简直一模一样……连声音的感觉都很像。对方肯定是模仿电视上的绑架犯，用手帕包住话筒改变了声音。”

不过这种台词在绑架剧里太常见了，也可能是巧合。然而三千万这个金额，以及最后那句话——

“明天会同一时间打电话。若是在此之前准备好三千万，我就通知你交接方法和地点。”

这两样都跟电视剧上一样……

与电视剧不同的只有两点：一，我家没有失踪的孩子；二，电视剧台词是“圭太的命在我手上”，说出了孩子的名字，打给我们家的电话却只说了“孩子”，故意没说名字……

“对方真的只说了‘孩子’……可是，为什么不说名字呢？只说‘孩子’也太奇怪了吧。”

妈妈说。

“因为……如果说了孩子的名字，你又看到那个孩子在家，不就瞬间暴露了？那个人打电话时，可能猜测家里至少有一个还没回来的孩子，但不知道哪个孩子还没回来，所以说不出名字。要是我们相信了他，表现出哪怕一点震惊或者恐惧，那个人就会以此为乐。”

妈妈听了我的话，深以为然地点点头。此时，三郎插嘴道：

“如果不是恶作剧电话，而是打错电话呢？”

他补充道：

“虽然我们是一大家子，不过现在小家庭居多。假设是只有一个孩子的家庭，绑架犯只要说‘孩子的命’，父母自然知道是哪个孩子，然后害怕得发抖……然而绑架犯打错了电话，接到我们这个大家庭来，才闹了笑话。”

妈妈险些又要深以为然，但很快摇了摇头。“还有一点跟电视剧不一样。刚才那个人说，‘你有八个小孩，该不会认为死一个也无所谓吧。’所以啊，三郎，那一定不是打错电话。”说完，妈妈叹了口气……但马上又摇起了头。

“不，我觉得那就是恶作剧电话。我现在只能想今晚能为大家赚多少钱，除此之外没工夫担心别的。倒不如说，如果绑架犯答应不伤害任何一个孩子，那他真的绑走两三个，还能替妈妈减轻点负担。”

说完，妈妈高声笑了起来。

我们还是不太相信那是恶作剧电话，妈妈好像也一样。她之所以开玩笑，一定是想甩掉萦绕在耳边的那个人的笑声……如果说这是我的预感，那么我的预感完美应验了。

因为第二天，绑架犯果然打来了电话，又说了一通莫名其妙的威胁……应该说，那是毫无根据的威胁吧。他号称自己绑架了一个压根儿没被绑架的孩子，对我们发出了不成威胁的威胁。

啊，不过在此之前，我要先讲两件事。

我还没提过另外两个大人吧？

他们分别是医院的高桥医生和学校教音乐的广木老师。虽然话题有点儿绕远，但他们跟事件有关系，所以请耐心听我说。

接着刚才的话，妈妈大笑着走向厨房，在我的帮忙下做了八个人的肉酱和炸肉饼，然后匆匆忙忙化起了妆，准备到店里上班。由于家里没地方放梳妆台，妈妈就在一群吸溜意面的孩子旁边对着小手镜化妆。她正抹着口红，突然停下动作，但很快又恢复了常态。

接着，她忧心忡忡地问：

“一代啊，你身体怎么样？刚才那通电话害我忘了问，高桥医生对你说什么了？”

我刚才已经提到头晕的事情了，还有放学后去医院看病的事情……高桥医生是那家医院上一任院长的儿子，也是妈妈在池袋上班那家店的常客。他们一开始是客人和女公关的关系，后来发现我们家距离医院虽然有点儿远，但也不是走路到不了的距离，于是妈妈就把自己和孩子托付给了高桥医生。

“医生说只是疲劳过度。不过他又说，难得来一趟，干脆做个全面检查吧。”

“是吗……太好了。那个医院是不是有很多最新型的器材？医生对此可骄傲了，每次到店里来都要我去做检查，特别烦人。不过就算只是疲劳过度，也不能太放松警惕……这都怪我把妈妈的职责都推给了一代。真对不起。”

“没什么，毕竟为了备考高中，最近的学习很紧张，暑假结束后马上就有一场发表会，所以社团活动也很累，主要是这些压力啦。”

“哦？不过社团活动多了，见到广木老师的机会也更多，对不对？一代肯定特别高兴吧。”

“可我只是开场的钢琴独奏啊。老师整天忙着指挥全体成员演奏的管弦乐训练，现在根本顾不上我。不过不说这些了吧……要是妈妈总担心这个、担心那个，我反而会更累，所以你就别担心了。反正只是疲劳过度，睡一觉就能治好。”

我表面上在微笑，嘴里说的当然都是谎话。其实高桥医生给我做了 CT 检查，发现脑部存在疑似肿瘤的东西，需要进一步的精密检查。

“这有可能是恶性肿瘤，届时要么做高风险手术，一口气切除，要么避开手术，做可能没什么效果的保守治疗，尽量延长寿命。你还在上初中，一个人无法做决定，所以我要跟你的监护人商量……”

听了高桥医生的话，我说妈妈听了这个消息肯定会吓晕过去，请他暂时用“只是疲劳过度，不用担心”来糊弄过去。如果要找人商量，请找学校的广木老师。

高桥医生很了解妈妈的性格，所以答应了我的请求，决定先与广木老师商量今后的对策……我作为一个青春期的孩子，觉得把自己的人生和生命托付给喜欢的老师真的很浪漫，所以不太担心自己的身体，反倒沉浸在这种戏剧性的现实中。

其实，是广木老师发现了我的音乐才能，决定了我的将来。一年又三个月前，我上初二那年，第一次看到音乐老师走上讲台……我就对他一见钟情了。他有一双充满热情的黑色眸子，还有纤细的鼻梁，宛如音乐的化身，又好似美妙的歌谣。老师上大学时右手被严重烧伤，不得不放弃了成为钢琴家的梦想……每次看到他右手戴着白色手套弹奏钢琴的样子，我就感到胸口抽紧……所以，我们暑假被安排了创作小曲的作业时，为了让老师注意到自己……我就把一开始提到的我们一大家子人的“你回来啦”合唱努力编成了一首曲子交了上去，结果大获成功。老师说我绝对有作曲的天赋，不仅把我带到了自己担任顾问的社团，还教我弹钢琴。

我好像还有弹钢琴的天赋。老师说我进步很快，将来可以报考音乐大学，还给我买了附带耳机的二手电子琴，方便我在家练习，甚至把我带到他家里去，让我弹他的作曲家父亲以前经常弹奏的三角钢琴……由于学校禁止老师带学生回家，所以他只带我去过一次，但是老师跟我约好了，等我上了高中，不再受校规约束，就让我到他家去，尽情弹奏那架跟他的眸子一样黝黑发亮的钢琴。

我并不觉得老师也爱上了我，因为我知道，他只是同情我的家境，才对我格外亲切……只要老师对我有感情，哪怕只是同情，我也觉得很幸福。

还有我的病。反正我只会头晕，没有疼痛，善良的高桥医生又会温柔地对我说话，所以我对病情的危险没什么真实感觉，只觉得这样一来，广木老师就会更同情我，更关心我。我就这样沉浸在美好的幻想中……

对不起。

这个话题绕得太远了。

总之重点在于，家里发生那件奇怪的绑架事件时，我自己也深陷于恋爱事件中……虽说没有真实感，但我的确有种贫病少女的人生突然充满了戏剧色彩的感觉，甚至希望绑架事件也愈演愈烈……各位只要知道，我心里有过这种想法就好。

回到绑架事件上。第二天下午音乐课结束后，我对老师坦白了自己的病情，还有头天晚上那个奇怪的电话。老师说：

“今天早上，医院的医生已经给我打了电话。等到今天和明天的精密检查结果出来，我会去跟医生见面商谈一次……现在还只是疑似阶段，你也不需要太过担心。教导主任以前得过类似的病，还做了手术，所以我专门去问了他。那种手术好像没有高桥医生说得那么危险。”

见我点点头，老师又说：

“倒是那个自称绑架犯打来的电话有点让人放心不下啊……你家真的没有人失踪吗？毕竟家里有八个孩子，不会看漏了吧？”

老师的表情很严肃，我也没有笑……因为这不是开玩笑，之前真的有过几次数错人数的事情。比如本以为大家都在，结果刚吃完饭，又有一个孩子从外面回来了。又比如像电视上播放的美国电影那样，把某个孩子落在家里，其他人一起出去了……两三年前，好像是奈美吧，她玩捉迷藏躲在洗衣机里，就这么睡着了，也没人发现，第二天早晨妈妈直接打开了电源，险些把她害死。

“这么重要的时候，肯定不会数错。”

我一边说着，一边回想秋彦哥、三郎、龙生、奈美……可是到这里突然就断了。我想不起晴男的脸……他本来就没什么存在感，在我脑中也像失焦的照片，看不清楚面容。仔细想想，我已经好几天没仔细打量晴男的脸了。不……好几个星期，甚至好几个月……说不定好几年了。

我应该有往他那边看过，只是除了缩在角落里打游戏，其他时候晴男大都低着头，很难清楚地看见他的脸。没错，说不定我们家发生的事完全不是看漏了……而是平时一直都漏过，这次真的不见了，却习惯性地以为自己“只是看漏”，以为他其实还在家里……

我无法回忆起晴男的五官，只有一层淡淡的影子，宛如湿透的纤薄布料一般，紧紧贴在脑海中……

"怎么了？"

老师问了一句，我慌忙摇着头说："不，没什么……"然后把那张算不上面孔的脸驱赶出了脑海。

我决定看看那个人会不会如约打电话过来，老师吩咐我，如果对方真的打过来了——

"就把通话内容保留成录音。学校也经常接到恶作剧电话，所以我这儿有个好东西。"

说完，他从办公室借来了安装在电话机上的小型录音机。

老师走到钢琴边，轻抚琴键，弹奏出短暂的旋律，填补不时出现的沉默……我很想一直待在音乐室里跟老师说话，但当然也很担心绑架事件，于是快步跑向初一 B 班，把录音机塞给弟弟三郎，叫他回到家后马上安到电话机上。

三郎是八个孩子里最聪明、最可靠的人，所以那天傍晚，我们录到了自称绑架犯打来的电话。

我放学后去医院做了 CT 检查，回到家时，看见妈妈和孩子们像昨天一样，在矮桌周围团团围了两圈，正在听录音磁带。

"啊，一代，你快过来听。昨天那个人又说了莫名其妙的话。"

我抱着书包坐到妈妈旁边。

"那我重新播放一遍。"

负责指挥的三郎按下了矮桌正中央的录音机按钮。

"你好。"

妈妈话音未落，男人的声音就压过了她。不，那真的是男人的声音吗？……那个声音跟昨天不一样，听起来机械又高亢，明显经过变声操作了。看来敌人预料到我们会用录音机，自己也使用了机器。

“啊？”

母亲反问道。

“你的声音好奇怪，我听不清。”

“我问你，三千万准备好了吗？”

“三千万……”

“怎么？你忘了？昨天不是说了……你到底准备好没有？”

“……还没有。”

“‘还没有’是什么意思？是没凑齐，还是一分钱都没准备？”

“……”

“看来是一分钱都没准备。那可不行。昨天不是说了吗？如果不准备好三千万，人质就要遭殃。”

“不行，我拿不出三千万。你不知道我家的情况吗？”

“我在电视上看到了，知道你们家人多，而且很穷。”

“既然你知道，为什么还要找我？就算是恶作剧，这也太坏了。”

“不是跟你说我在电视上看到了吗？我知道你家穷，但是丈夫很有钱，电视上都说了。”

“我丈夫已经死了。”

“我知道。但是电视上也说了，你丈夫的父亲，这孩子的爷爷还健在……他原本是有钱人，对不对？而你却不去依靠那个人，只靠自己拉扯孩子，连电视节目都对你赞不绝口。这的确是一桩美事，可是孩子被绑架，不拿出三千万就性命难保的时候，你还梗着脖子不去求他，别人就会说你这母亲简直是恶鬼了。”

妈妈突然发出了“呜呜”的声音。她拼命忍住了气愤的吼叫，才变成了一声呜咽。

“够了，我知道你在恶作剧。”

“恶作剧？你再这么说，我可真的生气了。难道凑不到钱，你就破罐子破摔了？”

“生气的是我才对。你说的‘这孩子’到底是谁啊？如果你真的绑架了孩子，那肯定不是我家的，麻烦你找别家。”

“你怎么如此肯定呢？”

“那当然啊，你口口声声说什么绑架，可我家八个孩子无论昨天还是今天都在家里，谁也没被绑架。”

“所以我说，你为何能如此肯定呢？”

“什么为什么……”

“只是那孩子和你都没发现绑架的事实而已。我把话说清楚吧，三千万就是那孩子的赎金。”

听完那段录音，我感到一头雾水，跟妈妈听电话时一样，发出“呜呜”的声音，然后沉默了。

“反正我也不认为你一时半会儿能凑到钱，就等到明天吧。下午五点前凑齐三千万，等我联系。到时候再告诉你把钱拿到什么地方……听好了，这钱只要你开口就能拿到。孩子的命要紧，你最好尽快准备。”

电话被用力扣上的声音……

三郎关掉开关，与此同时，弥生一屁股坐了下来。

“我被绑架啦，要被杀掉啦。”

她小小的脸皱得像漏气的皮球，哇哇大哭起来。哭着哭着，她把嚼了一半的巧克力吐了出来，弄得满脸都是。姐姐奈美拿起纸巾给她擦脸，然后安慰道：“绑架不是刚才玩的过家家吗？真是个小笨蛋，过家家已经结束啦。”

接着，龙生也露出了严肃的表情。

“会不会是我被绑架了呀？”

他站起来，把运动裤腿一直拽到膝盖以上。

“你的腿怎么了，摔了吗？”

妈妈瞪大了眼睛。因为龙生的膝盖上有一大块淤青。

“我在学校走廊上被人推倒了。”

“被谁？”

由于昨天上班迟到了，今天妈妈还在跟大家聊天时就化起了妆。见到龙生的腿，她放下腮红刷，拿出充当医药箱的点心盒，给龙生抹了白色伤药。

“没骨折吧？痛不痛？怎么样？谁啊，这么过分……”

“不知道。我爬起来马上往后看，可是那个人躲起来了，走廊上一个人都没有。不过，那有可能是绑架犯……”

“为什么？”

“今天早上我到学校后，一直觉得有人在监视……”

“啊，我也有那种感觉。”

奈美说道。两人对视一眼，点了点头。好几年来，双胞胎头一次表现出了惊人的一致……接着，正在上小学二年级的雅也举起了宛如中年妇女的小腿般浑圆的胳膊。

“我也觉得自己在学校被盯上了。”他用沙哑的声音说。

“绑架犯会不会是小学的人啊？毕竟有那么多可疑的老师。”

奈美说完，龙生用力点了点头。

“我们都被囚禁在小学里了。学校的学生不能随便外出，就像坐牢一样……我们会不会在没有察觉的情况下被人绑架了？昨天也是，今天也是。”

“所以绑架犯在电话里才说不出自己绑架了谁。”

三郎加入了小学生的对话。

“为什么？”妈妈说。

“我们家有四个人在那个小学上学，不管绑架哪一个，妈妈都会交赎金，所以绑架犯就不需要特别选一个呀。一定是因为这样，绑架犯才说不出某个人的名字……明白了吗？”

妈妈听了有些半信半疑，但孩子们好像很赞同这个推理。

“老师总说离开学校后要小心被拐走，其实学校里才最容易发生绑架事件啊。那里有很多很多小孩子，而且一查就知道谁家有钱，还能一直监视，不被任何人怀疑。”

龙生兴奋地说道。

“上次看电视，有个日本教育评论家说，‘最近的学校都把孩子当成了人质。’所以无论哪个学校，里面的老师都是绑架犯，学生都遭到了监禁。”

连秋彦哥都难得说出了很有哲理的话，还一脸得意。

“那不叫监禁，叫软禁啦。”

三郎举起日语辞典，像展示水户黄门的印笼*一样拿给大家看。“因为放学后可以自由外出，大家不也回到家了吗？”

“既然你这么说——”

秋彦哥说：

“那也可以说，我们被软禁在这座房子里了啊。搞不好这里所有人都被绑架了。”

听了他的话，所有人面面相觑。的确，我们都挤在这里，仿佛几个囚徒在牢房里制定逃狱计划。三郎拍了拍手。

“是有可能啊，哥哥，绝对有可能。凶手说的‘孩子’可能指好几个人啊。”

“他说的是所有孩子？”奈美问。

“没错。日语对复数形式的区分不那么明确。有可能因为绑架了‘所有人’，所以绑架犯才说不出名字。”

几乎所有人都点头赞同了三郎的话，显然在转瞬之间产生了同为受害者的感情。

---

* 水户黄门是日本江户时代水户藩第二代藩主，在以他的故事为题材的影视剧中，每遇危急时刻，他的随从就会亮出绘有家纹的印笼以示身份。

“那绑架犯究竟是谁？为什么要绑架？”

我产生了一点儿好奇，这样问道。三郎最先有了反应，大家先后抬起手，指向了妈妈。

“这……”

妈妈可能当真了，面无血色地说。

“那打电话的人是谁？如果我是绑架犯，那就应该有个打电话的共犯啊。”

三郎指着妈妈一直没放下手，听到那句话后，指尖又转向了我。

“我？”我反问。

三郎得意地点点头。

“因为绑架犯打电话来的时候，袋子不在啊。电话刚结束没多久，你就回来了……录音里的声音也有可能是女声。”

我笑了。

“那就是妈妈找我帮忙，绑架了所有人咯。可是我们为什么要绑架你们呢？”

“录音里不是说了嘛，只要我们被绑架，有钱的爷爷就会拿钱出来。妈妈和袋子肯定都想拿到那笔钱，好抚养我们长大吧。”

妈妈很严肃地开口反驳，却被我拦住了。

“既然如此，那也有可能是自导自演。你们七个孩子自导自演了这场戏……大家都假装有个人被绑架了。”

说完，我咧嘴一笑。

“目的是什么？”秋彦哥认真地问，“也是为了爷爷的钱？”

“没错，因为大家都很孝顺，也很关心姐姐……要是有三千万，我们的生活该多轻松啊。”

“可是……”龙生说，“绑架犯打电话过来时我们都在这里啊。两次都是。”

“这就是大家庭容易遇到的情况。如果有一个人溜出去打电话，妈妈也不容易发现。更何况，妈妈当时还被那通莫名其妙的电话吸引了全部注意力呀。”

我叹了口气，结束了孩子们的推理游戏……不，孩子们的推理游戏依旧在继续，可我已经完全失去了兴趣。

大家的推理其实很有道理，但我就是提不起兴趣。那是因为我对另一件事有很大的兴趣……你们猜到了吗？我讲述了绑架犯两次打电话来的经过，唯独没有提到一个孩子的名字……另外，我在说“大家”的时候，也排除了一个人。

没错，就是晴男。

此时，晴男并没有跟其他孩子一起围在矮桌边上，也对绑架犯的录音毫无兴趣，而是坐在稍远的地方打游戏。我正忙着全神贯注地观察他。

由于他一直盯着游戏画面不抬头，我就更在意了……我总觉得那孩子在努力隐藏自己的脸。他真的是我认识的晴男吗？……不过，我记忆中的晴男已经非常模糊，实在无从比较。尽管如此，我还是想确认一番……

好久没有仔细观察这孩子了,我发现他的体形已经变了很多。记忆中的他就像忍饥挨饿的难民小孩一样瘦削,现在却肩膀宽阔,露在短裤外面的腿有了一点肉感，成了普通小学三年级学生的模样。可我就是觉得，他好像不是我认识的晴男了……真正的晴男会不会昨天就遭到了绑架，凶手为了瞒住家人，又派了一个长得像晴男的孩子来顶替呢？……我无法阻止自己展开这个毫无根据的联想。

妈妈打扮好自己，好像安慰自己似的反复说了好几次“别担心绑架的事情了，那就是恶作剧，坏心眼的恶作剧”，然后就出门上班了。我正要站起来张罗大家吃晚饭时，那孩子总算抬起了头……由于太过突然，我没来得及调整好视线，原本只打算偷眼瞧，结果跟他对上了目光。

他勾着眼睛看向我，长长的刘海挡住了他的脸……那张脸太陌生了。L形的鼻梁，薄薄的嘴唇，跟我记忆中的晴男一点儿都不像。

陌生的脸冲我笑了。

我惊觉那两只眼睛的形状扭曲了。当我发现那是因为他在微笑时，那张脸再次垂了下去，不让任何人看到自己。

那天晚上，我没睡着。

我躺在我和妈妈占据的三块榻榻米大小的地盘上，睁着眼睛注视黑暗。那本来就是个闷热的夜晚，可是我很害怕，万一闭上眼睛,脑中又会浮现出那张陌生的笑脸……“晴男”弯曲着膝盖,睡在大屋的角落里，但我没有勇气查看他的睡脸，只能呆呆地听着屋外的雨声。梅雨季节应该过去了，是不是雨季离开时，在我家的破屋顶上落下了一片雨云？阴沉的雨声让我感到浑身粘腻，碰撞着融入我体内的 A 小调旋律，不断发出嘈杂的声响。

妈妈凌晨两点钟回到家，没换衣服就倒在了我旁边的被褥上……没过一会儿，那边就传来了掺杂在雨声中的细细啜泣。我一开始还以为她在店里喝多了喘不上气，但很快发现，那的确是哭声。

“怎么了？”

我问了一句。妈妈猛地坐起身子，下一个瞬间，就扑到了我身上。她双手紧紧抱着我，边哭边重复同样的话。“你是最好的孩子……那一定是因为生下你的人很好。妈妈以前最喜欢你，现在也最疼你。”

妈妈头一回对我说这种话。

我猜测肯定是店里发生了什么，首先想到了高桥医生的脸。

“高桥医生对你说什么了吗？”

我在汗水混合着化妆品和酒精的气味中问道。一定是医生把我身体里潜在的危险告诉了妈妈，而妈妈担心我的身体，才会说那种话……

“高桥医生？”

妈妈突然停止哭泣，冷冷地反问道。接着，她又恶狠狠地说：“那种人是医生里的败类……不对，是人渣。所以你千万不能相信那个人说的话。无论他对你说什么，都不能点头……你必须要拒绝。因为他也拒绝过不少人。”

听到这番话，我猜测妈妈可能向今天光顾夜店的医生开口借钱，然后被冷漠拒绝了。借钱？妈妈难道被绑架犯洗脑，真的要准备那莫名其妙的三千万赎金？想到这里，我对她说：

“妈妈，不如我去找爷爷要那三千万吧。因为我依稀记得，爷爷以前好像很疼我……现在他应该知道妈妈不是为了谋取爸爸的钱财了，只要我开口，他肯定不会拒绝。”

“不行不行。我没对人说过……连电视节目组的人都不知道这件事。其实啊，你们的爷爷今年一月已经去世，他的财产都被你们爸爸的兄弟姐妹继承了。”

说完，妈妈长叹一声，还没等我从震惊中恢复过来，她的叹息已经变成了哭泣。

“而且那只是个恶作剧电话，我们不需要三千万。我反倒想要一笔买空调的钱。今年这么热，最小的两个孩子又要长痱子了。”

带着鼻音的声音不知不觉变成了平静的鼻息。我觉得妈妈并不认为那是恶作剧电话。只是她很希望那是恶作剧罢了……鼻息不时变成梦呓，一直持续到天快亮的时候。妈妈在睡梦中也一直告诉自己：“那是恶作剧。”“只是恶作剧而已。”……

没错，其实正如妈妈的话，这件事本应是个单纯的恶作剧，不会真的发生什么……包括我在内，柳泽家的孩子们对真相一无所知，并且应该在暑假开始时，把那件事完全当成“恶作剧”给遗忘掉。我们一大家子人本应重新回到超麻烦、超讨厌，但是超快乐的生活中，只在几个月后突然想起：“那个单方面的绑架犯到底算怎么回事？”然后大家笑着说：“就是啊，好蠢。”而我本来也应该一无所知地忽略掉那件事……如果第二天那个自称绑架犯的人打来电话，妈妈没有说出那句谎言：

“是的，我准备好三千万了。”

我还是按照顺序说吧。

翌日早晨，妈妈顶着睡眠不足、又红又肿的眼睛招呼大家吃早饭，还对我说出了与几个小时前截然相反的话。

“一代，你今天也要去高桥医生那里哦。一定要听医生的话。”

她好像彻底忘了自己头天晚上喝醉时说过的话。我只好露出苦笑，像哄小孩一样回答：“知道啦，知道啦。”由于不知该说什么好，我就说：“妈妈，要是今天绑架犯再打电话过来，你就骗他已经准备好三千万了吧。我想知道对方会有什么反应。”

这只是我的突发奇想，但其他孩子也纷纷赞同，于是妈妈只得点头答应。

“好吧，我们不能任凭那个奇怪的人摆布，得主动出击才行。”

十分钟后，那个人又打来电话问妈妈：“钱准备好了吗？”

“是的，我准备好三千万了。”

妈妈按照我的提议骗了他。那人似乎有点惊讶，先沉默了一会儿，然后问：“真的吗？”除此之外，并没有表现出我所期待的特殊反应。接着，他又冷淡地交代了那天晚上交钱的方法，最后留下一句："务必照做。"

说完，他就挂了电话……啊，不过说后续之前，先让我把前面那十个小时的事情说清楚吧。

可能因为头天晚上几乎没合眼，我离开家时脑袋很晕……在妈妈的劝说下，我直接去了医院，没有马上去上学。

头天晚上我以为妈妈跟医生吵架了，但是到医院一看，高桥医生心情特别好，见到我就说："你来得正好，我也想早点把消息告诉你。你的脑部异常只是 CT 机的损伤，其实什么事都没有。放心吧，这下你也不用瞒着妈妈了。"

医生把我那天早上的眩晕解释为睡眠不足……虽说我表面装作若无其事，其实真的有点担心自己，所以听到那个消息后，我全身放松下来，精神顿时好了许多。然后，我便去了学校，等到午休时间，立刻去找广木老师汇报这个消息。

"怎么，原来是这样啊。"

老师一脸呆滞，难以置信地摇了摇头，然后反复确认了好几次："真的只是这样而已？"

"其实医生给我检查身体时，在意想不到的地方发现了一块小息肉，不过是良性的，只要等它长大一点再动手术切掉就好。"

"意想不到的地方？"

"……直肠。"

那可不是青春期少女能大声说出来的身体部位，于是我压低声音回答了老师的问题，然后高兴地说：

“虽说是手术，但其实是内窥镜，医生说一下子就好了。”

老师听完我的话，才松了口气。

“总之这是个好消息。那么另一边呢？那件事也没什么吧？”

我拿出录音带，让老师听了妈妈昨天跟绑架犯的对话。

“如果说这是恶作剧，那也安排得太缜密了。不过既然谁都没有遭到绑架，也只能说这是恶作剧吧。”

老师长叹一声，看向手表，然后说：“只能先观察一段时间再说，你也该回教室了。”就在我准备离开音乐室时，广木老师又叫住了我。

“我想确认一件事。你之所以找我商量这些事情，是因为喜欢我吧？”

听到老师提问，我抓着门把手，缓缓转过头去。

“当然啊。”

我回答道：“放长假到老师家时，我亲口说了喜欢老师，不是吗？”

我注视着老师，老师也注视着我。然后，是他先移开了目光。

“的确是……不过我感觉你后来变得有些疏远。”

“我才觉得老师……”

由于学校禁止教师与学生私下来往，从那以后，老师似乎一直在躲着我，所以我才找了个借口接近他……我正要这么说，但是老师先开口了。

“那就好。总而言之，那个绑架犯说今天还会打电话来，要是他说了什么奇怪的话，你要马上联系我。因为我真的很担心你。”

那是我最想听到的话。如果能听到老师对我说这些话，我倒真希望那位自称绑架犯的人多加把劲。我带着这个想法，高高兴兴地回了家……因为今天放学不用去医院，我在现场听到了妈妈和绑架犯的电话。

绑架犯先问妈妈“钱准备好没有”，然后说：“把钱装在纸袋里，表面用报纸盖上……今晚八点放进池袋站东口的寄物柜里。钥匙……附近有一排自动售票机，你把钥匙扔在最右侧的地上。动作要自然，别让其他人注意到。”

说完，他又问妈妈记住没有，然后挂了电话。这通电话也录了音，于是孩子们马上重播了一遍，玩起了吵吵闹闹的推理游戏。

妈妈毫不理睬他们，而是表情狰狞地说：

“肯定是个恶作剧。那人只是在玩绑架犯游戏，就像在卡拉OK开演唱会一样。”

说完，她匆匆穿好衣服化好妆，跑出了家门。临走前，妈妈还说：“我已经迟到两天了，今天再迟到要被炒鱿鱼的。”我感觉她那种逃也似的慌张有点不太自然……不过我更在意的是，家里少了一个孩子。

晴男没在……

我回到家时就没见到他。三郎说：“他的游戏机没电了，是不是出去买电池了？”……可是绑架犯打完电话，我又拨通了广木老师的电话告诉他通话内容，然后又过了一个小时。这都六点了，他还没回来。

“晴男到哪儿去了？”

我一开口，立刻有人起哄道：“晴男被绑架了！”

“原来被绑架的人是晴男。”

“哇，晴男是被害者啊。”

“好可怜哦，我要抓住绑架犯。”

其他孩子也应和道。

我悄悄把三郎喊到自己的地盘上，小声问道：

“你说，那个绑架犯的声音像不像晴男？”

“啊？为什么？”

三郎圆圆的眼睛瞪得更大了。

“昨天虽然说是自导自演，不过要把所有孩子……那也太难了。但是换成一个人……如果是晴男一个人，或许有可能。”

“可是晴男为什么要打电话呀？”

“游戏啊！他不是总玩那些吓人的游戏嘛，现在玩腻了，就玩起了真人游戏……”

三郎马上摇摇头。

“姐，你不是身体出问题了，而是脑子出问题了吧？晴男玩得很起劲的不是吓人的游戏，而是熊猫养成游戏。”

“什么熊猫养成？”

“比电子宠物鸡复杂一点儿的东西，把体弱多病的熊猫养成健康的大熊猫。”

这回轮到我瞪大眼睛了。就在那时——

“我回来了。”

门口传来了晴男的声音。他虽然话不多，但是跟大家交流得很自然。我探头看向大屋，发现他已经加入了推理游戏的圈子，甚至露出了笑容。我意识到自己没有注意到晴男的全部，而是漏掉了他跟普通孩子一样的声音和表情，不由得羞耻万分……而且两个小时后，我又因为晴男感到更加羞耻了。

晴男注意到我时，跟头天晚上相反，立刻阴沉着脸不说话了……此时我还认为，自己的直觉肯定没有错。

两个小时后，我为全家人做了晚饭，声称“有些事”离开，前往池袋车站东口，并且在晚上八点……准确来说是晚上八点八分，目睹了这起奇怪绑架案的唐突高潮，最后知道“脸红”这个词并不正确，因为极度的羞耻会让人脸上失去血色，变得如同白纸。

这起事件的结局真的很突然。我当时正躲在池袋站东口的自动售票机附近蹲守绑架犯，晴男不知从哪里冒了出来……

我到达池袋车站的时间是晚上七点五十五分，找到寄物柜时已经过了八点……再慌忙去看自动售票机，已经是八点五分了。车站里挤满了人。人们就像电视上的幽门螺杆菌一样，阴沉、坚定、冷漠而滑稽地蠢动着，使我无须躲在阴影中，得以光明正大地监视那个地方……绑架犯指定的售票机右侧地面掉了一些垃圾，但我看不出里面有没有钥匙。当然，我并不指望那里有钥匙。这是一起没有被害者的绑架事件，没有人会把赎金放进寄物柜，也没有人会把钥匙扔在那里。

我心里很清楚这点，却还是着了魔似的来到了这里……因为我有种预感，那名奇怪的绑架犯会制造惊人的奇迹。

奇迹……虽然跟我想象的有点不一样，但是连续发生了三次。

三分钟后，我被人潮挤得疲惫不堪，就想转身回家。可是就在那时，突然有人在后面扯了一下我的裙子……我忍不住回过头，看见了第一个奇迹。

是晴男。

“绑架犯果然就是你！”

他用打游戏时的冷漠表情摇了摇头。

“那是你被绑架了？”

他又摇了摇头，然后总算开口说话了：“被绑架的不是我，是另一个孩子。”

“另一个孩子？是谁？”

晴男似乎有点累了，不再仰头看我，而是低下头，抬起了手指。他的食指就是第二个奇迹。他的指尖戳向我的身体……他在指我。

“我？我被绑架了？”

这简直太胡闹了。这时，晴男说：“你看那边。”我转过头去，发现凶手指定的地方出现了一张太过熟悉的面孔。那就是第三个奇迹。那个身穿浅蓝色衬衫的男人从地上拾起了什么东西，若无其事地走开了。我知道他拾起了什么。

“广木老师……老师绑架了我？”

晴男听到我的喃喃自语，对我摇了摇头。但是我没有理睬他，而是朝老师追了过去。那个浅蓝色的背影转眼之间就被人潮吞没，但我知道老师要去什么地方。

我们在不远处亲眼看着老师用捡来的钥匙打开一个寄物柜，拿出了印有百货商场标志的纸袋。不，奇迹还在继续……这明明是个没有被害者的事件，装满赎金的纸袋却像变戏法一样冒了出来，而且广木老师还用双手紧紧抱住了它。老师依旧装作若无其事地走开，没两步就撞上了我，顿时吃了一惊。下午刚见过的英俊面庞霎时扭曲成了我认不出的样子……不过，我的表情比他的更扭曲，而且满脸汗水。老师吓得失手掉落了纸袋，遮挡用的报纸滑落出来……破口处露出了福泽谕吉一本正经的脸 。

“绑架犯是老师吗？……绑架了我？”

说着，我回忆起了妈妈的表情。妈妈可能知道是我被绑架，赶在最后时限前勉强凑齐了赎金，放进车站的寄物柜里……

可是——

“不对。”

一个声音让我返回了现实。说话的人不是老师，而是晴男。连老师也用力摇着头……

“老师只是受害者，绑架犯另有其人……好像叫高桥吧。昨天大家玩推理游戏时说了，那个医生给袋子编了个病名，表面是让你接受检查，实则把你软禁在医院了。然后，那个医生就……呃，高桥就对广木老师说，‘只要你拿出三千万，我就保证不在医院杀了她。’反正医院就是吓唬病人的地方，不是吗？”

后来我们坐进了车站门口的咖啡厅。晴男一边猛往嘴里塞蛋糕，一边继续发表见解。最让我惊讶的不是医生和老师的事情，而是晴男在家里听了大家的话，从中推理出真相……甚至察觉了我和老师的恋爱关系，并且预想到我的行动，今天傍晚一度去我学校找过老师，但是没找着，只好跟踪我从家里来到了池袋车站。

高桥医生只给广木老师打过一次电话，告诉他被绑架的人是谁，然后威胁：如果不交赎金，他身为医生可以对人质施加什么样的危害……当然，这些都是老师坐在咖啡厅里亲口说的。这三天来，老师一直想象医生拿着手术刀、注射器，甚至剧毒药，妄图以检查之名加害于我的场景，并且痛苦万分。而且，从第二次开始，医生就巧妙诱导我做出行动，让我亲口对老师说出绑架犯的威胁，让他更加痛苦。老师甚至怀疑过我是共犯……但是因为今天下午那句话，他已经完全打消了那个想法。尽管如此，他还是犹豫不决，虽然已经把钱放进了寄物柜，但是五分钟后决定对我坦白一切。就在他返回寄物柜收回赎金时，却被我们撞到了。

“难道妈妈也是跟你一伙的？”

“不，你妈妈什么都不知道。”

但是她可能有所察觉，所以昨天晚上才会说高桥的坏话吧。

“可我还是不明白。我又没有一直待在医院，后来也回家了呀，还跟老师单独见过面。可是，你怎么不告诉我呢？只要告诉我，然后报警就好了呀。”

“高桥绑架的人不是你。”

“啊？那谁才是人质？”

老师敲着额头想了想，然后说：

“那孩子不久之后就会引起你的注意，所以我就不说了。”

我不太明白他的意思，但晴男好像明白了。因为他连连点头。老师用目光对他说“你真聪明”，而我则一脸苍白——就这样，那天算是过去了。两天后的早晨，我不经意间闻到米饭的气味，突然感到犯恶心，趴在水槽边上吐了一点刚喝下去的果汁。

妈妈皱着眉，对我说：“一代，难道你……”那一刻，我仿佛走进了老套的家庭电视剧情节中。我想起老师那句“被绑架的孩子不久之后就会引起你的注意”，紧接着又想起晴男在池袋车站用手指着我……的肚子。

原来，高桥医生在给我检查头晕的毛病时发现了我体内正在孕育的小生命，还瞒着我从酒醉的母亲口中问出了与我交往的对象，然后给广木老师打了威胁电话……他以尚未出生的孩子为人质，对老师说：“如果不想让别人知道你搞大了学生的肚子，就拿三千万出来。钱到手后，我就用肠道息肉的名义瞒着她把孩子做掉。如果你不想要这份工作了，那就随便你。”换言之，高桥医生通过一无所知的我，向老师发出了威胁，搞了这么一件非同寻常的绑架事件。而且，一旦孩子的父亲交了赎金，我肚子里的小生命就要被当作息肉除去，而我这个母亲会在毫不知情的情况下回到正常生活。

广木老师左思右想之后做出的决定，前面已经说过了。在千钧一发之际，老师舍弃教职，选择了我腹中的小生命。

你们知道吗？现在很多医院正面临着前所未有的危机。高桥医生试图用采购新器材和改造医院渡过难关，可是债台高筑，已经被逼上了绝路……不过这都是我后来才知道的事情。那天早上，我压根儿顾不上高桥医生和广木老师。晴男玩的“熊猫养成”原来是专为孕妇设计的游戏，可以在玩的过程中学习妊娠知识。正是因为这个，晴男才比我更早发现了我怀孕的事情。但是，当时我也顾不上这个。

那一瞬间，我想到，原来这个贫穷的大家庭也能迎来宛如晨曦般纯净的小生命啊。不，正因为这是一个大家庭，那个小小的异邦人才会安心造访……而回荡在我体内的肖邦 A 小调，正是这孩子的安眠曲。我哼着那首曲子，心中感叹，这个还不能称之为孩子的小生命尽管遭到绑架，可还是顽强地活了下来……于是，我反复对着肚子说：“太好了，真的太好了。”

真对不起，我把最重要的真相隐瞒到了最后……或者说，只能极其委婉地表达出来。因为对我来说，要说出那天晚上到老师家玩，两人陶醉在钢琴的美妙音色中做了什么事情，简直比直肠的息肉还羞耻啊。

Original Japanese edition published by Bungeishunju Ltd., Japan in 2014.
Chinese (in simplified character only) translation rights in PRC reserved
by Beijing Time-Chinese Publishing House Co., Ltd.
under the license granted by MIZUTA Yoko, Japan arranged with Bungeishunju Ltd., Japan
through AMANN CO. LTD., Taiwan.

图书在版编目（CIP）数据

小异邦人 / (日) 连城三纪彦著 ; 吕灵芝译 . -- 北京 : 北京时代华文书局 , 2022.4

ISBN 978-7-5699-4492-1

Ⅰ . ①小… Ⅱ . ①连… ②吕… Ⅲ . ①短篇小说—小说集—日本—现代 Ⅳ . ① I313.45

中国版本图书馆 CIP 数据核字 (2021) 第 263236 号
北京市版权著作权合同登记号 图字：01-2020-7169

連城三紀彦
小さな異邦人

小 异 邦 人
XIAO YIBANGREN

著　　者 | [日] 连城三纪彦
译　　者 | 吕灵芝

出 版 人 | 陈　涛
策划编辑 | 康　扬
责任编辑 | 黄思远
责任校对 | 张彦翔
营销编辑 | 赵莲溪　俞嘉慧
封面设计 | [日] 小泉孝司　迟　稳
内文排版 | 迟　稳
责任印制 | 訾　敬

出版发行 | 北京时代华文书局 http://www.bjsdsj.com.cn
北京市东城区安定门外大街 138 号皇城国际大厦 A 座 8 楼
邮编：100011　电话：010-64263661　64261528
印　　刷 | 三河市兴博印务有限公司　电话：0316-5166530
(如发现印装质量问题，请与印刷厂联系调换)
开　　本 | 880mm×1230mm　1/32　　印　　张 | 10　　字　　数 | 208 千字
版　　次 | 2022 年 6 月第 1 版　　印　　次 | 2022 年 6 月第 1 次印刷
书　　号 | ISBN 978-7-5699-4492-1
定　　价 | 52.00 元